U0925525

畅销书女王

张爱玲的33堂写作课

端木向宇 著

天津出版传媒集团
天津人民出版社

图书在版编目（CIP）数据

畅销书女王：张爱玲的33堂写作课 / 端木向宇著
. -- 天津：天津人民出版社, 2020.3
ISBN 978-7-201-15849-5

Ⅰ.①畅… Ⅱ.①端…Ⅲ.①张爱玲（1920–1995）
—小说研究 Ⅳ.①I207.42

中国版本图书馆CIP数据核字（2020）第036531号

畅销书女王：张爱玲的33堂写作课
CHANGXIAOSHU NÜWANG: ZHANGAILING DE 33 TANG XIEZUOKE

出　　版　天津人民出版社
出 版 人　刘　庆
地　　址　天津市和平区西康路35号康岳大厦
邮政编码　300051
邮购电话　（022）23332469
网　　址　http://www.tjrmcbs.com
电子邮箱　reader@tjrmbs.com

责任编辑　陈　烨
出版策划　春风化雨
策划编辑　田知鱼
装帧设计　仙　境

制版印刷　北京彩虹伟业印刷有限公司
经　　销　新华书店
开　　本　710毫米×1000毫米　1/16
印　　张　19
字　　数　240千字
版次印次　2020年3月第1版　2020年3月第1次印刷
定　　价　42.00元

序言：观照乱世的张爱玲

用“临水照花人”这样的形容来描述张爱玲，真是太贴切。她的文学气质，犹如她自身的性格那般，让人隔着江湖河海地看着，那么遥远、那么朦胧、那么美。这种美，只能远观，却有卓尔不群的意味。这样的女人会用文字来跳舞，但这舞跳得太过华美和高超，反而没有合适的舞伴来与其共舞。没有伴侣的舞蹈，便只能孤独地展示。

再如何表达，也只能是一场寂寞的个人狂欢，但这又能怨谁？张爱玲的性格就是孤傲和敏感的，她不屑与人共舞，同样，张爱玲融不进任何一个群体，包括她所爱的人。对于“爱人”这件事，实在是难为她了。张爱玲只擅长“自恋”，或者用自己理所当然的方式去爱对方，但无法用对方接受的方法去爱。这种爱，逆心的难受，却又无法感动对方，也不被接受。

如果女子都活成“张爱玲”的话，那么，她们往往婚姻和家庭都不会幸福，原因是，不切实际的生活，反观即是另一种“空”。因太自爱而无法去爱别人，只知施与而不懂对方的需求，这就让“施与”成了负担。

张爱玲的文学作品中，处处渗透出“我爱你，但与你无关”的气息。她用冷毅的眼光细细看待这个世界，并用重墨将看到的这个世界以及体会到的人情冷暖，都细致入微地表达在文学中。

张爱玲的小说语言，大量运用了比喻、反讽、对照等修辞手法。她用浓郁的色彩描写来烘托场景气氛，让读者通过视觉来感受作品中的人物。比如《金锁记》中那一段：“长衫搭在肩上，晴天的风像一群白鸽子钻进他的纺绸裤褂里去，哪儿都钻到了，飘飘拍着翅子。”这就让读者从人物阴沉压抑的环境中感受到爱情破灭的现实。这段文字精练动人，“鸽子”钻进裤褂，就像是吹凉了的人心，既生动又自然。

在她的作品《茉莉香片》中，都是悲观的角色。聂传庆从小就没有得到父爱，所以他一直就是个怯懦的男孩，有三分像女孩子，是个心怀仇恨的人；《红玫瑰与白玫瑰》里，她通过讲述佟振保的情史，来展示两性之间对恋爱和婚姻的差别；《色·戒》中，王佳芝通过美人计杀害易先生，最后却发现自己爱上了易先生，放走易先生后，她却惨遭杀害；《倾城之恋》里，白流苏在离婚后，因为受不了家里人的排挤，想通过嫁给范柳原改变现状，最终因战事而如愿以偿。

张爱玲的散文具有其独特的语言个性，对人情世故和千家万户的刻画达到了一种令人望尘莫及的高度。她冷静的笔调散发出的那股孤独和苍凉感，令读者潸然——这也构成了当时文坛上不同于主流语境的另一种风格。在《烬余录》中，她通过女性的视角描写周遭的一切，着重场景现实感的细节展现，表现生活的原生态。如《谈音乐》《谈舞蹈》《更衣记》《谈画》《谈看书》中描写关于某种事物的看法，她对服饰的解说、电影戏剧美术的评论、读书心得、创作自白……全是信手拈来。此外，一些亲朋好友的话语记录和往来书信，都贯穿在张爱玲的散文之中，这些也是她对日常生活的关注，对历史的独特看法以及对人生独特的感悟。

张爱玲的文学作品别具一格，具有典型的个人气质。这令读者着迷，阅读时犹如窥探一位远远生活在缥缈之处的女子，有时让人欣喜，有时让人失落，更多的时候是在阅读人世间的悲情。张爱玲笔下那许多的人物，比如白流苏、曼桢、娇蕊、曹七巧等等，都有着共性——敏感忧伤、自私冷漠，但表现出来的就是现实的真实性。

她以第三人称的视角来描写小说中的世界，也是用一种全知的视角来叙述，虽然没有掺杂太多个人情感，但感情基调悲凉。除了小说《倾城之恋》以外，她其他的作品均以悲剧结尾。她笔下的女性人物都像是她本人的化身。从她们身上，可以映射出当时背景下的女性具有的悲惨命运。

有人批评说，张爱玲小说中的悲凉色彩太严重。她以女性为主角，描写爱情、婚姻、家庭以及生活的琐碎之事，却揭示出生活的凄凉、辛酸与无奈。她的小说为何如此悲凉？看看她的家庭就知道了。她出身名门，可是这出身并没有给她带来幸福，而是她悲剧的开始。张家是封建贵族家庭，随着朝代的更迭，张家迅速败落下来，子孙们也不务正业。在 1920 年张爱玲出生的时候，张家已一天不如一天。张爱玲 7 岁开始写小说，12 岁开始发表作品。1943 年发表的《沉香屑·第一炉香》让她成为沪上最受欢迎的女作家。她的生母与父亲离婚后，出走海外。父亲是冷酷无情的，继母又是刻薄凶恶的，这些都令她对人生产生了消极的看法，使小说充满了悲凉的色彩。

她同情在旧式家族中苦苦挣扎的男女，为他们写下了一曲曲哀歌。这也是张爱玲文学作品中让读者迷恋的地方，可以说，她的作品具有“中国式美学”的标准——在不完美中体现美。因此，她的作品是柔性的、带些“病态”的美感。为了体现这种美感，张爱玲的写作风格和文笔就深深地烙上了“个人主义”色彩。

在此前提之下，这本书就是想将张爱玲的小说、散文、剧本等作品中的特点和技巧以及其表现出来的文学意味，抽丝剥茧地进行分析，从中寻找出美学的共性。本书也将从不同的角度剖析张爱玲的文学作品，以深度解读其中的意味——这无疑会给读者更多的视角引导和阅读体会，作者也能从中得益。

目　录
contents

第 *1* 堂：“我所写的文章从来没有涉及政治，也没有拿过任何津贴”——

女作家的生存法则

“养成写作习惯的人，往往没有话找话说，而没有写作习惯的人，有话没处说。我并不是说有许多天才默默无闻地饿死在阁楼上，比较天才更为要紧的是普通人。一般的说来，活过半辈子的人，大都有一点真切的生活经验，一点独到的见解。他们从来没想到把它写下来，事过境迁，就此湮没了。”

——《论写作》(1944 年)

01 >>>>

如今，互联网已经改变了信息交流的方式，也悄悄地改变了我们的生活、工作和学习的习惯。

它的兴起，虽然打开了知识仓库的大门，但是也使我们在享受信息化带来的各种便捷的同时，丢掉了以前养成的读书习惯，逐渐丧失了独立思考的能力。在这样一个环境中，我们要提出这样一个值得思考的问题——我们为什么还要坚持写作？

首先，有些人把写作当成是自己人生中“炼心”的过程，因为写作能表达内心。现实中的嘈杂，总是处处不予生活宁静，写作就是让人用“心”来思考，领会生活的真谛，慢慢变成一个有涵养的宁静之人。我们在每一个值得纪念的日子里，写下文字留存；在看过一部电影，或者读过一本书籍后，写下自己的感受；在每一场旅途中，边走边感叹美好，将生活中的点点滴滴，都用写作的方式记录下来。可见，喜欢写作的人，大多对生活充满热情。

其次，写作并不是生活中的必需品，但我们又离不开它。比如在我们的学业和事业中，可以通过学习和练习来掌握和运用写作技巧。通过写作，可以获得知识、完成任务，以及得到一笔收入。

对于写作，每个人都有不同的动机。它是具有选择性的，可以说是一种强大的内在驱动力。无论是兴趣所致，还是希望借助文字来表达自我，得到外界认可，或是想致力于成为一位更加专业的文学创作者……对作者而言，写作不仅能伴随一生，也能成为内心的代言物。

无论是唱歌、跳舞，还是摄影、绘画，都是个体与世界的沟通方式。所以，写作也是生活中与人交流、分享信息的一种方式，就像我们平常说话一样。

文学创作者，也就是作家们，选择的方式就是写作，是用笔来说话。

写作就是作者运用语言文字符号，反映客观事物、表达思想感情、传递知识信息的创造性脑力劳动过程，也是对社会实践活动进行一种特殊的有目的的记录，是为了满足学习社会知识的需要而产生的。

张爱玲在《走！走到楼上去》中就这样写过：“写文章是比较简单的事，思想通过铅字直接与作者接触。”

这个“简单”的事，对于拥有一定写作技巧的人来说是比较容易的，就像张爱玲那样。我们在羡慕张爱玲拥有写作能力的时候，也想获得她的这种写作能力。也就是说，当你确定要把写作这件事继续下去时，想要做的就是提高自己的写作能力。这是有技巧的，也是可以学习的。

写作能够培养我们的逻辑思维能力，要知道，写作不是个人潜能，而是一种可学习和运用的技能。它也是盘活自我知识体系的一种有效的手段。通过文字输出，消化大脑所接受到的知识，并与实际生活进行多元化链接。

在《论写作》中，张爱玲这样坦诚地说：“写作果然是一件苦事么？写作不过是发表意见，说话也同样是发表意见，不见得写文章就比说话难。”

不管我们是说话还是写文章，如果想做到主题突出、层次分明，给人以环环相扣的感觉，就需要通过写作训练来获得逻辑思维能力。

想要在写作这条路上游刃有余，就必须强化知识的迭代与重构，从多渠道中获取最前沿的信息，充实自我的知识体系，由此保证拥有源源不断的写作灵感，达到自我思想有效地输出。

写作活动，作为完整的系统过程，大致可分为采集、构思、表述三个阶段，是客观事物通过作者的主观意识，以恰当的文字形式进行正确地反映。

写作是表现无穷创作力的方法之一。

通过写作，我们创作出的文学作品可以是虚构的或纪实的，可以是各式长短的文章、诗词歌赋、小说、剧本、书信等。

02 >>>>

在作者心中始终有这样的想法：如果说到达某个高处，就像是接近成功的样子，那么一定是成为“作家”。

有了成为“作家”的梦想，就要付诸行动。目标的实现必须用自己的双脚走出来，无论遇到怎样的阻力，都要想办法去克服。

在写作这条道路上进行实践，有时遇到的困难太大，可以绕着走，迂回而上。多走冤枉路也不要紧，因为勤能补拙。到达山顶的方法有很多种，关键是找到自己正确的路。

作为文学创作者如果无法接触到高平台，比如国刊编辑、出版社、专业人士，就需要自我搭建平台，一步步慢慢往上走。

运用写作的逆向思维，可以得出“从高峰往下推石头，总比从山下往上推容易”的理论。

没有人能一步登天，只能脚踏实地地去实现自己的目标。也因为是自己建造的台阶，不会有过多的负重。刚起步的时候，文学爱好者的压力也相对较少，但不能放任自己。每个台阶都是小目标，在自己的内心多加点责任，才能达到逐步提升自己创作水平的目的，成为真正的“作家”。

为什么文学爱好者要站得高？因为只有站得高，才能让人看得见；说出来的话，才能让更多的人听见。

无论做什么事，要想成功，还要有坚持下去的决心。像张爱玲那般拥有写作天赋，并大喊“成名要趁早”的人，毕竟是少数。认真读书写作的人，不要有太多的欲望。尽心而为，问心无愧，才是首要具备的素质。

马尔克斯曾指出作家的普遍状况：“穷困潦倒而又总不被理解。”

他说：“写作不要为了出名，我写了二十年才出名。这二十年对于我来说是私人锻炼时间，不受干扰，尽情徜徉于生活阅历与不同书籍之中。我坚持了下来，把经历与思想揉于一团。”

终于，马尔克斯写出了影响深远的作品。

每个人的成功都有自己不同的方法，如果现在还没有成功，那选择写作的话，就能够走在成功的道路上。如果能坚持写作，这其实就是一件很好的事情。通过写作，作者不仅积累知识、训练思维，还能炼出一颗平静的心。

成功其实并不遥远，平时要注意练习、观察，积累一些写作的技巧和生活的素材，并要忍住寂寞，坚持写作。

如果没有天赋，不能早早地成名，那就脚踏实地，一步一步走出自己的路。

张爱玲在《论写作》一文中写出了作者必须要知道的生存法则。

她说，“将自己归入读者群中去，自然知道他们所要的是什么。要什么，就给他们什么，此外再多给他们一点别的——作者有什么可给的，就拿出来，用不着扭捏地说：‘恐怕这不是一般人所能接受的罢？’那不过是推诿。作者可以尽量给他所能给的，读者尽量拿他所能拿的。”

有人认为，如果按照读者的口味写作，可能会丧失自己的个性。不可否认，如果纯粹是写个人的兴趣，那么对于广大的读者而言可能会无法接受，这里面就需要有一种取舍的技巧。

张爱玲在《论写作》中又说：“要迎合读者心理。办法不外这两条：（一）说人家所要说的；（二）说人家所要听的。说人家所要说的，是代群众诉冤出气，弄得好，不难一唱百和……现在的知识分子之谈意识形态，正如某一时期的士大夫谈禅一般，不一定懂，可是人人会说，说得多而且精彩。”

如果要发表，要得到更多的共鸣，就要考虑创作的文学作品是不是符合受众的需要，然后在此基础上再融入作者个人的主观情感。如果完全按自己的喜好写作，不考虑读者是否接受，那就很难写出成功的作品。

但是，为迎合读者兴趣而写的，既没有深度又没有内涵的文章，只能成为一时的消遣品，不会有真正的价值。如果写出个人风格，并有读者欣赏，才算是一种成功。

想成为成熟的作者，那么要明白读者就是作品的审稿人。

站在审稿人的角度来重新审视作者创作的文学作品，就很容易发现，写作中要有一些必要的因素。如既要有中心思想，也要有文体结构，还要有一些必要的写作技巧。为了说服审稿人，作者必须围绕中心，从头到尾，句句相连。

要知道，读者在阅读中有他们的期望。想要成为一名专业的作者，其实最有效的方法就是“主动迎合读者期望”。

03 >>>>

有时候，作者踌躇满志地构思一部作品，并花费心血把它写出来，然而时常会遭遇这样或者那样的退稿。其实，很多广为人知的作者甚至是文学大师也有过相同的遭遇，而且他们收到的退稿理由更是五花八门，有的风趣幽默，有的尖酸刻薄。

比如提出“迷惘的一代”的观点的格特鲁德·斯泰因，编辑给她的退稿理由是：“我不能把您的手稿读上三四次，甚至一次也不能。只看了一眼，只看了一眼就够了。一本也卖不了，一本也不，一本也不。”

以“约克纳帕塔法世系”构建文学模式的威廉·福克纳也被退过稿，理由是：“主要的反对意见是因为你的小说根本没有故事可以讲。而我认为一部小说不光要讲故事，而且要讲得很好。”

《安妮日记》的作者安妮·弗兰克遭遇退稿，是因为她被认为没有写作天分，她的作品被认为不值得一读：“这个女孩并没有特殊的天赋和情感可以让这本书更进一步，仅仅只能保持在‘让人好奇’的水平线上。”

柯南·道尔创作的《福尔摩斯探案集》也曾被退稿，原因居然是它的篇幅不宜出版。编辑在回复信中这样写道："作为短篇小说，它太长；作为长篇小说，它太短。"

朱迪·卢卡姆的代表作《这不是世界的尽头》曾连续两年被编辑拒稿。后来她在自己的个人网站上写道："我晚上睡觉的时候，感觉我的书永远都不会出版了。但是当我早上醒来的时候我确信我会的……决心和勤奋就像天赋一样重要。"

作者呕心沥血创作的文学作品被退稿，不免让人大失所望，但是切不可愤恨在心里，而要寻找退稿的原因。作者在面对被退稿时，最应该做的就是端正态度。

退稿信并不能客观地说明作品的水平和作者的实力。要好好分析自己的原因，同时汲取意见，做一次或者多次的改进，每次修改自己的稿件，都要有一种飞跃的感觉。

这好比人的生命历程，在一起一伏中前进，要不断用认真谨慎的态度，勤奋努力地去攀登人生的顶峰，这里可以再次用到"迂回而上"这股劲儿。就像作家贾平凹那般，他曾说过，自己从事文学创作以来受到的第一个大挫折，便是大学时期收到过无数封退稿信，后来他把退稿信全部贴在墙上，激励自己道："越不行越要写。"

同样，张爱玲在屡遭退稿的时候，也没有选择放弃，而是选择了坚持。

1950年，已经大红大紫的女作家张爱玲离开香港，到了美国，她将中文写作改为英语写作，结果她的文学作品遭到了出版社的退稿。宋以朗是张爱玲的遗产执行人，他认为张爱玲的书稿被拒，有一部分原因在于西方对东方的固有看法，他们想象中的中国，不是张爱玲写的那个中国。所以张爱玲被退稿，并非单纯因为语言障碍。

他又举例说："大家看到张爱玲在《异乡记》里面写到女娲，中文版《秧歌》里有文字，也是说女娲炼石。这对于英文读者来讲就有一个问题，他们不知道女娲是什么人。所以，英文版《秧歌》里就没有女娲这一段。我可以解释为，英文版的《秧歌》是专门为了迎合英语读者的了解力，所以进行了修改。"

由此可见，一篇成功的文学作品，在不同的环境中，会有完全不同的境遇。

最初张爱玲写作是为了换取报酬，而且她是为生活所迫，才提起笔将喜爱的绘画改为文学创作。

大学时代遭遇战事的她从香港回到上海，发表的第一篇文章就是以英文写作的，原因仅是英文的稿费比较高。

张爱玲的父亲张志沂只资助她上学的费用，却没有给她生活费。她和姑姑住在一起，母亲又在海外，她的生活在很大程度上是需要由金钱来支撑的。如果她不写作，作为一名普通学生，她是无法生存下去的。如果连生活都无法继续下去，又何来精力学习？

张爱玲走上专业的文学创作道路，是迫于生活的无奈。眼看就要大学毕业了，她却为了生计而放弃了毕业证书，以至于到了后来，还要去香港大学重新申请继续学业，但最终也没有完成，这是她一生的遗憾。

从开始写作到赚取稿费，这个过程并不短，理想一点说，只要创作出能够发表的文章，就能获得一定的报酬。如果文章写得好，赚了钱，各种荣誉也会主动找上门来。

作者一定要正确地看待写作前途，不要做不切实际的幻想，也别想着一夜暴富，从现实的角度去规划和衡量，也不要过分强调情怀。

作者所谓的情怀，往往只是在掩饰文笔的不足和想象力的匮乏。

如果作品是写给自己看的，就可以像《麦田里的守望者》的作者大卫·塞林格那样，将自己关进小屋随便写；如果是写给别人看的，并且希望得到认可和赞赏，就不要矫情。切勿过分强调个人的才华和天赋。

写作是一门技术活儿，可以通过针对性的学习和大量练习，来提高写作技巧。

在此，我们需要谈一下作者的生存问题，毕竟写作是一门需要花费宝贵时间，才能完成的事。即使赚不了大钱，写作仍然有不错的前途，比如做编辑、文案、宣传、记者或者新媒体的运营，不要觉得赚不到大钱就小瞧这些工作。

所以，兢兢业业做好一份工作，远比靠着幻想来走上人生巅峰要实在得多。

第 2 堂：
“时代是这么的沉重，不容那么容易就大彻大悟”——

下笔如有神是怎么来的

“我自以为历史小说也会写，普洛文学，新感觉派，以至于较通俗的‘家庭伦理’，社会武侠，言情艳情，海阔天空，要怎样就怎样。越到后来越觉得拘束……为什么常常要感到改变写作方向的需要呢？因为作者的手法常犯雷同的毛病，因此嫌重复。以不同的手法处理同样的题材既然办不到，只能以同样的手法适用于不同的题材上——然而这在实际上是不可能的，因为经验上不可避免的限制。”

——《写什么》（1944 年）

01 >>>>

张爱玲一生写出了许多令人叹为观止的文学作品。她以自己的小说横空出世，又以孤寂遁世。她创作的小说充满了纠葛和缠绵、喜悦和烦恼、悲情和凄婉，令读者在她营造的生动感性的小说世界里，窥见人性的善与恶。

自从文学评论家夏志清在《中国现代小说史》中将张爱玲与鲁迅、沈从文相提并论后，国内就掀起了“张爱玲热”，而且张爱玲的文学作品、影视、传记等都长销不衰。

张爱玲常称自己是“小市民”，可是在日常生活中，她又绝对不愿将自己与小市民混为一谈。从她众多的作品中可见，她骨子里认同自己的家族身份，并且认为自己凌驾于小市民之上。

现实中，她不得不面对平民的生活，努力淡忘昔日家族的奢华，但这不能抑制她对豪门生活的向往之情。曾经身处豪门的生活细节和所受的文化教育，给张爱玲留下了不可磨灭的印象。

那些曾经的印象，就是她写作灵感的丰富来源。

张爱玲的文学作品有一种“来源于生活，又高于生活”的艺术气息，她写的就是自己身边的人和事。

关于写作灵感，张爱玲在《写什么》中写出了自己独到的见解：“生活空气的浸润感染，往往是在有意无意中的，不能先有个存心。文人只须老老实实生活着。然后，如果他是个文人，他自然会把他想到的一切写出来。他写所能够写的，无所谓应当。”

所以，只有不断迸发灵感，才能做到“下笔如有神”。

“灵感”一词，其实可以追溯到古希腊时期。从柏拉图的“神赐迷狂”，到18世纪康德的“天才”，都为“灵感”蒙上一层神秘的不可知的面纱。他们认为灵感与理性是对立的，而理性会割断灵感与生活中的实践的联系。

有时灵感会在大脑放松时突然来临，犹如一道闪光，一下打通思路。它是具有创造性和突发性的，迸发后一般时间很短，好似昙花一现。它能令人进入一种身不由己、欲罢不能的亢奋状态。

写作灵感是在写作过程中产生的特殊心理现象，就像茅塞顿开、文思如潮、艺术构思神速进展的心理状态。获得写作灵感一般有两种渠道：一种是在长期的艺术实践中积累的丰富素材，在遇到特定刺激和启发时，就会引发灵感；另一种是在自己的经历和经验中，通过接触的生活，体会出人物所处的真实情景，从而激发出创作热情。

有些人不知道怎么寻找素材，大概局限于思想观念的狭窄。

生活中的道听途说、传统经典、传奇故事，都是可以拿来用的素材。

创作素材的收集，可以通过阅读、观察、听闻等多方面，把外界信息输入自己的大脑里，通过观察周围的环境，仔细感受事物的发展，把所见所闻转变成文学作品。

写作的思想来源就是从外界输入信息，将其转化为自己的东西，变成自己的思想，其实就是一个思考的过程。这个过程，可以通过学习别人的写作方法，积累自己的语言，从而形成自己的写作风格。

倘若脑袋空空，即便有很多的想法和智慧，也没办法表达出来。

作者觉得没有灵感写作，或是觉得没有要写的东西时，就要去学习新的思想。灵感和思想是写不完的，一个方面有那么多的思想，且世间又有那么多个方面，怎么敢说自己写不出来东西？只是还没有去开发那些未知的领域，没有去思考不知晓的领域罢了。

解决灵感匮乏的方法是去体验，也可以听别人的言论，别人在一些交谈中，自然会流露出对某些事物的看法和观点。还有就是阅读书籍。书是聚集思想的地方，每个智者、哲人、大师们的思想都是通过书本流传下来的。

有时我们能为书中的一句话而感叹不已，或是为一个理论而拍案叫绝，这是因为自己赞同别人的思想。同样的一个道理，由不同的人去理解后再表达，就有了新的思想。

张爱玲在阅读方面是有选择性的，她只读自己喜欢的书。

自小她就涉猎古典文学名著，创作章回小说《摩登红楼梦》，其父亲张志沂具有旧式文化教养，会吟诗作赋，同时鼓励张爱玲作诗为文。

早在中学时代，张爱玲的书评习作就已经表现出自己独到的见地，她喜欢看近现代小说和流行小报，这都为她的写作积累了素材和灵感。

张爱玲的短篇小说《色·戒》就是一部利用现实素材创作的较为成功的文学作品。这是她根据当时一个很有名的案子写的。当时案子的女主角是一名交际花，她也有一个情夫，但不同的是，情夫遭遇暗杀没有死掉，放过了交际花，可是情夫的妻子却派人把交际花杀掉了。关于暗杀为什么没有成功，也有很多种说法。有人说情夫早就察觉到了不对，也有人说是交际花告密了。很显然，张爱玲是同意第二种说法的，女人一旦被感动，就成了傻子，泄露机密是可以理解的事情。

张爱玲在 1953 年就开始构思短篇小说《色·戒》，直到 1978 年发表，其间历经的时间颇长。在《惘然记》的序中，她谈到小说《色·戒》《相见欢》和《浮花浪蕊》时，说："这三个小故事都曾经使我震动，因而甘心一遍遍改写这么些年，甚至只想到最初获得材料的惊喜与改写的历程，一点都不觉得这其间三十年的时间过去了。"

张爱玲的小说有一个能打动人心的地方，那就是她把一些细小琐碎的事情，描写得绘声绘色，让人觉得无比真实。如小说《十八春》里，她把曼桢的母亲描写成相当势利的女人，让人感觉眼前就是有那么一位老太太，她既固执又腐朽。而这种人在生活中，也确实存在。

这是因为张爱玲的创作素材来源于自己的生活，它们符合真实生活的客观性。

文学艺术的真实性，是指按照生活的真相和本来面目加以反映，通过对生活的去粗取精、去伪存真、由表及里，使之带有普遍性，是对客观社会生活的必然反映。

02 >>>>

写作中的文学“真实性”与“写真实”是两回事。

20世纪50年代，文人们就为此进行了长期的激烈争论。文学创作活动是一个极其复杂的心理行为，不是仅写生活经验，单凭感观认识，难以从本质上界定“文学性”活动的特质。

有种“文学形象”就是“嘴在浙江，脸在北京，衣服在山西，是一个拼凑起来的角色”，但“大抵有一点见过或听到过的缘由”，无论写人还是写鬼神，都离不开“生活”这个原型。

当人们谈到文学的真实性时，都会轻松而自然地把哲学的功能强加于文学。

生活是文学的源泉与前提，这是确定无疑的。但文学反映生活，并非“写真实”，“文学”之真与“事实”之真，不是一个理论体系。哲学反映现实是依赖“事实”，而文学反映生活是摒弃“事实”，是用“虚构”这一基本手法，幻想一个建立在生活基础之上的、虚拟的、不真实的理想世界。

这里就有“生活的真实”和“文学的真实”的不同，在写作中加入艺术的创作手法，就体现出了其文学性。它虽然来源于生活，但又在生活之上。

一部小说写得催人泪下，让人流泪的并不是小说所写的事实之真，而是作品中人物的人性之真。人性之真才能让读者阅读时不由自主地被人物的所思所言所为吸引，进而情不自禁地融进人物的内心情感，与之产生共鸣。

张爱玲在《惘然记》中说："在文字的沟通上，小说是两点之间最短的距离。就连最亲切的身边散文……也总还要保持一点距离。只有小说可以不尊重隐私权，但是并不是窥视别人，而是暂时或多或少地认同。像演员沉浸在一个角色里，也成为自身的一次经验。"

文学之本真即人物天性的自然流露，亦可称"率性"而动，而不是静。随天性而动，任本体而动，这种"动"，就是本真。文学描写的是人之"欲"的率性而动，不是动的目的，而是动的本身，动的过程，魅力全在动中。

如果想写出好的具有文学性的文章和作品，那么就得去生活中实践，不断地从生活中汲取写作灵感。每个人都心存本真，每个人也都有虚伪。现实的不真实让人们活得也不真实，人们不甘心活在不真实之中。作者以现实生活为基础进行文学创作，无论是对现实生活进行微调，还是把现实生活完全推翻，或完全照搬，都是可行的。

还可以在创作中加入一部分纯虚构元素。如果大量的写作都完全依托于现实生活，会使作者显得胆怯和保守。作者在写作中，能发挥想象力，为人物设置一些细节，就能让现实中的人物原型抽离出来，将其刻画成小说里的角色，而不是该角色的人物原型。

张爱玲在《谈看书》中说："有些作者兼任不止一家小报编辑，晚上八点钟到报馆，叫一碗什锦炒饭，早有电话催请吃花酒，一方面'手民索稿'，写几百字发下去——至少这是他们自己笔下乐道的理想生活。小说内容是作者的见闻或是熟人的事，'拉到篮里便是菜'，来不及琢磨，倒比较存真，不像美国的内幕小说有那么许多讲究，由于俗手的加工炮制，调入罐头的防腐剂、维他命、染色，反而原味全失。"

那么作者要如何处理收集的写作素材？

这是一个技术活儿。有的人觉得自己生活平淡，没什么好写的；还有的人有许多精彩且有意思的经历，但每次信心满满地提笔之后，写不了几个字就写不下去了。

困扰写作的根本原因，在于作者还需要学习如何处理写作素材，使之成为文学作品。

在此就有两类人值得学习。一类是记者，他们可以将所有体验得来的感受，转化为可以让读者阅读的文学；另一类就是编辑，他们的能力就是无论面对何种题材的文字，都能将其转化为读者喜闻乐见的作品。这种能力是可以通过学习获得的，需要加强练习的方面，有哲学思想、现实观察、经典阅读、写作技巧这四个，但不同的人有不同的侧重，这个侧重恰恰决定了作品风格的塑造。

一般的文学创作者第一次落笔所用的素材，几乎都来自自己的生活。

“我的生活经历那么丰富，要把它们记录下来”，但是做起来很难，还会受困于“经历陷阱”，误以为只要自己经历很丰富、见多识广，就必然可以创作出好作品。

其实，从素材到作品还有很长的路要走。

素材仅仅是构建文学作品的开始，虽然生活经历中有很多具有写作价值的人物、事件、场景，但是从纲目到故事，从故事到小说，需要融入文学创作的基本要素。

写作素材通过升华处理后，作者用自己对世界的看法，指引创作出来的人物，让人物行动起来，看到什么、留下什么，都要由真实的感情驱动，以笔代情，有感而发，并加入遣词造句、人物塑造、氛围塑造、故事结构等写作技巧。

阅读经典的作品可以帮助我们构建文学模式，获得的语言是积累个性和形成自己的语言体系的过程。

虽然虚构是写小说的惯用手法，但作者还可以更自如、更多地运用它。可以凭空虚构出人物和情节，也可以在现实生活的基础上稍作加工，对话、时间、天气等，都是可以虚构的元素。

简单来说，写作就是把头脑里的影像变成一个个的文字，这只是直抒胸臆的表达。再把这些散乱的文字写成有条理的纹路，便是思考。如果将思考与想象结合，编撰出新的故事，就是创作。最后经过艺术加工的文字，就成了文学作品。

03 >>>>

张爱玲是一个不愿被人控制写作的作者。

她的女性主体意识，主要来自自身的经验世界。家庭的环境让她滋生了反抗父权的意识，促进她形成独立自强的性格，她将这种意识和性格体现在小说之中。

写作也是一环套一环的，就像正在成长的作者，并不是一下成长为现在这个样子，也是一环套着一环构建起来的，关键是要“不求人”。因为自己喜欢，所以要去学习，然后用心去感受其中的奥妙之处，而后才能产生自己的体悟，把它们运用在文学创作之中。

每个人的人生各不相同，但情感是可以相通的。

写作能够带来表达、思考、创造的满足，想写能感动人的作品，如果一定要把现实表现在文学作品中的话，像马尔克斯那样的创作手法——用魔幻的现实主义来表现，是值得作者学习的。

小说，都是以人物为主导，作者要对“人”感兴趣，因为“人”都处于社会之中，所以情感就有了共鸣。在创作的文学作品中，虽然不能感动所有人，但至少有一部分人，能为作者创作的文学作品所感动。

如果一个人活着，总要找一件事来做，那么张爱玲喜欢的事情就是写作。

“写作也是为了愉悦自己。”如果真心热爱写作，那就别放弃写作。把自己感兴趣的东西用写作的形式固定下来，供自己和别人阅读，最初的时候张爱玲不知道写的是何种文体，只是迷恋写作。

写作可以说是张爱玲生命存在的一种方式，她以写作为乐趣，同时也依靠写作生活。

张爱玲将其人生中的第一笔稿费，买了一支口红，取悦自己。

她说：“可以不施粉黛，可以素面朝天，但至少要涂口红。只要涂了口红，就能整个光鲜起来。”在张爱玲的生活中，她与写作已经是一体，她具备世俗的感受能力和世俗的眼光，我们能从她的文学作品中读出“烟火气”，好像她笔下创作的那些人物，都离生活很近。

生在上海，长在上海，人生中很多大事都是在上海经历的张爱玲，内心也有一种深厚的乡愁情绪，她小说中的人物活动的主要场所就是自己土生土长的地方。

1942 年是张爱玲的创作巅峰期，她仅用一两年的时间，以无比的才情和身上特有的气度，征服了战争中的读者，通过一种近乎冷酷的悲剧形式，叙述一个个悲凉的传奇。

她的文学作品中，处处可见爱情的虚假、婚姻的圈套、生命的脆弱，以此来揭示人性的自私、冷漠、扭曲，展现了一个在战火纷飞的传奇城市中，发生在人与人之间的故事。

“写反面人物，是否不应当进入内心，只能站在外面骂，或加以丑化？时至今日，现代世界名著大家都相当熟悉，对作者自己的传统小说的精深也有新的认识，正在要求成熟的作品，要求深度的时候，提出这样的问题该是多余的。”张爱玲在《惘然记》中，写下了她对文学作品中人物塑造的思考。

确实，反面人物的塑造比正面人物更难，因为一举一动都是为了衬托正面人物的形象。而现实生活中人性恶的一面，主要还是来自对自己“欲望”的满足。

这就给文学创作带来了难度。因为站在不同的立场，就会有不一样的表现。小说中的人物也有自己的思维，“善”与“恶”的写作也要表现得自然。

张爱玲在《写什么》中说：“文人讨论今后的写作路径，在我看来，是不能想象的自由——仿佛有充分的选择的余地似的。当然，文苑是广大的……文人该是园里的一棵树，天生在那里的，根深蒂固，越往上长，眼界越宽，看得更远。要往别处发展，也未尝不可以，风吹了种子，播送到远方，另生一棵树——可是那到底是很艰难的事。”

根据题材来创作文学作品，以最好的方式展示作者想要表达的思想和情感。写小说、写人物传记、写报告文学、写诗歌散文……对于作者来说，体裁只是一个载体，把有生命力的故事传递给读者，才是写作的动力。

有些题材就适合历史随笔类的，如果用诗歌来写，显然不合适。但如果用小说来写，那就是另一个故事了。

有人说，诗歌、小说、散文什么文体都写，似乎写得“杂”了。

作为作者，就不该专注于一种文体的创作，应该把自己所想表达的思想以最恰当的文体表述出来，不应被某一种文体限制。

张爱玲在《有几句话同读者说》中也这样说过：“我不会做诗的，去年冬天却做了两首，自己很喜欢，又怕人家看了说‘不知所云’。原想解释一下，写到后来，竟成了一篇独立的散文。”

第 3 堂：
“她敷衍我，为了拉稿子；我敷衍她，为了要稿费”——

如何叩开出版社的大门

“我写文章很慢而吃力，所以有时候编辑先生向我要稿子，我拿不出来，他就说：‘你有存稿，拿一篇出来好了。’久而久之，我自己也疑心我的确有许多存稿囤在那里，终于下决心去搜罗一下。果然，有是有的。我现在每篇摘录一些，另作简短的介绍。有谁愿意刊载的话，尽可以指名索取——就恐怕是请教乏人。”

——《存稿》（1944 年）

01 ＞＞＞＞

写作就是一种谋生，如同自己种了田，自己收获果实。

如果把写作当成一份事业，那么精力的投入程度就会不同。当成事业的写作，会迸发出无尽的热情与活力，自己的潜能也会得到最大程度的发挥，随之收获的果实便会不同。

在不懈地努力和不断地创作中，写作给作者带来的成就感不断攀升。每一次小小的进步，都会使作者收获不小的满足。继而作者信心越来越足，不断超越自我，追求完美，又会取得更大的突破，自己的幸福感也随之提升。

如果写作成了事业，那么在创作文学作品之前，作者必须先研究市场和受众。要能理智地处理写作与生活的关系，较好地控制自己的写作进度，重视读者的建议和反馈，并将其融入自己以后的写作中去，以增加自己的竞争力。

作者为什么要听读者的建议？

因为这是大有裨益的。写作就是要建立“读者意识”。

“所谓得读者，则得天下也”，文章不只是写给自己看的。作者开始写作时纯粹是为了满足自己的需求，写出来就好，不管读者的需要与反应。接下来，作者进入了创造价值期，文章是为了读者而写，让读者感觉到文章对其有帮助、有价值。

既然将写作当成谋生的职业，那么种田关心的就是“收成”，将汗水换成金钱，写作是需要被大众接受的。这好比种出粮食后烤成面包，了解顾客的喜好、口味等，就是一位专业、敬业的作者必定要做的事情。

创作的文学作品有读者才有价值，市场就是考量作者的受欢迎程度的，如果不把读者放在眼里，那写作的路就走不长。

如果是写作新手，那么就属于兵力弱小者，要找到自己的写作优势，根据优势，找到对口再进行击破。如果已经写作多年，读者众多，就可以采取主动出击的策略，只要有稿件发表，就能引起广大读者的反响。

作者对读者的意见要进行收集与分析，筛选有价值的意见，仔细阅读后提出有见地的想法，包含文章主题、内容、布局、结构、语言等，还要对文章材料、价值点、排版等提出看法。

建立自己的写作优化循环系统是必要的，记录和分类整理读者意见是为了帮助自己找出事物的内在规律，找出自己写作的问题，将创作进行优化。作者要善用读者的意见，让自己的文章越写越好。

优化写作，是在接下来的写作过程中，把获得的解决问题的方法运用在写作上，对原有问题进行解决或补充说明。如果每次写作还是按照老习惯，那就没有实现优化写作的正确循环。其实，作者与出版社有个共性，即出版好作品，但这个“好”的概念较为宽泛，作为作者，除了提高自身的写作技巧、听取读者意见以外，还要学会关注市场。

作者的作品得到发表和出版，其中一部分依靠编辑的力量。

张爱玲与《天地》杂志的主编苏青私交甚笃，加上《天地》当时打着女性杂志的旗号，她的登场时机几乎是《天地》杂志女性色彩最显眼的时候。自《天地》创刊后，张爱玲是发稿最勤的一位作者。不仅如此，她还给《天地》绘插图、设计封面，对这份刊物抱有极大的兴趣。

在《我看苏青》一文中，张爱玲说：“她敷衍我，为了拉稿子；我敷衍她，为了要稿费。那也许是较近事实的，可是我总觉得，也不能说一点感情也没有。我想，我喜欢她过于她喜欢我，是因为我知道她比较深的缘故。那并不是因为她比较容易懂。”

从张爱玲对苏青的这番话中，可以了解到，她不仅做到了知晓读者、知晓市场，也做到了知晓编辑。这样做就更加明确了自己的写作方向。

作者对写作，一定要有这几个考量：第一从写作的技术上讲，是衡量自己有没有退步或是落入俗套；第二是找自己写作的启示；第三就是阅读和学习。要多读多看，也很快乐。特别是当有新的“知识点”获得的时候，就像是被忽然点亮一般。

专业的作者，都是一步步在编辑的指导下成熟和成长起来的。

02 >>>>

张爱玲一生中与无数名家，报刊、杂志社、出版社编辑打交道，对他们，她都能应对自如，从中有些经验，可以借鉴。

张爱玲在《存稿》中写道：“似乎我从九岁起就开始向编辑先生进攻了，但那时候投稿《新闻报》本埠附刊几次都消息沉沉，也就不再尝试了，直到两年前。再歇了几年，在小学读书的时候，第一次写成了一篇有收梢的小说。”

1943 年，张爱玲的《沉香屑：第一炉香》在《紫罗兰》复刊号上登载。周瘦鹃在《编辑例言》中向读者推荐了张爱玲的小说：“如今我郑重地发表了这篇《沉香屑》，读者共同来欣赏张女士一种特殊情调的作品，而对于当年所谓上等华人那种骄奢淫逸的生活，也可得到一个深刻的印象。”

当作品成功发表后，张爱玲邀请周瘦鹃到家中，与姑姑张茂渊设了西式茶会对其进行答谢。

海福州路附近一个弄堂里，有一座双开间的石库门房子，这里就是《万象》杂志的编辑室，同年 7 月，张爱玲把短篇小说《心经》交给了编辑柯灵，给柯灵带来意外的惊喜。

柯灵在《遥寄张爱玲》中写道：“那大概是七月里的一天，张爱玲穿着丝质碎花旗袍，色泽淡雅，也就是当时上海小姐普通的装束；肋下夹一个报纸包，说有一篇稿子要给我看看，那就是随后发表在《万象》上的小说《心经》，还附有她手绘的插图。我们的会见和谈话很简短，却很愉快。谈的是什么，已很难回忆。但我当时的心情，至今清清楚楚，那就是喜出望外。虽然是初见，我对她不陌生，我诚恳地希望她经常为《万象》

写稿。”

作家夏衍负责上海文艺工作时，曾指示龚之方，要他与唐大郎组成一个能力强、素质好的小报班子。一个月后，《亦报》创刊，龚之方任社长，唐大郎任总编辑，向张爱玲约稿，张爱玲用笔名“梁京”供稿。

1955 年，胡适将张爱玲的《秧歌》仔细地看了两遍，在回信中表达了自己对此书的欣赏。胡适在此书扉页的题词上说“写得真细致、忠厚”，还说“近年我读的中国文艺作品，此书当然是最好的了”，并要求张爱玲多寄几本给他。

在香港结识宋琪夫妇后，张爱玲参与宋琪主持的《美国诗选》《美国现代七大小说家》两书的翻译工作。1963 年，她开始与夏志清通信，直到 1982 年，共计来往书信一百余封。1965 年，她在麦卡锡的帮助下，把莫泊桑、詹姆斯、索尔仁尼琴等人的小说改编成广播剧。

丘彦明的同事苏伟贞，从 1985 年进入《联合晚报》，至 1995 年张爱玲去世，在长达十年的时间里给张爱玲写了无数信件，却只收到回信十二封，并未约到一篇稿件。尽管张爱玲和丘彦明有八年的稿约合作，终究只是作者与编辑“君子之交淡如水”的关系。

张爱玲一直把自己当成是“职业妇女”，她与编辑们打交道，完全是出于自己的生计。

她在《苏青张爱玲对谈记——关于妇女、家庭、婚姻诸问题》中，就表明了自己作为新女性的独立观：“用别人的钱，即使是父母的遗产，也不如用自己赚来的钱来得自由自在，良心上非常痛快。”

对于金钱，张爱玲自称没有“吃过没钱的苦”。

当年，张爱玲与父亲闹翻后，跟母亲住在一起。她吃的苦，就是上学没有私家车接送，家里没有佣人。但她家的房子还是高级的公寓，邻居都是达官贵人；她不是没钱，而是父亲给钱不够爽快；她家里也不穷，只是中学时上了上海的贵族女校，而在大学期间，她的同学都有着更显赫的家世。

她的苦，大多来自内心的“比较”，她与自己曾经的生活比，她与同学互相攀比——她是吃不了亏的，所以才生出一种“自强”，什么都要争强好胜。

在“港大”期间，一向对人不用心思的张爱玲为了拿到奖学金，也为了减轻母亲的经济负担，不得不违逆天性，细心地去琢磨每位教授的授课特点。她研究了他们留作业、提问、考试的方式与倾向，所以功课都能获得好成绩。

连拿两次奖学金的张爱玲就“嘚瑟”起来，做了几件价格不菲的漂亮大衣。她终于找到大把花钱的感觉了，用自己挣的钱把自己打扮得漂漂亮亮。

这时候的张爱玲依然明白，一个没有金钱的女人是很容易被生活所迫的，但有办法找到开源渠道的她，并没有存钱的意识。

在《我看苏青》一文中，张爱玲写道：“而且无论怎么说，苏青的书能够多销，能够赚钱，文人能够救济自己，免得等人来救济，岂不是很好的事么？”

当张爱玲一夜成名后，大大小小的杂志闹稿荒，以十倍的价钱疯抢张爱玲的稿子。有了钱又爱钱的她，终于幸福地住进了衣服里。在出国以后，她的中文写作道路不通，英文写作又连遭退稿，处处碰壁的她，经济情况趋于崩溃。为了赚取赖以糊口的稿费，她不得不一边坚持写作，一边为朋友的影业公司写剧本。

张爱玲的好胜与上海女人所特有的“精明之道”，使她拥有倔强与不屈从的性格。再次到香港后，她每天写作十几个小时，高强度的劳作几乎把她压垮。熬夜累眼，她的眼睛患上了溃疡，经常出血，双腿肿胀，她却连一双合适的大码鞋也舍不得买。因为她心急如焚，必须尽快攒出一张机票钱，回去照看病中的丈夫赖雅。

这样的经历也让晚年的张爱玲认识到，钱除了享一时之乐，还可以救一时之急。

03 >>>>

张爱玲的文学作品不仅有其独特的文学价值，同时也创造了巨大的经济效益。

她的小说从“夹缝叙事”中缔造传奇色彩，利用中西文化结合的方式体现个人审视人性的独特之处。当时上海流行报纸、杂志等大众刊物，这些刊物对她的作品的传播起了至关重要的作用。

一部文学作品的畅销是有多种原因的，特别是在“五四”时期。

那时的小说都注重教化，自“问题小说”出现，相应减少了对小说形象化的要求，人物成为作者的某种“传声筒”，人们注重思想的探求、讨论，甚至哲学层面的讨论。当时的多数作品都是概念化的，艺术性较差。而张爱玲的作品触及了人们关心的问题，所以影响非常大，销量也非常大。

张爱玲的作品在20世纪40年代受到媒体和大众追捧的原因，主要是她的小说不在当时的主流文学之列，吸引读者之处是她贵族的出身。她经历了香港求学时期的战火，而后在沪上“卖文”成名，她的身世构成了一则“传奇”，加上她奇特的性情，激发了读者强烈的阅读期待。

她所讲述的正是大城市里的小市民的故事。无论故事发生的地点是在上海还是香港，无论故事的主人公是豪门少爷还是里弄的姨婆，张爱玲都能对人物的心理进行深入刻画。

张爱玲的作品，能体贴、细致地表现出都市文明浮华背后的人们的挣扎和苦痛。

“女性主题”是她两性关系写作的主要切入点，女性与情爱也是人们津津乐道的话题，言情的文学作品，自古至今都有销路。

张爱玲的小说色彩鲜明，她在起承转合、色彩联想、心理描摹、场面转换等方面均运用了“古为今用，洋为中用”的技巧。在其创作的文学作品里，展现出一个灰暗和苍凉的世界，没有崇高，没有光亮，也没有希望，充满了凄凉之感，这种情调又恰恰映射出一些人生经验与遭遇，合乎市民阶层的审美倾向。

20 世纪 80 年代，国内又涌出无数“张爱玲迷”。这与时代的价值取向有关，当时，“小资”这个新群体日益凸显出来。

所谓“小资”，特指追求时尚、追求品位、追求情调的年轻人。这群人既有物质基础，又有知识品味，兼具闲情逸致。张爱玲作为小资情调的“创始人”，自然有若干理由被崇拜。

“外在的美永远比内在的美容易发现”，这就与张爱玲不会让追求时尚的小资们失望一样，她是一个神奇慷慨的魔术师，不断玩出新花样。她创作的文学作品中有辉煌与浮华之气，浸透着苍凉与无奈，就像一个自恋的人，需要得到别人的赏识、关注和无限的热爱。

一段上海的浮华旧梦，一段缠绵悱恻的离合，上海或香港的乱世背景，使得那些爱情无论轰轰烈烈，还是稀薄脆弱，都显得格外凄楚动人。在《倾城之恋》《红玫瑰与白玫瑰》《封锁》等小说中，张爱玲将爱情中的纠葛描绘成人生之中必须要经历的生死，这就成为俘获小资们的最佳武器。

对西洋文化的精通，使她的文章充满小资喜欢的气味——她谈吃穿住行，谈宗教信仰，谈文学诗歌，展示了一幅十里洋场的繁华景象。这种深沉的忧伤，带着“美丽而苍凉”的格调。她的文学作品应验了一句话：“被人接受的小说才是小说，否则它们仅是一堆文字。”

如今的网络时代，读者对作者的影响愈加明显，有时二者是相互影响和促进的。不同的读者在文化上存在差异，从而对作者的写作活动产生不同程度的影响。被读者感知并引起反应的文学作品，才能转化为现实价值，并产生一定效果。

张爱玲在《我看苏青》中写道："人可以不懂她好在哪里但仍旧喜欢同她做朋友，正如她的书可以有许多不大懂它的好处的读者……大众用这样的态度来接受《结婚十年》，其实也无损于《结婚十年》的价值。就连《红楼梦》，大家也还恨不得把结局给修改一下，方才心满意足……迎合大众，或者可以左右他们一时的爱憎，然而不能持久。而且存心迎合，根本就写不出苏青那样的真情实意的书。"

《结婚十年》一书，写的是苏青自己从结婚、怀孕、生子，到对婚姻关系失望，终于选择离婚就业的故事。这部书当年轰动上海，人们争相购买，盛况空前，可谓是创造了当时出版行业的一个奇迹。

想成为市场畅销的文学作品，就需要作者、读者、传播者这三者之间的结合。同时，作品本身的语言、技巧和情调这三个方面，也是一部文学作品吸引人的地方。

成熟的作者不仅要研究和适应读者，还要引导和影响读者。

张爱玲的作品能叩开出版社的大门，并赢得市场，不仅因为它们具有思想的深刻性、历史感、文学艺术的美感，还因为它们有媒介的认可与宣传。这些共同构成了张爱玲作品的市场吸引力——张爱玲不仅迎合了文学消费者的阅读偏好，更重要的是，她在写作中注入了个人的真情实感。

第 4 堂：
“你就是医我的药”——

好的小说，首看叙述“基调”

“下午的音乐会还没散场，里面金鼓齐鸣，冗长繁重的交响乐正到了最后的高潮，只听得风狂雨骤，一阵紧似一阵，天昏地暗压将下来。仿佛有百十辆火车，呜呜放着汽，开足了马力，齐齐向这边冲过来。车上满载摇旗呐喊的人，空中大放焰火，地上花炮乱飞，也不知庆祝些什么，欢喜些什么。欢喜到了极处，又有一种凶犷的悲哀，凡哑林的弦子紧紧绞着，绞着，绞得扭麻花似的，许多凡哑林出力交缠、挤榨，哗哗流下千古的哀愁；流入音乐的总汇中，便乱了头绪——作曲子的人编到末了，想是发疯了，全然没有曲调可言，只把一个个单独的小音符叮铃当啷倾倒在巨桶里，下死劲搅动着，只搅得天崩地塌，震耳欲聋。”

——《连环套》(1944 年)

01 >>>>

一部好的小说，往往一开始就定准了叙述的基调。

在讲述写作使用的技巧之前，我们先来弄明白什么是“基调”和“声调”。

小说创作中的基调，指的就是叙述基调，它是通过富有个性特点的语言调子、色彩气势、节奏等语言材料所显示出来的作品基本调子。叙述基调之中包含着不同的叙述“声调”，是以对生活的入微观察、深切感受、亲身体验为前提的，是一种蓄久积深的态度，是一种自然宣泄。不同的叙述声调的汇合交融、浑然一体，构成了一部小说叙述基调的主旋律。

也可以说，基调是小说内容、形式、思想艺术组合起来的基层情致，是作品风格的外在显现，如喜剧明朗欢快，悲剧压抑伤感，讽刺小品辛辣幽默等。

张爱玲是感伤型作家，她的大部分时间都无法排遣来自灵魂深处的感伤，文学作品中笼罩着某种疼痛，而疼痛来自不合理的现实秩序对人性的极端压制。由疼痛而产生了悲悯，她认为人与人之间应该有平等的权利，她的感伤是针对人与人之间赖以相处的和平之爱的缺失。

她的小说几乎都是关于文明与人性的哀歌，展示人的精神的堕落与不安，展示人性的脆弱与悲哀。

张爱玲的生活塑造了她的人生，她的人生又奠定了她文学创作的基调。

有着贵族家世的她，血管里流出的是另一种气质。其祖父张佩纶是晚清大臣，也是李鸿章的幕僚。张爱玲的祖母李菊耦是李鸿章的女儿，可谓是出自相府的千金小姐。李鸿章早年因周氏夫人没有生下儿子，便过继了幼弟昭庆的儿子李经方为子。后来赵氏夫人与李鸿章结婚，于1864年生下了李菊耦。

幼年的菊耦与兄弟一起在家塾中读书，老师不仅为人谨慎，又有学问。所以张爱玲的祖母不仅能作诗，还善弹琴，也会弈棋煮茶，特别是对书画具有一定的鉴赏力。她对历史典故也很熟悉，与张佩纶结合后，有一次被问及“烛影斧声”，即宋太宗弑赵匡胤的千古疑案，她回答得有理有据。

曾朴著的《孽海花》中就生动记述了一段张爱玲祖父母婚姻佳话。其中的择婿就是指李鸿章家族中的那些女性，李鸿章并不重男轻女，况且他的女儿都文墨精通，聪明过人。在菊耦23岁时，她才被许配给李鸿章亲自挑选的女婿张佩纶。

当时张佩纶犯事发配回来，已经40岁，相貌粗鄙，并且其继室在发配期间已过世，李鸿章却对其欣赏不已，认为张佩纶的才干堪称“今世蔺相如”。

《孽海花》中的原文写道：

“庄仑樵接着说：‘相女配夫，真是天下第一件难事！何况女公子样的才貌！门生倒要请教老师，要如何格式，才肯给呢？’威毅伯听后哈哈一笑竟说：‘只要和贤弟一样，老夫就心满意足了。’说完竟‘很注意地看了他几眼’，庄仑樵心领神会，马上托人提亲，‘威毅伯竟一口应承了’。”

《孽海花》里的庄仑樵，当时几乎人人知道，这是在影射张佩纶。不过两人成亲以后，张佩纶的仕途并没有起色，菊耦38岁开始守寡，靠嫁妆维持生活。后来张爱玲无意间看到一张祖母中年时的照片，表情“阴郁严冷”。而菊耦也让女儿着男装，让下人称呼女儿“少爷”，这种阴阳颠倒是一种朦胧的女权主义，她希望女儿刚强，将来的婚事能自己拿主意。

果然，菊耦的女儿张茂渊、儿媳黄素琼（后改名黄逸梵）都脱离旧式家庭，到海外求学，自食其力，主张做新女性。张茂渊长年单身，而黄素琼冲破婚姻，成了“出走的娜拉”，她是一个了不起的女人。张爱玲的母亲黄素琼虽然出身豪门，但由于是小妾所生，父母又早逝，所以童年并不幸福。

婚后的黄素琼与张志沂每日都争吵，终于日益升级的矛盾，变得不可调和。诸多原因致使她多次出走国外，后来一生漂泊在海外，最后孤苦地客死国外。作为张佩纶的儿媳妇，她接受了新思想，无法容忍丈夫张志沂不务正业、吸食鸦片、娶姨太太的行为，更看不惯他无所作为，这使两人的婚姻最终破裂。

家族的日趋衰败，家庭的不幸，父母的离异，自然给女儿张爱玲留下了抹不去的阴影，这种阴影体现在她的作品里，对她的创作产生了重要的影响，也是她文学作品基调悲凉的根本原因。

02 >>>>

“女人一辈子讲的是男人，念的是男人，怨的是男人，永远，永远。”人世间男女之间的故事，无怪乎被一个“情”字纠缠。

张爱玲能一遍又一遍回忆当初与爱人缠绵悱恻的情节，由此告诉自己，对方仍值得珍惜。实际上她心里很清楚，有什么是值得珍惜的？

她说：“女人就是比较念旧，不是对这段感情放不下，而是对自己曾经那么全心全意的付出感到不甘心，至于什么是值不值得，这样的概念很淡。会时常回忆起，曾经过往的点点滴滴，对方的一点好处或是一点真心，都拿得起却放不下。”

想要不再回忆以前的感情，对于一个不冷血的女人来说，是困难的。那些经历过的感怀无法轻易抹去，“念旧”这种感情是会随着时间沉淀的。在一段感情中，男人念念不忘的是感觉，但那种铭心或是刻骨的感觉会随着时间流逝而逐渐淡忘，也没有谁对谁错之分。

张爱玲就是特别念旧和重感情的人，这奠定了她在文学创作中的基本格调——悲情。

她的小说主要表现旧小说情调与现代趣味的统一，有着鲜明的艺术独创性。在中国现代小说和西方小说中，她找到了适合自己表达的调子。

在张爱玲的《连环套》里，女主人公霓喜一生都在一群男子身边周旋。正如连环套一样，环环相扣，情节紧凑又自然，而这其中的每个人物都不是多余的，他们都对霓喜的生活有或多或少的影响。比如梅腊妮，她是霓喜被第一任丈夫雅赫雅抛弃的一个潜在导火线，她的告密有着推波助澜的作用。文中的每处伏笔都是精心设计过的，其中的一位人物——师太每天读《南华日报》的伏笔设置，使霓喜发现自己被第三个丈夫抛弃这一事实显得真实而自然。

在当时的中国女性作家中，张爱玲对女性有着深切的同情，并关注女性凄惨、悲凉的命运，描摹出一系列旧时代女性的群像，表现出处于男权世界里的女性的悲剧命运。霓喜的三个丈夫都不是法律意义上的“合法”丈夫，在动乱和战争的背景下，《连环套》中的女主人公就是一位依附男性而生存的女人，与那时的社会有着真实的契合。

对于霓喜的第一任丈夫而言，她是买来的家奴；第二任丈夫把她收留为妾，也是出于同情而非真爱；霓喜和第三任丈夫是典型的依附式的姘居的情人关系，由于没有得到婚姻的保障，在孤苦无依的生存环境中挣扎的霓喜，注定如漂浮的浮萍，无根可依。

在悲苦的生活中，张爱玲又把霓喜表现得如野草般强劲地活着，这是具有象征意义的。所谓“连环套”，隐指陷入生活困境之中的女人为了获得生存的希望，不得不挣扎于不同的男人之间。霓喜的这一生就沉沦在命运给她设计的婚姻“连环套”中，她的命运被掌控在一个又一个男人手中，直到没有了可以绑住男人的资本而被抛弃。

小说的“基调”是悲凉的，人物形象鲜明，入木三分。在《连环套》中，我们看到了这样一个可恨、可悲而又可怜的女性。她的婚姻带有明显的旧时代色彩，没有爱情可言，只是一种交易——物质和欲望的交易。男人们与其同居，却从不给她一个正当的名分，一旦有了新欢就将她抛弃。她年轻貌美、聪明精干、泼辣、风流、刻薄、虚荣，她辗转在几个男人之间，得到了有限的物质生活和作为附赠品的孩子，她将自己的大半生年华付诸于此。她孜孜不倦地继续着自己的连环套，直到没有可以套住别人的资本。

霓喜年轻貌美，有很多垂涎她的男人，也有低俗的恶习。她贪图财物，对人刻薄又刁蛮，为人虚荣，总想着从男人身上得到物质的享受。她认为，拴住男人的方式除了自己的姿色以外，还有孩子，但她没有成功。最后，晚年的霓喜过着孤单而寂寞的生活。她是那个时代不幸女人的缩影。

“霓喜知道她是老了。她扶着沙发站起身来，僵硬的膝盖骨克啦一响，她里面仿佛有点什么东西，就这样破碎了。”

这是张爱玲的《连环套》的结尾。这是一个时代的悲哀，她一无所有，除了五个儿女。而对于孩子们，霓喜是没有爱的，他们长大后面临着与他们母亲同样的命运，这就让小说有了更深层次的“悲情”。

《连环套》是采用旧小说的形式书写的，比如“这孩子诸般都好”“见了这等人物，如何不喜”“一个鲤鱼打挺，蹿起身来”“凤尾森森，香尘细细”“有海又有天，青山绿水，观之不足，看之有余”等，这些语句带有明显的旧小说痕迹，放在现代小说中别有一番风味，且在某种程度上，也暗示了女主人公的命运同旧小说形式一样，最后终会被抛弃。

03 >>>>

悲情，是张爱玲写作中的基本格调。

她的小说中有许多古典小说的主题、意象，又融合了西方小说的技巧和现代派的表现手法。这些东西，令张爱玲的文学作品别具一格。

从张爱玲的教育背景看，她就读的教会中学是一所由美国圣公会主办的贵族学校——圣玛丽亚女中。张爱玲一心想去海外留学，可惜战争爆发，她的留学梦成为泡影，她最终改念了香港大学。大学前两年，她将学习精力放在英文写作训练、名家作品选读等课程上，但在第三年的英文课程中，张爱玲的注意力就一直停留在英国小说名家的作品中。

她是个非常有创作自觉性的小说家，对小说文体深有心得，在她创作的小说中，灵感的取得就是来自海外的类型小说。她喜欢在创作之前先研读英国小说中的世态人情，然后将其充实到自己的见闻以及身边的故事之中——这样的写作，也就是最初的模仿，是符合逻辑的。

有了 18 世纪的英国小说为借鉴，张爱玲的“悲情创作”就有了参照，她的小说与简·奥斯汀、毛姆等人的作品是可以进行共同研究的。在张爱玲的文章和谈话中，她也多次提到萧伯纳、毛姆等英国作家。

她创作的《连环套》，故事情节同笛福的《摩尔·弗兰德斯》的叙事方式酷似。《摩尔·弗兰德斯》以第一人称的手法书写，书中的主人公从 18 岁到 60 岁一直以罪人的身份出现。女主人公弗兰德斯生于监狱，在孤儿院长大，给贵族家庭当仆人。她被主人家的大公子诱骗后，被迫嫁给她所不爱的二公子。婚后五年，丈夫病死，弗兰德斯成了寡妇。过了一段淫荡的生活后，她再嫁给一个在殖民地拥有田产的人。不久，她发现丈夫就是自己的亲哥哥。

笛福的小说《摩尔·弗兰德斯》中的主人公与张爱玲《连环套》中的霓喜十分相像：第一，主人公都是养女；第二，主人公都是通过一次次的非法同居来谋生；第三，两人都有美貌并被男人热烈追求，最后落魄，过上了安稳的生活。

这本小说对于当时的中国也具有一定的影响力。笛福的作品被称为"英国小说中的巨著"，虽然女主人公遭遇了诸多不幸，但在面对这些事情的时候，她又体现了其特立独行的人格，虽然经历坎坷，但对生活充满热爱。

两部著作还有一个相同之处，那就是小说的叙述方式。两者都是采用主人公晚年回顾自己一生的方式开始叙事的，带有传记式的性质。印度商人、英国小官吏、西班牙修女等人，共同构成了广东养女的世界，这也是当时中国殖民地的现实环境。张爱玲在创作中模仿了《摩尔·弗兰德斯》小说中的文体，试图通过这种独特的文体来进行写实。

当然，两者也有不同之处。《摩尔·弗兰德斯》中，晚年的主人公以忏悔的姿态来回顾往事，回忆过程中，她对自己的美貌和狡诈而沾沾自喜。在笛福的笔下，那些接近摩尔的人没有一个人认识到她的真实面目，所以这部小说成了一个极具反讽意味的作品。

笛福当时处于"小说兴起"的时代，他作品中出现的讽刺，是根据他的个人主义以及他对"精神拯救"的关心得出的结论。笛福在文学创作中，把人物与自己认识到的世界关联起来，通过观察，再把自传回忆录和流浪汉小说文体糅合进去，最终形成了一种别具一格的创作方式。

傅雷曾经批评张爱玲的《连环套》缺乏主题。对于这一点，张爱玲则指出，现代文学作品中不再那么强调主题，只是让故事自己说话，让读者获取所需。她还认为，自己写实的信念和方式是正确的，如果读者不能理解，可能是因为新旧文人当时各自的局限性——“鸳鸯蝴蝶派”的旧派文人觉得张爱玲塑造的人物没有“才子佳人”那般多情，而新式文人又觉得她的写作不够健康，缺乏明朗的主题。

在《连环套》中，张爱玲认为自己有一种新主题，她感动于霓喜对物质生活的单纯的爱，霓喜在得到男人爱的同时却得不到安全感，这两者不能兼顾，也就是小说的矛盾点每次都使得霓喜人财两空。文中的“我”是第三者，“我”在遇到老年霓喜后前去拜访，听到了霓喜对往事的回忆，其中并没有掺杂叙事者“我”的评论。

对照张爱玲的其他作品，可以发现这部小说与笛福的不同之处在于，张爱玲是有意识地经营小说，丝毫没有主人公自己的“独白”。她以第三人称来叙事，也不带“我”的情感糅合。这样就使得故事发展的三个高潮有些单调和重复，可是，在小说开头设置双层叙事结构，也是一种文学形式的创新。由此可见，在文学作品中，文学形式创新比主题自觉在创作中更为重要。

“你是浮尘中开出的一朵花，带着一炉沉沉的女人香。在你的世界里，原本只是在寂静地等待着，那个懂你的男人。”

关于“爱情”这个人类永恒的主题，无论从谁的口中诉述出来，都有着别样的美。这种情感体现了人与人之间的强烈依恋、亲近、向往、无私以及无所不尽其心的关系，通常是“情”与“欲”的对照，爱情的核心是情爱。

在张爱玲的文学世界里，男女的情爱，被描述得透彻，而她在自己的真实情感世界里，却无可救药地迷茫着。在此处可以用一个词，即“悲壮”来形容，她内心是柔软而热烈的，她与爱人的爱情也轰轰烈烈。

张爱玲生而缺爱，一部分是其家庭因素造成的，另一部分则是自恋造成的。故而她在爱情里寻找到的并非纯粹的感情，其中糅杂着强烈的索求。这就是她的文学作品给人带来悲凉感的原因。

悲凉感，其实就是“感伤主义”，这种“感伤主义”起源于18世纪中后期的英国。当时由于现实矛盾的加剧，人们对理性社会产生怀疑但又无可奈何，所以寄希望在艺术和情感之上，借此来表达心中的不满和逃避情绪。

到了19世纪初，传统小说大都以情节为基础，遵循因果规律，重新组织现实生活。而“感伤主义”则开辟了一种以心理为载体，掺和了外部现实世界投影的叙事方式。“感伤主义”排斥理性、崇尚感情，所以也被人称为“前浪漫主义”。它注重内心情感，夸大感情的作用，强调感情的自然流露，重视自然景物的描写，特别是强调个性和个人的精神生活的刻画。

任何一篇作品，都需要深入分析、理解其思想内容、体裁、主题、结构、语言，并理解它的风格，理解它所表现的作者的思想和感情。好的文学作品，都会有一个统一完整的“基调”，它是一个整体概念，是层次、段落、语句中具体思想感情的综合表达。

第 5 堂：

“花立时谢了，又是寒冷与黑暗”——

用第三人称“他”来描写

“为了爱而结婚的人，不是和把云装在坛子里的人一样的傻么？乔琪是对的，乔琪永远是对的。她伏在栏杆上，学着乔琪，把头枕在胳膊弯里，那感觉又来了，无数小小的、冷冷的快乐，像金铃一般，在她的身体的每一部分中摇头。她紧紧地抱住了她的手臂。她还想抱住别的东西，便轻轻地吹了一声口哨。房里跑出一只白狮子狗来，摇着尾巴。薇龙抱着它，喃喃地和它说着话。那时已是上午四点钟左右，天上还有许多星，只是天色渐渐地淡了，像一幅青色的泥金笺。对面山上，虫也不叫了，越发鸦雀无声。”

——《沉香屑·第一炉香》(1943 年)

01 >>>>

在写作中，常常会遇到如何选择人称的问题。

张爱玲常用第三人称来入笔，以一种全知的视角来叙述。在小说的写作中，第三人称侧重用主角视角去描写，情节中穿插其他人的视角。

用第三人称写作，也就是叙述人不出现在作品中，而是以旁观者的身份出现——这是叙事性文学作品中最常见的叙述方式。以第三者的身份来叙述，能直接客观地展现丰富多彩的生活。同时，它也不受时间和空间的限制，在叙述的时候，能将事情写得如同作者亲身经历的或者是亲眼看到的。

而第一人称是一种直接的表达方式，无论是否是作品中的人物，所叙述的内容像是自己的亲身经历，能直接表达思想感情，但它的局限性是不能超过“我”耳闻目睹的范围，无法具体地反映现实生活。

张爱玲的《沉香屑·第一炉香》就是以第三人称的视角写了一位名叫葛薇龙的上海女孩为了能够留在香港读书，孤身向自己住在香港的姑母求助的故事。这位姑母是一位具有一定的财力的富人遗孀，见到葛薇龙就对其冷嘲热讽。后来葛薇龙被姑母利用，成为吸引男人的诱饵。

为什么张爱玲的第一部小说会选择香港作为背景?

这与张爱玲生活中的求学经历有关。她为了上学从家中逃出来，就像做了一场噩梦。她在母亲家里潜心补习功课，想要实现英国留学梦，当时伦敦大学在上海设有考场，她一试就考了远东地区第一名。由于生不逢时，张爱玲没能去成英国，不得不改上了香港大学。

17 岁的张爱玲带着自卑和惶惑登上了前往香港的客船。香港是个具有浓郁商业气息的城市，所以她不仅在《沉香屑·第一炉香》中以香港为背景，还在许多作品中对此座城市进行了描述。到了香港后，她很快捕捉到了比上海更具国际化的都市气息，这里的中西文化、人格、价值观念、生活方式都混杂着别样的味道。

作为单纯的大学生，张爱玲在香港的身份几乎完全符合“第三人”，对香港来说，她就是一个旁观者。

远离家庭的张爱玲，难免有离愁别绪和思念之苦，她认真听课读书，用心揣摩每个教授的心思和他们所教授的要点。她十分得意自己的成绩，就连老师们也表示，他们从来没给过他人像张爱玲这样高的分数。在学习期间，她的英语水平有了很大提高，她不仅能用英语交流、做笔记，还能用英文写作，甚至连书信也是用英文写。作为上海人的张爱玲，最先想到的是写几个香港传奇给上海人看。

她的处女作《沉香屑·第一炉香》，颇受当时风靡上海的张恨水通俗言情小说的影响，具有鸳鸯蝴蝶派小说的特性。漂亮的女学生葛薇龙沉迷在纸醉金迷中，爱上了花花公子乔琪，为了继续过“上流社会”的生活，她不惜出卖自己的灵魂，费尽心机嫁给了乔琪，将人生追求从最初的求学变为“求爱”。最终她又向安逸生活妥协，沦为姑母和乔琪的敛财工具。

在这部小说中，乔琪明确告诉薇龙，他不会结婚，也不会给薇龙爱。他只会给她快乐，是跟她逢场作戏。薇龙折磨自己而产生的痛苦，乔琪是不担责任的。然而薇龙对爱存有希望，对理想的婚姻存有期待。

张爱玲在写作的时候安排情节，以此来说明她所铺设的立意。

薇龙亲眼撞见乔琪刚刚离开自己的房间，到了楼下又跟丫鬟鬼混到一起。她看清了乔琪的本质，为了逃避，或者为了保持自己对爱情的忠诚，为了维护与固守那点美好，她决定回上海，远离香港。

这应该是故事中薇龙反抗的表现，用第三人称来写，写明了每个人物的意图。薇龙的姑母明里暗里阻挠她回上海，薇龙最后得了一场大病，不但拖延了回上海的日程，而且改变了对自己人生的预测与判断。

在这个时候，张爱玲充分描写了葛薇龙的心理活动。让读者意识到，葛薇龙清醒地认识到，现在的自己已经不是原来那个清纯、上进、追求真爱的自己了。回到上海，她最好的出路是找个有钱人嫁了，而这个出路对她这个普通人家的女孩来说，也不是那么容易的。所以，她还是留在了香港，通过交际赚钱供乔琪挥霍玩乐，以此达到乔琪跟她结婚的目的。

这种决定和选择居然成功了，薇龙得以跟乔琪结婚，且一方面免去了租房之苦，另一方面能留在姑母家继续勾引男人。所以她住在姑母的别墅里，变得非常忙碌，不是为乔琪弄钱，就是帮助姑母勾引男人。在故事中，畸形的人生选择、畸形的婚姻组合、畸形的家庭角色定位，逐一被撕裂开来。这种畸形带着荒诞，荒诞里含着可笑，透着喜剧的意味。在薇龙的一生中，事业、爱情、婚姻……这些本身含有美好价值的东西都已经面目全非，她逐渐远离了自己的本质与初心。

张爱玲是一个讲故事的人，她的故事不是载道的那个“文”，也不是言志的那个“物”，而是读者想看什么，她就动用文才和个性撰写一个曲折乖张的传奇。

在《沉香屑·第一炉香》中，人物司徒协是薇龙姑母无数情人中的一个。姑母在交际场中协助他料理事务，并提供年轻女孩来笼络他。可当司徒协无端赠了薇龙一个贵重的镯子时，薇龙明白，姑母是要她献身于司徒协。这时，她看着本不属于她的锦衣罗裳，做着抉择，内心突然意识到，曾经的那个单纯的自己已经不复存在。用第三人称来写，其发展过程符合人性，刻画得也恰当。

02 >>>>

张爱玲的创作难以抹去自身经历带给她人性残缺的显现。

她在现实中对父母之爱的失望，在小说中变成了薇龙对亲情的淡漠。在这一发展线路中，是张爱玲的宿命论和人生观中不符合客观规律的那部分在说话，也许增加了小说的可读性和苍凉感，却使作品与真实人性之间隔了一道小女人的狭窄缝隙。

《沉香屑·第一炉香》想要表达的东西就是人世间赤裸裸的真理：如果你想得到点什么美好，就一定要付出代价。那些历尽千辛万苦得来的“小幸福”，那些苦心经营的“小桃源”，那些代价惨重、伤痕累累换来的个人选择，在大时代的一个浪过来时，就什么都不剩了。

小说中的每个人都得到了他们想要的东西，哪怕得到之后倍感绝望，但日子就那么过着。心愿达成，只是未必有当初的欢乐期待。小说的结局其实在开头就说得很清楚了：“请您寻出家传的霉绿斑斓的铜香炉，点上一炉沉香屑，听我说一支战前香港的故事。”

用第三人称来叙述，对作者来说，也便于直接表达思想感情。但它也有局限性——不如第一人称那样使读者感到亲切。为了弥补第三人称叙述中的不足，作者需要发挥文章中人物对话或独白的作用，通过他们的口，讲出亲身经历的事或心理活动。

小说《沉香屑·第一炉香》的心理描写和语言描写都达到了一定的契合度，称得上入木三分、巧夺天工，张爱玲对环境、事件等客观事物的描述，也是借人物之眼口，藏了心思的。在事件之后，她会进行简单、得当的心理刻画，以此推动情节发展。比如：

“梁太太手里使刀切着冷牛舌头，只管对着那牛舌头微笑。过了一会儿，她拿起水杯来喝水，又对着那玻璃杯怔怔地发笑。伸手去拿胡椒瓶的时候，她似乎又触动了某种回忆，嘴角的笑痕更深了。薇龙暗暗地叹了一口气，想道：‘女人真是可怜！男人给了她几分好颜色看，就欢喜成这个样子了！’”

接着又道：“梁太太一抬头瞅见了薇龙，忽然含笑问道：‘你笑什么？’薇龙倒呆住了，答道：‘我几时笑来？’梁太太背后的松木碗橱上陈列着一张大银盾……薇龙一瞧，银盾里反映着自己的脸，可不正是笑盈盈的？所以连忙正了一正脸色。……薇龙偶一大意，嘴角又向上牵动着，笑了起来，因皱着眉向自己说道：‘你这是怎么了？你有生气的理由，怎么一点儿不生气？古时候的人敢怒而不敢言，你连怒都不敢了吗？’可是她的心，在梁太太和卢兆麟身上，如蜻蜓点水似的，轻轻一掠，又不知飞到什么地方去了。姑侄二人这一顿饭，每人无形中请了一个陪客，所以实际上是四个人一桌，吃得并不寂寞。”

这是张爱玲写园会结束后，薇龙与姑母一同吃饭的情景。在园会上，姑母成功引起了卢兆麟的注意，这时薇龙初次遇见乔琪。姑母“笑”是正常的，因为她觊觎已久的少年才俊即将要得到手了，而薇龙的欢喜却是耐人寻味的，她的心思已被拥有更精巧外表、更能挑拨女性的乔琪牵走了。

在这段心理刻画中，姑母是个陪衬，真正的主角薇龙对姑母的揣度和对自己的惊异暴露无遗，也许她没有意识到，自己的情感取向由独立的人格正在转变为取乐对方。

这部作品中，张爱玲花了大量笔墨来写姑母一生的算计。她年轻时算计富商梁季腾的钱，不惜与家人决裂，力排众议后嫁给梁季腾做第四房姨太太。在梁季腾死后，她虽已不年轻，难以吸引年轻男子的心，但她得到了梁季腾留给她的一大笔财产。

于是，姑母又通过算计年轻的女孩举办交际舞会、交际园会来接触年轻漂亮的男子，她出其不意、要尽手段地把年轻男子据为己有。算计不是人性中一个好的品德，不在有价值的东西的行列，如果它被用来作为牺牲别人而满足自己私欲的手段，它自然就属于没有价值的东西。

张爱玲以第三人称的视角，布置了一个精巧的故事。直到最后才发现，故事的厚厚帷幕之下，偶尔有一点动作、着墨不多的姑母，才是这篇小说的真正主人公。她精明睿智，非常清楚自己要什么，又能付出什么代价。为了维系她的生活，她清楚需要做出哪些让步和交换，在这些手腕之间，她知道如何为自己争取到最大利益。不能说她是处心积虑，因为她并不需要老谋深算和步步为营。对于姑母这样一个人来说，她对人情的认知异常通透，她对人性也有足够深入的了解。

姑母只是做了一点小布置，事情就会按照她的想法发生。事实上，她在每一步都给葛薇龙留下选择的可能，姑母对人性拥有充分的信心，知道葛薇龙一定会做出符合自己期待的选择。因为，在葛薇龙第一次按下她家门铃的时候，骰子已经掷下，那个女中学生的命运已经注定没有回去的可能了。

在《沉香屑·第一炉香》中，作者运用了大量笔墨进行叙述和敷衍，就是把人性中没有价值的东西撕裂开来给人看。

03 >>>>

如果不是用第三人称来写《沉香屑·第一炉香》，而只是盯着葛薇龙自己的感受来写，故事就会显得单薄，姑母的人性就会无法体现，站在她的立场来看，她的所作所为都是为了自己的利益。故事中创造的其他人物，如薇龙、乔琪、卢兆麟、周吉婕或者仆人等，他们都从自身的角度出发，小说中发生的那些事情也都与他们自身相关，这不仅增加了故事的真实感，也很好地交织起每个人物的故事网。

张爱玲并没有过多去描写葛薇龙在香港的悲惨家庭生活，贫困对张爱玲来说，是超乎想象的存在，所以她把所有的描述都留给了半山上的美景，美好的生活是具体而微、充满细节的。于是，贪婪就从视觉上产生出来，人物就有了内在的欲望，开始真正带着意欲活动起来。而这才会带来真正的故事。

第三人称写作还有一点好处，那就是可以转换人物的视觉。就在《沉香屑·第一炉香》的开头，张爱玲用了古典作家的手法写了两大段景物描写，这是葛薇龙的主观视角，这是她第一次来姑母家，第一次来香港富人区看到的。

葛薇龙要这样的生活，更重要的是，她要按照自己的心意去生活。早先她的心意是留在香港，完成学业。到了姑母家，她看到了更大的世界，更丰富的可能，更值得追求的生活。而姑母已经历过这一段时期，是一个娴熟的向导。她在葛薇龙身上看到了自己的过去，葛薇龙在姑母身上看到了自己可能的未来。

于是，在风和日丽的景色下，所有的美好都有其代价，无论是独立女性的姿态，优渥美好的生活，还是爱情本身，都需要付出代价。

《沉香屑·第一炉香》如同幻梦一般不真实的美好生活中，反映出一个女孩子需要付出什么，她最大的筹码又是什么。张爱玲不动声色地揭露了这个事实，当她不厌其烦地描述姑母家里的一草一木，甚至是壁炉上的一个摆件，点评它们的品位高下时，她享受其中，她贪爱这一切。哪怕她在真实生活中只是睡在木板床上，盖着薄棉被，她也能在一呼一吸之间清清楚楚看到这些东西，她喜欢它们。

张爱玲有一种特别的文字表达方式，在深入表象之后，可以切实拥有这些东西。她是个“贪爱”的女人，在求得“获得”的同时，“代价”也随之而来。

《沉香屑·第一炉香》发表的时候，张爱玲年仅 23 岁。在这样的年岁，她就已经展现出惊人的文学天赋。

故事里的女主角和女配角谈到了葛薇龙的危机事件。所有这一切，都不能构成一个故事，或者说一部戏，因为无论是故事还是戏剧，都需要人物内心的欲望和求知作为情节发展的东西。张爱玲在这一点上不仅做得漂亮，也做得准确，还做得极为简洁有力。

张爱玲将小说描写得深刻，是因为她有着异乎常人的敏感，她把自己对世界的理解，巧妙地埋藏进编造的故事中。在故事里，她等待着读者发现其中的隐喻，就像挖宝一样去发掘里面的意蕴。

第 6 堂：

“她和她的头发燃烧起来了”——

全知视角叙述故事的方法

“一个脏的故事，人总是脏的，沾着人就沾着脏。在这图书馆的昏黄的一角，堆着几百年的书——都是人的故事，可是没有人的气味。悠长的年月给它们薰上了书卷的寒香：这里是感情的冷藏室。在这里听克荔门婷的故事，我有一种不应当的感觉，仿佛云端里看厮杀似的，有些残酷。但是无论如何，请你点上你的香，少少地撮上一些沉香屑，因为克荔门婷的故事是比较短的。”

——《沉香屑·第二炉香》（1943 年）

01 >>>>

文学作品的不同构成方式，是由不同的视角决定的，不同的叙述视角通常是由不同的叙述人称呈现的，它们能给读者不同的感受方式。

在传统的叙事作品中，采用旁观者的口吻来写的故事，就是第三人称叙述，也可称为“全知视角”。其实，全知视角是第三人称写作中的一种，而第三人称写作中还有限知视角、客观视角和部分限知视角。

以全知全能的叙述方式来写作能使读者感到轻松，叙述者会把一切都告诉读者。叙述者比其他人知道得多，可以不向读者解释这一切是如何知道的。作者出现在作品旁边，像一个演讲者伴随着幻灯片或纪录片在进行讲解。同时，作者还可以超越时间和空间，讲述在任何地方发生的任何事，甚至是同时发生的几件事。

故事开头，作者“我”就是以旁观者的姿态出现的：

“克荔门婷兴奋地告诉我这一段故事的时候，我正在图书馆里阅读马卡德耐爵士出使中国谒见乾隆的记载。那乌木长台，那影沉沉的书架子，那略带一些冷香的书卷气，那些大臣的奏章，那象牙签锦套子里装着的清代礼服五色图版，那阴森幽寂的空气，与克荔门婷这爱尔兰女孩子不甚谐和。”

故事采用全知的视角，每个角色的戏份都安排得恰到好处。张爱玲借克荔门婷的开场道出自己的观点：

“一个人有了这种知识之后，根本不能够谈恋爱。一切美的幻想全毁了！现实是这么污秽！”

接下来克荔门婷开始说她知道的故事，这样的写作方法就像一层层转述那个故事，无论故事是真还是假，反正都是听来的。这让全知的视角更深入。

她在文中这样表述：

“说到秽亵的故事，克荔门婷似乎正有一个要告诉我，但是我知道结果那一定不是秽亵的，而是一个悲哀的故事。”

故事就这样顺其自然地讲述下去：

“罗杰在开汽车，也许那是个晴天，或许也是阴天；对于罗杰，那是个淡色的、高音的世界，到处是光与音乐。他的庞大的快乐，在他的烧热的耳朵里，正像夏天正午的蝉一般，无休无歇地叫着。”

其实，如果不是采用全知的视角，张爱玲是无法把别人转述的故事通过这样的“镜头”表述出来的，罗杰这个故事中设定的人物，如果隔开了这位人物，他的现场环境是无法让读者知晓的。他开着汽车，周围的天气是晴或是阴，不仅是罗杰感受到的光，还有他所听到的音乐，不在现场的人怎么会体会到？

在此处，张爱玲觉得必须要用全知的视角，这样才能深入每一位故事人物所处的环境，而他们的心理活动是通过周围环境的描写，还有人物与人物之间的对话来展现的。

靡丽笙道：“是的，我不应当把这种可耻的事说给你听，使你窘。凭什么你要给我同情？”罗杰背对着她，皱了眉毛，捏紧了两只拳头，轻轻地互击着，用庄重的，略微有些僵僵的声音说道：“我对于你的不幸，充分的抱着同情。”

靡丽笙颤声道：“你别误会了我的意思；我……我并不是为了要你的同情而告诉你。我是为愫细害怕。男人……都是一样的——”

罗杰满心不快地笑了一声，打断她的话道：“这一点，你错了；像你丈夫那样的人，很少很少。”

使用全知视角第三人称进行叙述时，事情可以从一个角色跳到另一个角色身上。可以包括每个角色的思想和行动，从不同的方面来展开叙述。这些叙述可能会在同一个章节，或者会在同一段，甚至会在同一个环境里。

自己的故事里的作者是“全知全能”的，而读者只是被动地接受故事和讲述。张爱玲早期小说都是采用全知的视角来叙述。如《沉香屑·第二炉香》发表的时间与《沉香屑·第一炉香》仅隔了一个月，两者的部分特性较为相似。但《沉香屑·第二炉香》并不是《沉香屑·第一炉香》的续篇，从情节内容上的表层来看，两者几乎没有什么联系。

《沉香屑·第二炉香》是张爱玲的出道之作，当时的创作动机也是提倡个性解放、摒弃封建思想、旧道德、旧观念，在这部文学作品中，她对传统的“性认知”进行了深刻的批评。张爱玲笔下的人物是褪了色的金，粘着时代的旧灰，里子却是旧时代特有的富贵。

这个故事描述了一个把自己女儿永远看作孩子的母亲，为了保持她们的“纯洁的思想”而把她们与性知识进行隔离，使她们对于性一无所知。无知使出嫁的大姐靡丽笙误以为有生理需求的丈夫佛兰克丁贝是个变态，而了解此事的母亲由于溺爱自己的女儿，宁愿使大女儿离婚，也不愿对女儿进行适当的性教育。

同样的事情也发生在二女儿身上。不懂性知识的她在新婚之夜出逃，让不了解事情真相的人误以为其丈夫罗杰是一个鲁莽的色情狂，致使罗杰在工作、生活中屡屡受挫。终于，受够了别人的讽刺的罗杰走上了与佛兰克丁贝相同的道路——自杀。

02 >>>>

关注点在不同角色之间进行切换，是全知视角的优点。

这种写法在叙述上没有什么严格的限制，任何角色的内心活动和思想都可以随时写出来。在某种意义上，用全知视角讲故事的作者，知道任何角色在任何时刻的心理活动，可以随时深入任何一个角色的内心。这种全知视角的写作可以通过练习来达到创作者的要求。

在此简略地释义一下，在使用客观视角的第三人称进行写作时，作者可以在故事的任何时候描述任何角色的语言和行为，不需要专注在一个单独的角色身上。作者可以在不同的角色之间进行跳跃，需要的话，可以通过不同的角色进行叙述。

“限知视角”，则是选择一个角色，用这个人的视角进行叙述。在利用限知视角进行写作时，作者知道这个角色的行为、思想、感受和信仰，但这只对单独的那一个角色有效。在整个情节推进的过程中，其他人的思想和感受对于作者来说仍然是未知的，因此叙述的视角不能在角色之间来回切换。

张爱玲用一炉香的时间讲完一个故事不够，还要讲第二个故事。她太擅长用细密的文字勾勒她眼中的迂腐世界了。

《沉香屑·第二炉香》写的是关于“脏”的故事，这个故事引起了社会对于性教育的讨论与深思。故事讲述了四十多岁的大学教授和二十一岁的姑娘相爱，并准备结婚的事，他爱她那种天真得使人难以置信的美丽，而她看上他的是能与自己相媲美的智力。

人们常说，恋爱是两个人的事，想怎样就怎样，婚姻却由不得自己。罗杰安白登当自己是个普通的人，他认为自己做着普普通通的工作，也希望和正常人一样，有着一份普普通通的感情生活。

考虑到对妻子和家人必要的尊敬，和他们同自己不同的文化身份，在婚后的日子里，他接受了她们的哭泣，尤其接受了丈母娘——蜜秋儿太太身上那般守礼谨严的黑沉沉的寡妇气息。他接受这一切只因出于爱，重复刻板的教学生涯虽然早已磨灭了年轻时候的热情，但在对于爱情的憧憬，对于正常感情的世界的要求中，他觉得自己还是一个“罗曼蒂克的傻子”。

在蜜秋儿太太的大女儿靡丽笙的悲剧下，他只是担心如何帮助妻子克服那份爱的恐惧。

蜜秋儿太太的大女儿靡丽笙结婚后又与先生离婚了，因为丈夫对她发起了“可耻”的性行为。她将丈夫视为“禽兽”，在母亲的帮助下很快离婚，回归到“纯洁”。一层淡淡的哀愁罩着靡丽笙，罩着蜜秋儿太太，也罩着即将结婚的二女儿。

二女儿愫细对爱情完全无知，更别提婚姻了。她以为她对罗杰的心思是爱情，毕竟罗杰这个平稳的大学物理老师，智商和情操都应该不俗，同罗杰的结合是理所应当的。这一天是他们结婚的日子，一切平凡得很，除了仪式之前，姐姐靡丽笙对罗杰“真诚的”告诫——她告诫这个男人好好地“当心”妹妹——罗杰心里被蒙上一层灰色。

新婚当晚，天地宁静。突然，愫细跑出罗杰的寓所，一路逃到罗杰学校的学生宿舍。她狼狈地哽咽着，一句话都没说，就向学生和校长展示了罗杰的“变态”形象。这么一折腾，她便带着无辜的受害者形象回到了娘家。罗杰，这个平凡的男子，他的世界就这样被他的新婚妻子扭曲、颠覆了，他的工作、生活恍惚间就被毁了。他无法向这些人解释愫细家庭教育的缺陷，他无法获得理解和认同，他被周围的人当成了怪物。他默默承受着这一切。终于，同靡丽笙那自杀的丈夫一样，他用煤气结束了自己的生命。

《沉香屑·第二炉香》中写出了一个家族的牢固教育理念，一个病态的母亲，一个早已被岁月磨灭掉意志的自己和一个不能逃离的社会舆论环境。这种写作主题，也是张爱玲惯用的方法，主旨是深刻地指出人的“灵魂”和“肉欲”两者是永远无法统一的。

这是很短的一篇小说，却很深刻，张爱玲的文字是一个个砸进人们心里的。一个旧时代的保守母亲，对三个女儿的家教很严。为了使女儿心灵纯洁，母亲蜜秋儿太太从未透露丝毫关于婚姻生活方面的内容。

张爱玲通过描写同一个家庭由于女性对性知识不了解连续导致两段悲剧婚姻的故事，进而讲述了引发的社会问题，从而发出对当时的家庭观、爱情观、社会观的控诉。

03 >>>>

从《沉香屑·第一炉香》和《沉香屑·第二炉香》，多少可以得出这两篇作品对现代社会女性的教育与启示意义。

小说充分采用中国传统话本小说的格式，改造后进行“入话”式写法。两篇小说皆采用大量丰富的比喻、意象叙写，使整篇文章裁剪绰约，风流雅致。

也许是受到家族的影响，张爱玲对人性的认识饱含着深深的悲凉情感。她用“审丑”的眼光来审视人性的虚伪。通过对“无爱”婚姻的描写，提示人性的丑恶。而这种现象，正揭露了20世纪40年代中国都市社会中被黄金光圈严重扭曲的虚伪人性。

1915年，张爱玲的父亲张志沂迎娶了名门望族的千金小姐黄素琼——她是清末首任长江水师提督黄军门黄翼升的孙女，是广西盐法道黄宗炎的女儿。

结婚的时候两个人都才十九岁，黄素琼眉目清秀、身段窈窕，是个漂亮的女人。

张志潜是张志沂同父异母的哥哥，比他年长十七岁，主持着家中的日常事务。张志沂和张茂渊一直受着张志潜的管束，在张志沂结婚后，他就想着与兄长分开过，但一直没有找到合适的理由。后来托堂伯父为其在天津津浦铁路局谋到职位，才借机分了家。

1922年，张志沂夫妇带着两岁的张爱玲和一岁的张子静去了天津，同行的还有张志沂的妹妹张茂渊。张子静在《我的姊姊张爱玲》中回忆道："我父母二十六岁，男才女貌，风华正盛。有钱有闲，有儿有女，有汽车，有司机，有好几个烧饭打杂的仆人，姊姊和我都还有专属的保姆。那时的日子，真是何等风光。"

张志沂喜欢大排场，所以开销也大，他也喜欢花天酒地地纵情玩乐，一派遗少的作风。特别是他自立门户后，经常管不住自己，挥霍无度，是个典型的浪荡公子。在当时，"遗少"等同于"恶少"，实际上，张爱玲的父亲在天津铁路局仅上了几天短暂的班，其余的时间都花在玩乐上，家业也一天天败落下去。

张爱玲的母亲黄素琼，对于丈夫的这些恶习，可谓是深恶痛绝。她不能选择自己的婚姻，所以嫁给了一个浪荡公子，但她对自己的生活做出了选择。在张爱玲四岁的时候，黄素琼随同张茂渊出国留学去了，她的出走并不是要专攻某一学位，而是源自对张志沂的失望。

黄素琼走的那天伏在床上痛哭了很长时间，而张爱玲却没有哭，幼小的她不知所措。张爱玲在《童言无忌》一文中写道："我一直是用一种罗曼蒂克的爱来爱着我的母亲的。她是个美丽敏感的女人，而且我很少有机会和她接触，我四岁的时候她就出洋去了，回来了几次后，又走了。在孩子的眼里，她是辽远而神秘的。"

母亲对张爱玲的培养是"淑女教育"，从小就是西式教育，母亲和孩子是分床睡的，每天起床后，她才被抱到母亲的大铜架子床上。母亲会逗她玩一会儿，教她背诵唐诗宋词。在记忆里，张爱玲觉出自己的母亲是不快乐的，这种气息像是会遗传。那时的张爱玲就懂得"失落"是种怎样的心境。有一年新年前夕，张爱玲要求仆人在大年初一的时候叫她早些起床，她要去看大人们是如何迎新年的，谁知等她醒来时，鞭炮早放过了。那时的她觉得一切繁华热闹都已过去，都与她不相干了，于是她大哭着不肯起床。

张爱玲的多愁善感气质是与生俱来的。

张爱玲的父亲是个典型的遗少，染有坐吃山空的旧习气，性格上则是暴戾乖张的。她的母亲受西方文化熏陶，是位孤寂清丽的新派女性。旧习气与西洋文化格格不入，这种水火不容的生活状态，导致了张爱玲父母婚姻的不幸。

她父亲的世界是腐朽、黑暗、冷漠和寂寥的，而母亲的世界是洋派、光明、温暖而富足的，母亲成了身处幽暗的她想要拼尽全力抓住的一缕阳光。

她写下了很多质疑母爱的文字，认为在母爱的题目下有太多滥调文章，母爱这种自然而神圣的感情被过分戏剧化了。在张爱玲的小说中，女性无论老少、美丑、贫富，都是情欲和物欲的奴隶，逃不过悲凉的命运。

在《沉香屑·第二炉香》中，母亲蜜秋儿太太就是因为自己失去了完美的婚姻，所以破坏自己女儿的婚姻，有意霸占着自己的女儿，让她们过着与自己一样的生活——这种带有审视的“伟大母亲”隐藏了人性的虚伪。

受自己父母婚姻的影响，恋爱和婚姻在张爱玲心中比战争还要重要。她认为，人在恋爱的时候是互相伤害和放恣的。她描述的男女恋爱的婚姻世界，是一派灰暗、肮脏的，甚至弥漫着令人窒息的腐烂的气味。

当人的本能与天性处于被压制的情况下，人就会承受过多极端的道德批判或社会压力，人就被周围环境吃掉了，从内里去看，却又好像是人的本能欲望得不到满足，所以人才会垮掉。

张爱玲也写了父亲的很多“坏话”，比如品行不端、道德低下、打骂并囚禁子女。在她的小说中，男性基本上都是负面形象。而她继承了母亲独立自由的人生态度，对父亲除去显露出来的那层“恨”之外，还有一层隐性的“爱”。

第 7 堂：

“我想你是懂我的”——

如何不掺杂个人的情感

“夜是静静的，在迷蒙的薄雾中，小小的淡白色篷帐缀遍了这土坡，在帐子缝里漏出一点一点的火光，正像夏夜里遍山开满的红心白瓣的野豆花一般。战马呜呜悲啸的声音卷在风里远远传过来，守夜人一下一下敲着更，绕着营盘用单调的步伐走着。虞姬裹紧了斗篷，把宽大的袖口遮住了那一点烛光，防它被风吹灭了。在黑暗中，守兵的长矛闪闪地发出微光。马粪的气味，血腥，干草香，静静地在清澄的夜的空气中飘荡。”

——《霸王别姬》(1937 年)

01 >>>>

任何的写作都需要“客观化”，也就是尽量做到不掺杂作者个人情感。写作是运用语言文字符号反映客观事物、表达思想感情、传递信息的创造性脑力劳动的过程，是作者用笔来说话。

用本质性来定义写作，就是人类运用书面语言文字创造生命、生存、自由秩序的建筑行为和活动，更深层的本质是寻找生命生存的依托，是构建精神家园，具有哲学性和生活性。但写作是由作者个体创造出来的，那么多少会受到个人视角的影响，在表达时存在个人观点。

张爱玲在她的《论写作》中说：“写作不要掺杂太多个人情感。”其实她在塑造人物形象、描写细节时，难免融入个人情感。一部小说，无论它显得多么客观，其内里总是有一个主观性的内核，包含着道德精神和伦理意识。在写作中，没必要刻意排除自己的主观性和伦理性，而要通过高超的技巧，使它们与客观性和真实性融为一体，从而建构起一种平衡、和谐的关系，这样才能让创作的文学作品看起来“客观”。

小说的世界，是人的世界，是作者和人物的对话，一旦进入阅读领域，还要考虑读者，小说是作者、人物、读者共同构成的世界。主体之间的关系，本质上是一种复杂的伦理关系，体现着丰富的人性、文化、信仰、认知等多方面的信息，这一切都不是“幻象”这一概念所能包含的。

如果过度强调“客观性”必然导致对技巧的过度崇拜，也就是说，很容易使人对技巧产生错觉，把它当作一种高于人的主体性力量，或者把它当作高于作者和人物的对象。一旦进入具体的写作过程，则要追求和谐、平衡的效果。一方面要表现“明晰的伦理”，另一方面要实现“规范化的客观性”，也就是要在“伦理学”和“美学”之间建构起一种积极的关系与和谐的状态。

《不幸的她》写于1932年，发表在圣玛利亚女中的校刊《凤藻》（总第十二期）上，署名为张爱玲。那一年，张爱玲才十二岁。《不幸的她》中的两位女孩子，也只有十岁光景。

故事讲述了一对少女在长大以后，一个为反抗母亲为她订的婚姻而漂泊四方，一个自由恋爱，结婚后过上了幸福的生活。文章中让人记忆深刻的是故乡的景色：波澜壮阔的大海，自由翱翔的海鸥，夕阳西下的美景，两个小女孩在海边嬉戏、玩耍，构成了一幅绚丽多彩的海景图。

故乡的记忆总是让人感到美好，因为这是每个人脑海中挥之不去的景象，有时就象征着自己的家园。在五年后，文中的女主人公幸福而美好的生活发生了变故，父亲死了，家里失去了生活的顶梁柱，她只能被迫离开故乡，前往上海讨生计。女主人公在这一年既经历了和至亲的生离死别，也经历了与好友雍姊的分道扬镳。

但这只是女主人公不幸人生的开始。在她二十一岁的时候，衰老的母亲把她许配给了一个纨绔子弟。对于女主人公这样一位孤傲、向往自由，并且想自立自强的女性来说，当然不会选择妥协。女主人公要维持一生的快乐，于是毅然离开了自己的母亲，选择了自由，选择了孤独。漂泊几年后，她接到童时好友雍姊传来的消息，得知了母亲去世的噩耗。她失去了世上唯一的亲人。

好在有雍姊的陪伴，女主人公孤独的心灵稍有慰藉。她只得去好友雍姊家暂住，只为抹去悲伤，忘却痛苦。但是看到雍姊有一位疼爱她的丈夫，有一个美丽活泼的女孩子，还有一个幸福美满的家庭。再看自己，孤身一人，凄凄惨惨，更加显得自己人生不幸，也就无法住下去了。故乡的景色依然是那么优美，女同学依然是那么镇静柔和，似乎岁月的流逝，并不曾让故乡改变什么，只有自己改变得那么快，那么不幸。

任何人都不想要“不幸的人生”，但人生就是跌宕起伏的，有时让人不知所措，无从选择，文中的那个“不幸的她”悄然离去，是因为“不忍看了你的快乐，更形成我的凄清”。其中可以明显地看出，张爱玲其实在想象，等到自己长大后，会像母亲那般，为了告别不幸的生活而去寻找自由。

这也是张爱玲焦虑的事情，她认为自己会重走母亲的路，因为她从内心认为母亲是“不幸”的。作为女儿的张爱玲，当时天真地认为，母亲不回来的原因，是无法见着“别人的幸福”。也许世上很多幸福的事物背后，总有些不忍直视它的眼睛。

《不幸的她》写出了一个年轻、孤傲而爱自由的女性形象，她为追寻独立自主的生活四处漂泊，她对童年生活的怀念，对纯真友情的依恋，更是写得如泣如诉，缠绵的笔调中透露出张爱玲的早慧和敏感。

张爱玲的小说素以关注女性心理和命运见长，在小说中多次出现的月亮意象，在《不幸的她》中也已有所显示，同样耐人寻味。

为了避免掺杂过多个人情感，张爱玲将小说中的人物以第三人称为视角，塑造了好友“雍姊”的形象，而把另一个代表“我”的女孩，仅用“她”来表示。由此可见，小小年纪的张爱玲已经能洞察社会的冷暖。

张爱玲在写作上的天赋，正是从《不幸的她》开始显现的。她在《天才梦》中直言：“我是一个古怪的女孩，从小被视为天才，除了发展我的天才外别无生存的目标。然而，当童年的狂想逐渐褪色的时候，我发现我除了天才的梦之外一无所有——所有的只是天才的乖僻缺点。”

其实，张爱玲在小时候写过一个因为失恋而自杀的女郎的故事，还被她的母亲狠狠地批评了一顿。她的课外读物虽然不多，但这并没有束缚她创作的想象力。她把许多练习簿缝在一起，准备写一个类似乌托邦的故事，后来却对那样的宏伟题材失去了兴趣，她也为自己的故事画了很多幅插画，还设计了一些场景，不过这样的故事最终不是她喜欢的类型，故而放弃。

九岁的时候，同样被她放弃的还有成为画家的梦想。但绘画成了她骨子里的东西，在写文章的时候，她习惯用色彩浓厚的形容词。每当练习钢琴时，张爱玲会想象那些音符都具有不同的个性，它们穿戴了鲜艳的衣帽，在她的面前携手舞蹈。

张爱玲能领略艺术，看懂经典文学作品，却对生活几乎一窍不通——兴许，她所有的精力和注意力都放在文学创作上了。

02 >>>>

追溯张爱玲文学创作这条道路上的轨迹，却是因为家中的一本《孽海花》。

由于母亲的出走，张爱玲的感情从那一刻发生了改变。母亲的离去使得张爱玲周围的一切都变得灰暗起来，她童年所住的洋房也是灰扑扑的，还有灰扑扑的父亲和烟雾弥漫的鸦片。

1934 年，张爱玲父亲在亲戚们的介绍下得到了一份银行买办助理的工作。有了钱和体面的工作后，他又娶了孙宝琦的女儿孙用蕃。张爱玲的后母孙用蕃进张家门的时候已经三十六岁，虽然为人精明干练又能说会道，但她吸鸦片上瘾，而且脾气不好。

张爱玲的父亲不顾孩子们的感受，把打骂变成了家常便饭。张爱玲看过很多关于后母的文章，万万没想到会应验在自己身上。她吃够了没有家庭温暖的苦头，对于自己父亲的继室恨得咬牙切齿，她有一个迫切的冲动："如果那个女人就在阳台上，我一定要把她推下去，一了百了！"

父亲的再婚，无情地将她生母回家的路切断了。张爱玲和她的弟弟就成了"拖油瓶"，而这一贬低身份的称谓，是张爱玲所鄙夷的。

十四岁的张爱玲正处于青春期，她越看这个家越觉得厌烦，这段时期，读书成了避开家庭矛盾的唯一方法。父亲已经无法控制自己，有时会为一点小事而无征兆地打张子静的脸，当看到弟弟收拾被震落的饭粒接着吃时，张爱玲震惊无比，她用饭碗挡住自己的脸，眼泪止不住地流下来。

当时，后母莫名其妙地看了她一眼，张爱玲受不了气，扔下碗筷冲进浴室里，把门闩上一边抽泣，一边发下誓言要报仇。可当她回到院子里，看见张子静好像什么也没发生那般踢着皮球，她的愤怒便沉下去了。

张爱玲童年的恨，远不止这些。让她失去尊严、颜面丢尽的事，就是后母的那一箱旧衣服。她所读的圣玛利亚教会女中对女生们的着装是有一定规定的，但张爱玲只能穿着后母陪嫁时的旧旗袍，自是难受异常，就像袍子里爬满了虱子。她还没有能力脱掉这件奇痒的袍子，而这爬满虱子的袍子成了她一生的噩梦。

张爱玲在《对照记》中写道："在继母统治下的生活，我永远拣她穿剩的衣服穿。我不能忘记一件暗红的薄棉旗袍，没完没了地穿下去，碎牛肉似的颜色，就像浑身都生了冻疮，冬天过去了，还留着冻疮的疤痕，是那样的憎恶和羞耻。因为自惭形秽，我的中学生活是不愉快的，也很少交朋友。"

当时，圣玛利亚女校的国文教师在审批作文时，被一篇题为《看云》的散文引起了注意，虽然这篇文章有几个别字，但文笔潇洒，辞藻瑰丽，远远超出其他文卷。国文教师才来上课两周，对学生的姓名还对不上号。

在评讲作文中，他逐一点名领取作文本，才认清了写《看云》的学生叫张爱玲。当着全班的面，国文教师对写这篇作文的女生张爱玲大加赞扬。张爱玲的名字渐渐在校内传开，同学们开始对她刮目相看。

写作让张爱玲恢复了自信，她在同学面前也不那么自卑了。国文教师为鼓励大家学好国文，发起刊名叫《国光》的小型刊物，张爱玲的《霸王别姬》就是在《国光》上发表的。同时发表的还有她的论文《论卡通画之前途》等一些文章。

张爱玲众多小说中唯一写历史题材的就是《霸王别姬》，在故事中百转千回之后，她写了一个冰冷的爱情故事。在人们的印象中，无论是历史还是戏曲中的形象，虞姬都是美艳的化身，也是古代英雄和现代成功男人的标配，她在战争的高潮来临之际为了不拖累项羽自杀了。

至于虞姬的死，有一部分原因是她爱项羽，是一个女人对男人爱到深处，以命相待，但是除了这个原因，逼迫她去死的，还有那个年代对一个好女人的要求。

为了不被刘邦霸占，为了保住贞操，虞姬必须得死，正如帝王后宫里殉葬的万千女人一样。张爱玲笔下的虞姬却是苍白的、微小的。在楚汉战争中，虞姬紧握着马缰绳，披着红色的斗篷，以项羽的壮志为她的壮志，以项羽的痛苦为她的痛苦。

可是，又有谁能看见她在夜深人静时的悲伤？这种伤心，不是陪着项羽看血流成河，也不是为了得到贵妃的谥号，而是爱着项羽的那种痛——虞姬最终选择自杀了。在天亮以前，在冲锋的号角还没响起，趁项羽还在身边，怀抱只为她一人敞开，她死了。

虞姬只留下一句“我比较喜欢这样的收梢”。这个“收梢”里有爱，有忠诚，有牺牲，有项羽的眼泪。无论是几千年前血肉之躯的虞姬，还是口耳相传或者名伶盛装下的虞姬，有一点是毫无疑问的，虞姬爱着项羽，这以生命为代价的爱被传颂良久，它歌颂的是女人的牺牲，不是男人的，是一种男尊女卑的烙印。

张爱玲用自己对男人独特的审美重新诠释了情的起因。《霸王别姬》中的虞姬动了怜爱之心，这就是致命的情因，男人是女人养的，当然女人就可以为了男人去死，正是因为怜爱，把男人重新变为女人腹中的孩子，虞姬为项羽自杀了。

虞姬知道要失去项羽了，不仅是在战场上，还有情场上，这种双重意义的失去，让她觉醒。可她没有力量来和这一切抗衡，所以用生命作为代价，将这一切终止了。

03 >>>>

分析张爱玲的《霸王别姬》的整体布局结构模式与段落内的层次感，可以发现整篇文章运用了描述性文字和对话式文字两种表达方式。

从文章的整体结构布局看，它呈现出描述文字和对话文字相互交替的情况，使文字与文字之间有了一种互动和交流。如果说这是一种文章结构的表达方式的话，那么需要了解的是张爱玲在写作其他文章的时候使用的是怎样的模式。

文章第一段既是把握笔端大方向的地方，又是引领下文的关键段落。张爱玲在文章首段埋伏了富有层次感的词汇，在空间感上逐渐推进，先从外部到人物，再从人物的形象到内心的描写，层层递进，显得动感十足。

在《霸王别姬》这篇文章中，读起来有意思的就是叠字的使用。张爱玲通过叠字的方式，使得笔下的景物和人物传达出一种天真无邪和非常有趣味的感觉。比如“帅字旗吹得豁喇喇乱卷”“烛油淋淋漓漓地淌下来”“烟袅袅上升”“薄薄的嘴唇”“皱纹深深地切过两腮”“焰焰的火花”等。

在描写虞姬的时候，张爱玲是这样写的：“虞姬用团扇轻轻赶散了蜡烛上的青烟，虞姬轻轻地离开了他们。”在描写霸王的时候，张爱玲说：“我们痛痛快快一阵大杀。”

《霸王别姬》通过写作形式尤其是标点符号的变化，给人一种灵动和不羁的感受。例如：“让我看——从垓下到渭州大约要一天，从渭州到颍城，如果换一匹新马的话，一天半也许可以赶到了。两天半……虞姬，三天之后，我们江东的屯兵会来解围的。”

首先，张爱玲写这句话使用了一个破折号，五个逗号，两个句号，一个省略号。这样一句话读完了之后，感觉挺轻松的，没有任何沉重感和负担，而且还会有真实的感受，如同自己亲身经历过一般。

在刻画霸王这个人物形象的时候，文章第一段中这样写道：“那乌黑的大眼睛里，却跳出了只有孩子的天真的眼睛里才有的焰焰的火花。”在文章结尾的地方，她又再一次写道：“项羽俯下他的含泪的火一般光明的大眼睛，紧紧瞅着她。”文章两次描写霸王的大眼睛，并且是“带着火的大眼睛”。

第一次描写，主要刻画霸王这位英雄形象身上的天真。第二次描写，则主要是刻画他的慈悲和不舍的内心世界。同样的描写，却有着不同的目的和作用，这体现出了张爱玲的写作功底。

在描写虞姬的时候，她有两次写到“她停在一座营帐前”，张爱玲没有使用“站”字，而使用了“停”字。这让人读起来有些陌生的感觉，但是细细品味之后，觉得“停”字比“站”字要有动感，更有活力。同时，这种描述虞姬的词汇反映了张爱玲的个性和与众不同。

在张爱玲的其他小说里，也频繁讲到男女之间的战事。凡是有谈判、有进攻、有伤害、有眼泪的时候，都是因为有爱。爱是最原始的感觉，可以衍生出许多种其他的感情。

第 8 堂：
“诗人在月光笼罩的河岸边听到的乐声”——

运用“比喻”体现写作个性

“她的双手优雅而富有表现力，在她试图解释什么时，双手就像一对白蝴蝶一样在空中上下飞舞。在进行趣味性的讨论或者如她所说‘表达某要点’时，它们确实是她最得力的助手。她具有当今名门之女都缺乏的稀有品质——典雅，她的一举一动，她双手的每个姿势，她每次上课前所道的早安，都显得那么优雅自如。我有时设想，假如她在路易十四时代，以她的出众仪表和自然典雅，她会成为凡尔赛宫出色的宫廷女侍。”

——《牧羊者素描》(1937 年)

01 >>>>

作者时常会产生这样的疑问：如何才能拥有自己的写作风格？

所谓“写作风格”，就是在创作中表现出来的写作特色和创作个性。

不同的作者，在创作上表现出来的艺术特色和创作个性都不尽相同。而“风格即人”的生活方式、性格趣味、思维方式等属性特征，会在特定的环境中集中体现出来。

在文学创作中，作者融入自己的性格特征，就算不署名，也能让熟悉其作品的读者根据其文章“风格”识别出来。

张爱玲的写作风格显而易见，她擅长运用有特色的比喻，她拥有丰富的想象力，对身边所能感知的一切能结合自己的想象力发挥出来。这种能力不一定是天赋，张爱玲是通过自己的经历和体会“培养”出来的。

1936 年，张爱玲的母亲二度回国，安排张爱玲的留学事宜。她在与张爱玲的父亲的离婚协议中表明，有权过问张爱玲的教育问题。

离婚后，黄素琼去了法国学习油画和雕塑，当时留法学美术的还有徐悲鸿、蒋碧薇夫妇。这一年，她正好毕业。

张爱玲的父母原本是让人羡慕的伉俪，但是因为她的母亲与父亲有着新与旧的两种不同观念，从而在家庭中产生了矛盾。在当时那个时代，这两种新旧思想碰撞时，矛盾即成为瓦解这个家庭的催化剂，张爱玲的母亲不想成为家庭的牺牲品。当时张志沂沉迷于鸦片之中，张爱玲的童年就一直被烟雾笼罩着。

张爱玲比其他孩子更加懂事，在那时的家庭中，她唯一的乐趣就是阅读和看一些传统的著作。她的父亲对女儿的文学创作虽然做过一些指导，但也只是在他清醒的时候，更多的时间是张爱玲自己在阅读。

在她的童年生活中，选择阅读是她对现实生活的一种逃避。书中的那些人物，每一个都给她留下了深刻的印象，她把自己的情感嫁接到阅读中，她的母亲不在身边，父亲又很少管她，这样张爱玲就找到了一种精神的寄托。

性格敏感又多愁善感的张爱玲，对于上海风物的情感，均出自内心对家庭的失望，失望又转化成悲伤，导致她伤感地看待身边的事物。

张爱玲文学作品中擅长描述和比喻，比喻出自她的内心，因为她所见到的事物，无论是一景一物，还是一草一木，都能联系到自己身上，感受到自己的悲情和沧桑。比如，她写香港那些迷乱而又闪烁的霓虹灯，会把那些霓虹灯看成是没有方向感的样子，或者是一些上海滩上的车水马龙景象，只要她看到的，都能跟自己的心境结合起来。

为什么说她在文学创作中擅长运用比喻？因为，如果我们将张爱玲的作品铺开来讲，就会发现，她的作品中的很多地方，其实就是在说她自己的心里话。

她眼中的上海以及那些她认为苦命的人，之所以能被写出来，是因为她能感同身受。她觉得自己也是苦命人中的一个，特别是作为女性，她缺少母爱，在童年里，母亲就像遥远的精神支柱。

张爱玲的母亲是时髦的。之所以要用“时髦”这个词，是因为一切带着“洋”字的东西都是时髦的，它等同于摩登（modern）。在当时的上海，时髦是“舶来品”，让人觉得很“怪”。上海人喜欢用“怪”来形容一些看着不顺眼的东西，也因为这些东西和当时社会的风气不相融，它们是有矛盾和冲突感的。老派的人看见打扮时髦又前卫的人会在背后说三道四，说一些其如何不成体统的话，有时让人听着挺别扭。生活在当时旧环境中的时髦女郎，对周围的眼光是有所顾忌的。

为什么张爱玲的母亲能成为第一代“出走的娜拉”？这中间不排除社会的原因。当时，社会普遍排斥时髦，周围人的“逼迫”让人受不了，而张爱玲的母亲正是属于被逼迫的人中的一位。

张爱玲的母亲黄素琼虽没有封建的遗风，是一个少奶奶，外表雍容华贵，但她的性格中有很强的求知欲，是一个勇于追求新时代的新女性。她非但没有少奶奶张扬跋扈的性格，恰恰相反，对于社会不良风气，她表现出鄙夷的态度。

黄素琼思想开放，看到丈夫不争气，就毅然跟着小姑子出国留学，去接触外面精彩的世界，全不顾自己的一对小儿女。她对丈夫的不满，有很大一部分是对当时整个中国社会的不满，因为社会造成了张家的现状。

张志沂的性格和张家封建的家族环境，主要是当时的社会造成的。他生活腐朽，无所顾忌地展示着贵族“身份”。

有一段时间，黄素琼在张志沂的央求之下回国，张爱玲按捺不住内心的喜悦，给朋友写了一封长长的信表达激动之情。在母亲和姑姑回来的日子里，张爱玲是快乐的。母亲给张爱玲带来西式文化，在《私语》一文中，张爱玲有这样的回忆：“我们搬到一所花园洋房里，有狗、有花、有童话书，家里陡然添了许多蕴藉华美的亲戚朋友。”

有一次，张爱玲回忆自己在狼皮褥子上滚来滚去的样子，当时的她，看见母亲和一位胖伯母并坐在钢琴凳上，模仿一出电影中的恋爱表演。她在母亲那里受到西方艺术的熏陶，喜欢看姑姑练钢琴，她觉得姑姑坐在钢琴前如“公主”那般高贵。

琴上的玻璃瓶里常插着盛开的鲜花，听着手指敲击着钢琴键流淌出来的美妙音乐，仿佛置身于另外一个世界。在那个世界里，她看到了与现实生活不同的美好。在《谈音乐》中，张爱玲说：“母亲和姑姑刚回中国来，我站着每天练习钢琴，伸出很小的手，手腕紧匝着绒线衫的窄袖子，大红绒线里绞着细银丝……墙上挂着一面大镜子，使这房间看上去更大一点，然而还是同样的斯文雅致的，装着热水汀的一个房间。”

有时，张爱玲的母亲站在张爱玲的姑姑背后，手按在姑姑的肩上，“啦啦啦啦”吊嗓子。无论什么调子，经过张爱玲的母亲唱出来，都像是用湖南腔背诵唐诗那样，而且她的发音比钢琴低半个音阶。关于唱不准这一点，张爱玲的母亲总会抱歉地笑一笑，有时还会有多种不同的解释。无论是哪一种，都让幼年的张爱玲无比感动。

“她的衣服是秋天的落时的淡赭，肩上垂着淡赭的花球，永远有飘堕的姿势。”张爱玲自称对于音乐“不大喜欢”，不过让她迷恋音乐的主要原因，应该是她们在谈论音乐时的那种氛围。她会观察母亲穿的衣服、顶上的灯光、花瓶里的颜色、空气中散发的香味等她认为更加真实的东西。

她对不同的乐器有着不同的理解，这一点与她是否擅长某一乐器无关。

张爱玲认为小提琴拉出来的声音是“绝调”，是赚人眼泪的“悲旦”；胡琴是具有苍凉感的，像北方人说话，远兜无转地回到人间；钢琴和小提琴合奏是零零落落，无法打成一片的，就像是中国人合作画一个美人，由另一个人补上花卉，又一个人补上背景的亭台楼阁，往往没有情调可言。

交响乐，张爱玲也不喜欢，她认为编起来太复杂，作曲者必须经过艰苦训练，以后往往就沉溺于训练之中不能自拔。她在《谈音乐》中说：“交响乐常有这个毛病，格律的成分过多。为什么隔一阵子就要来这么一套？乐队突然紧张起来，埋头咬牙，进入决战最后阶段，一鼓作气，再鼓三鼓……而观众只是默默抵抗着，他们都是上等人，有高级的音乐修养，在无数的音乐会里坐过。根据以往的经验，他们知道这音乐是会完的。”

张爱玲不喜欢交响乐的另一个原因，是她觉得交响乐这样有计划地此起彼伏是带有阴谋性的，这让她害怕。

黄素琼教张爱玲弹琴，教她礼仪，教她如何在上流舞会中保持淑女气质。但是张爱玲始终没有达到母亲的期望，她不会笑不露齿，也不会在走路时迈着纤纤细步，她讨厌参加聚会……张爱玲崇拜自己的母亲，也想成为像母亲一样精通琴棋书画的人。看着高高在上的母亲在胸前别上翡翠胸针，她想，等她长大之后也要这样做。

02 >>>>

张爱玲常常将自己捕捉到的生活细节，加上女性特有的视觉，通过灵动的笔触，将自己内心敏感的个性和情绪体验，用大胆的想象和联想表达出来。

她的小说中那些充满艺术性的比喻，极富有个性化，这与其生活环境分不开。

张爱玲在文字语言中，处处体现着小心翼翼。她叙述和描写的事物生动形象，给人以鲜明深刻的印象。她用浅显易见的事物对深奥的道理加以描述，或用人们熟悉的、生动形象的事物来说明某些特征，引发读者的联想和想象。

就如《谈音乐》一文中，她就运用了许多比喻。她把音乐形容成悲哀的，她认为那些跳跃的音符是浮在表面上的，有些假。她说："颜色这样东西，只有没颜落色的时候是凄惨的；但凡让人注意到，总是可喜的，使这世界显得更真实。气味也是这样的。别人不喜欢的有许多气味我都喜欢，雾的轻微的霉气，雨打湿的灰尘，葱蒜，廉价的香水。像汽油，有人闻见了要头昏，我却特意要坐在汽车夫旁边，或是走到汽车后面，等它开动的时候，'布布布'放气。每年用汽油擦洗衣服，满房都是那清刚明亮的气息；我母亲从来不要我帮忙，因为我故意把手脚放慢了，尽着汽油大量蒸发。"

仅是这一段话中，就可以看出张爱玲所运用的词语都是"灰黑色"的调子，她用颜色形象地表述了自己"凄惨的"心境。她把气味形容成了"汽油"，她喜欢"霉气""葱蒜""廉价的香水"，这些都代表了她的喜好，被赋予了一层拟人般的个性与气息。

"浴室里的灯新加了防空罩，青黑的灯光照在浴缸面盆上，一切都冷冷的，白里发青发黑，镀上一层新的润滑，而且变得简单了，从门外望进去，完全像一张现代派的图画，有一种新的立体。我觉得是绝对不能够走进去的，然而真的走进去了。仿佛做到了不可能的事，高兴而又害怕，触了电似的微微发麻，马上就得出来。”

张爱玲看到的灯光的颜色是“冷”的青黑色，浴缸的面盆也是冷的，白里发青发黑。她把这些冷的颜色汇合起来，想象成“一张现代派的图画”。这里就是张爱玲运用比喻的精彩之处，比喻将她想象出来的这幅图画活了。

现代派的图画是与众不同的，是一种新的立体图，张爱玲觉得自己走进了图画之中，虽然她自己也觉得不可能，而且她也很理智地说：“绝对不能够走进去的。”然而，就像她自己写的那样，她真的走了进去——只是浴室里的灯换了个防空罩。这就能让张爱玲产生如此多的联想。

由此可见，张爱玲的比喻不是空泛之谈，她与比喻的对象是有某种联系的，这种联系导致了她的想象。这种联系，就是张爱玲的个人情感，她的情感体验都来自生活。

黄素琼没有再婚，并不意味着没有伴侣。在第二次回国的时候，黄素琼是带着男朋友回来的。他是一位外国记者，一直和黄素琼谈着恋爱，却没有结婚，后来这位外国记者独自去了新加坡。

据张爱玲的弟弟张子静说，他大学毕业时，要求母亲黄素琼留在中国，一家人一起生活。黄素琼却皱着眉，冷漠地说：“上海的环境太脏，我住不惯，还是国外的环境比较干净，不打算回来定居了。”

张子静本想劝说黄素琼，可突然想到母亲有新男朋友，可能还要再婚，所以也就不言语了。有了后娘，就会有后爹。有了男友的母亲跟儿女自然有了一层隔膜。

张爱玲的母亲虽然没有改嫁，却一直有男朋友，她不是含辛茹苦的母亲，也不是孤独寂寞的离婚妇人。

对张爱玲和她弟弟来说，爸爸有后妻，妈妈有男友，在父母的眼里，他们都是多余的。张爱玲的母亲并不比她父亲好到哪里去，但是张爱玲憎恨父亲，热爱母亲。

她逃出张家，投奔生母后，黄素琼觉得女儿加重了她的经济负担，逐渐用挑剔的目光看着眼前的女儿。譬如张爱玲在处理人际关系时就好像是一个白痴，她甚至不敢去理发，不敢见陌生人，这一点让黄素琼很失望，黄素琼甚至逐渐放弃了对张爱玲的培养。有时，黄素琼在情绪无法控制的时候就会朝张爱玲大吼，并且不止一次地说希望她去死，这让本来就敏感脆弱的张爱玲感觉到无助和痛苦。

尽管母亲这样对她，张爱玲还是爱着母亲，母亲如神一般存在于张爱玲的信仰之中。

03 >>>>

比喻，就像是一种“语境间的交易”。

喻体与本体往往有着相似与可比之处。但比喻的力量并不仅仅是喻体对本体的修饰点缀，而在于两者在互相对照和说明中所体现的张力关系。通过比喻，可以化抽象为具体，化繁为简，帮助人们深入理解本体，并使语言生动形象，富有文采。

运用比喻，可以把陌生的东西变为熟悉的东西，把深奥的道理浅显化，把抽象的事物具体化、形象化。打比喻时能让人们在灵光一闪之间对事物达到一种新的洞识，从已知进入未知，将不可知变成可知。在艺术思维里，比喻可以用来想象、描述、议论或抒情，人们可以借喻体的形象展开联想，领略其复杂丰富的蕴涵和审美特征。

张爱玲是一个与众不同的作家，她看似世俗，实则脱俗，对事物有着独树一帜的敏锐感受。她把独特感受，用别出心裁的比喻外化出来。张爱玲小说中的比喻，是通过事物的“不相似中的相似性”来表现事物的。

她的作品里，似乎万事万物皆可拿来做比喻，她常常肆意地改变物体原有的形态、性质，将之虚实混淆，动静重组等。有时，悲哀的内容或感受也会用欢愉的形式表达出来，这就得在比喻技巧和句式上下功夫了。

《牧羊者素描》是张爱玲高中时的一篇英文习作，在此，我们引用陈子善翻译的内容来进行解析。在文中，张爱玲写道：“她的嗓音和面部表情的变化使她成为一位优秀的朗诵者，她能在不到五分钟的时间里调整教室的气氛，将其引入她读书的天地。当诵读悲剧时，她那双淡褐色的眼睛好像凝固成两只盛朱古力冰淇淋的碟子。但这悲惨的空气很快就会松弛下来，因为众所周知，冰淇淋在常温下是无法保持凝固状态的。”

张爱玲将眼睛比喻成“凝固成两只盛朱古力冰淇淋的碟子”，用这种比喻来形容一位女孩，一般人是不会运用的，但张爱玲似乎有此体验，她见过盛朱古力冰淇淋的碟子，那个朱古力是赭褐色的，碟子相当于眼睛里的眼白，显得这双眼睛很大。

为什么她要如此形容女孩的眼睛？文中她又补充说道：“冰淇淋在常温下是无法保持凝固状态的。”也就是说，无论是悲剧式的环境还是在快乐的环境中，这双眼睛是可以变的，不像在诵读悲剧时那样冰冷。

随后，她写道：“当小丑进入戏中时，她开始模仿他的腔调，冰淇淋融化成开心的笑声，整个班级也随着发出窃笑声。不管外面下雨还是飘雪，她的班上总是阳光灿烂，令人愉快。”这样，她就把“冰淇淋”的比喻给点破了。

《牧羊者素描》的第二段与第一段相比，形容女孩的方式略有不同。

她说："小姐虽然身高体重并不超常，但任何人站在她面前都会感到自己的渺小，这是因为她性格里的深湛智慧和丰富经验是无法从外貌上去估量的。她有一个挺直的希腊式的鼻子，细薄而有力的嘴唇和一对似乎一眼就能洞察人和事的锐利的黑眼睛。"

这段是人物外貌的描写，可见张爱玲的洞察力与众不同。

她用从外向内延展的想象方式来形容女孩，说女孩身体"并不超常"，像没特别之处，可为什么人物要表现出"自己的渺小"？因为存在性格的原因，内心的经验和智慧让她谦卑。这位女孩有一个挺直的"希腊式的鼻子"，这种形容，让那时的人读来觉得新奇。

她将女孩的外貌描绘得像外国人，也是为后面的文章内容做铺垫，张爱玲继续写道："整个看来，她的面庞如同古代的雅典娜女神像，尽管刻印着岁月和风雨的痕迹，却闪耀着智慧的光芒。"

像女神那样的女孩，是应该长得像西方人那般，拥有西方人的某些特性，张爱玲通过联想式的比喻来达到所要表达的内涵。

"一个长而庄重的鼻子，一双淡蓝色的忧郁的眼睛，当她耐心倾听某个同学结结巴巴地背书时总是射出柔和而同情的目光。她的双手优雅而富有表现力，在她试图解释什么时，双手就像一对白蝴蝶一样在空中上下飞舞。她双手的每个姿势，她每次上课前所道的早安，都显得那么优雅自如。我有时设想，假如她在路易十四时代，以她的出众仪表和自然典雅，她会成为凡尔赛宫出色的宫廷女侍。"

这是第三段，也是文中对第三个女孩的描述。

张爱玲继续着她惯用的比喻手法，把这位女孩的手形容成了蝴蝶。这样一来，能比较形象地让人明白，她所要表达的是"上下飞舞"这个动作，女孩活灵活现的样子跃然纸上。

她的小说有一个鲜明的特点，就是读者能从其字里行间，特别是其比喻句中调动想象和联想，达到一种感官上的效果，体会到一种强烈的时空感。

张爱玲的小说中的比喻，通过其本体与喻体选择的独特新颖性显示出时空感。读者透过对其喻体的特殊意象的理解、想象和联想，从而被触动感官经验，张爱玲以此来用文字造成时间上的延宕，或者空间上的扩展。

她的小说借助比喻这种修辞，还带给人一种沉重感，有时仿佛会压得人喘不过气来，这不仅与其所写故事的悲剧性有关，更与她的选词造句有关。运用大量的比喻也是营造文字环境的一种方法。

第 9 堂：

“香港是一个华美但是悲哀的城”——

“参差”与“反讽”的写作手法

“关于碧落的嫁后生涯，传庆可不敢揣想。她不是笼子里的鸟。笼子里的鸟，开了笼，还会飞出来。她是绣在屏风上的鸟——悒郁的紫色缎子屏风上，织金云朵里的一只白鸟。年深月久了，羽毛暗了，霉了，给虫蛀了，死也还死在屏风上。她死了，她完了，可是还有传庆呢？凭什么传庆要受这个罪？碧落嫁到聂家来，至少是清醒的牺牲。传庆生在聂家，可是一点选择的权利也没有。屏风上又添上了一只鸟，打死他也不能飞下屏风去。他跟着他父亲二十年，已经给制造成了一个精神上的残废，即使给了他自由，他也跑不了。”

——《茉莉香片》（1943 年）

01 >>>>

“参差”的创作方法，是追求一种真性情的审美。

张爱玲在《自己的文章》中这样写道：“苍凉之所以有更深长的回味，就因为它像葱绿配桃红，是一种参差的对照。我喜欢参差的对照的写法，因为它是较近事实……极端病态与极端觉悟的人究竟不多，时代是这么沉重，不容那么容易就大彻大悟。”

她用双重眼光去观察身边的人，她笔下创作的人物没有绝对的好人和绝对的坏人，在她的文学作品中可以发现，人物再怎么泼辣、刻毒或是怯弱，都会有某一时刻的闪光点，好像我们常说的“良心突然发现”，这是一瞬间的事。

在她创作的人物的内心，那个发亮的地方通常也是其平常不易流露的地方。这个闪光点，正是张爱玲笔下人物塑造的柔软之处。

正如她在《自己的文章》中所言的：“这时代，旧的东西在崩坏，新的在滋长中。在这个时代高潮来临之前，斩钉截铁的事物不过是个例外。”

这也就是她参差对照创作手法的思想来源。她认为，没有什么事物是斩钉截铁的，如果有，也不是普遍现象。

写作中，把事物、现象和过程中矛盾的双方安置在一定条件下，使之集中在一个完整的艺术统一体中，形成相辅相成的比照和呼应关系，就是对比创作手法。

在文学创作中，对比是较为常用的表现手法。

对比的运用是将两种对应的事物进行对照比较，使形象更加鲜明，感受更加强烈。把对立的意思或事物，或事物的两个方面放在一起进行比较，以分清好坏、辨别是非。运用这种手法，有利于显示事物的矛盾，突出被表现事物的本质特征，能加强文章艺术效果和感染力。

在张爱玲初期小说创作中，“参差的对照”并不是矛盾的，它不过是构成张爱玲观察社会、人生、历史及现实的独特视角。她选择了一种对立又和谐的情绪体验，在某种程度上讲，这形成了张爱玲作品的独特艺术风格。

就像在《茉莉香片》这篇文章中，参差对照的运用手法就活灵活现。

她描写的聂传庆似乎有点丧心病狂，他将自己对父亲的不满发泄到女友言丹朱身上，丹朱来找他，他心里就厌烦，更加觉得自己可怜，而且胡乱猜测，认为丹朱不把他当人看，在可怜他，因而厌烦情绪更深一层，直至最后内心的压力爆发出来，用暴力方式解决。

聂传庆有着病态至极的态度，在对待他的母亲时却颇具有同情感，这里有段比喻："她不是笼子里的鸟。笼子里的鸟，开了笼，还会飞出来。她是绣在屏风上的鸟——抑郁的紫色缎子屏风上，织金云朵里的一只白鸟。年深月久了，羽毛暗了，霉了，给虫蛀了，死也还死在屏风上。"

张爱玲运用比喻的艺术手法，使得事物摆脱单纯的叙事效应，为小说注入深层次的意味。

从《茉莉香片》中屏风上的"鸟儿"可以看出，这种比喻是比较精湛的，而且让人觉得非常巧妙，把女人比作笼子里的鸟，失去了自由，尽管这个笼子打开了，但是它已经失去了自由飞翔的能力，这是一种悲哀。

张爱玲将自己切身的体会融入文学创作中，并将女性的无奈情绪用文字表述在自己的小说里，她在文字中流露出对女性生存状态的一种无奈。这是受到其所处时代背景的影响的，当时的女性是以依附他人的形式生存的，当她们失去自由后，就相当于关在笼子里的鸟。

鸟儿向往自由，而且它们原本就拥有翅膀，但是为什么它们不能飞翔?

张爱玲在当时的社会中已经体会到女性的"痛点"，由于长期的"圈养"，也就是依附于男人或是家族而生活，这也相当于鸟儿的笼子，在笼子里生活久了，再漂亮的翅膀也无法飞翔。

失去了飞翔能力的鸟儿，相当于当时的女性，这样的女人是悲哀的。

这一小段文字就能让读者对她们产生惋惜："女人拥有翅膀，向往自由，却是无法飞行，而且这只鸟，还是一只绣在屏风上的鸟。"

在这里又读出了另外一层的凄凉，这是比上一层更进一层次的凄凉，它是一只不会飞翔的鸟，是绣在屏风上的。它只是看上去美好，只是看上去拥有翅膀，只是看上去拥有自由，仅此而已。

虽然画面很美，这个屏风的质地，却让人觉得不简单。鸟儿所处的环境是那么的高级，又是那么优渥，甚至在这只鸟的周围还有白云。这是一只白色的鸟，象征着纯洁的自由，但是圈养的时间久了，志向越磨越淡。这时，它的羽毛暗淡了，生活的环境肮脏发霉了，甚至屏风上还被虫蛀了。

这是一只空有理想的鸟儿，受到环境的制约，它无法飞行，而屏风就是它所处的环境。

这一切都看上去很美，但阅读后却让人觉得凄凉，这种凄凉来自对女性的同情。而这种同情，却是来自一个对女性有着不同"病态"观念的聂传庆身上。

就在那一瞬间，聂传庆感受到母亲的不容易。

那只鸟正是他对当时社会里的女性命运的反思。这里也体现了张爱玲运用参照比较的精妙之处。

02 >>>>

《茉莉香片》从另外一个女性的视角来讲，即聂传庆的母亲的视角，小说为她营造的环境，使得她不得不做出被动的选择。她嫁到这个家里来，也有很多自己的怨恨之处，不过是为了家族的利益和媒妁之约。

聂传庆对母亲的牺牲是心知肚明的，出生在这样一个家庭里，他是没有选择的，一切都是被动的，母亲在他四岁的时候去世，他在一个没有爱的家庭里生活，就像生活在古墓里一样。一想到这里，聂传庆便觉得自己拥有今天的命运，都是母亲造成的。

将个人的情绪转嫁于所创作的人物之中，这也是张爱玲小说的一个特点。

如果聂传庆的母亲能够勇敢一点，离开没有爱的家庭，聂传庆就不会如此憎恨这个家庭，虽然他也知道这种谴责是不公平的，但就是有不可遏制的“恨”意。

小说中人物的个性，可以和张爱玲的“恋父情结”结合起来。

张爱玲的母亲黄素琼离开张家，对那时幼小的张爱玲来说，是无法弥补的心灵伤害。她总认为，自己母亲的离开是不道德的。而且，与父亲相依为命的张爱玲，在潜意识里面觉得是母亲抛弃了这个家，抛弃了自己的孩子。

一个女人需要何等勇气，才能做出抛家弃子的行为？

虽然张爱玲知道自己的母亲是一个不幸的女人，但母亲的行为还是要遭到谴责，她的离家举动是一种不负责任的表现。

反过来，张爱玲对父亲的感情，亦能看出她对母亲的憎恨。

母亲出去寻找自己的自由，却把一个如同坟墓的家庭牢笼抛给了张爱玲。如果黄素琼能勇敢一点，带着孩子们一起飞翔，那么结局又会不一样。但是，生活中没有“如果”，在没有母亲的环境下，张爱玲和父亲处于相依为命的状态。

这篇文章中的一段描写很形象地表现出了张爱玲的心情。“他躺在床上，看到窗口有一个人，他先是以为这个人是自己，但是看着看着，这个人就变成了他的母亲。”

她借聂传庆这个人，来说自己的事。

这种写法其实是很有象征意义的，因为张爱玲很清楚，虽然她和母亲没有感情，但是她最终会成为自己母亲那个样子。也就是说，张爱玲和黄素琼在她的笔下已经融为了一个人，张爱玲已经分不清哪个人是她自己，哪个人是她的母亲。在这样的环境中，她就希望有人来拯救自己。在《茉莉香片》中，聂传庆遇到了言子夜，仿佛遇到了一束从天堂照进地狱的曙光。

“言子夜穿宽大的灰色缎袍，那松垂的衣褶看上去有种萧条的美，让聂传庆近乎狂热的崇拜与迷恋。”

张爱玲用大量的篇幅叙述了言子夜带给聂传庆的幻想，那也是她的幻想。

在言子夜的身上，张爱玲明显地写出了自己的“恋父情结”。

兴许女孩子在成长中都会对父亲有一种崇拜的特殊感情，这种感情会随着年龄的增长慢慢转移，最后会投射到与其相近的异性的身上。也可以说，通过另外的一次与异性的结合，来完成自己恋父情结的终结。

但张爱玲和异性结合的目的，是为了延续自己的这种感情。这种表达，在小说中，正如聂传庆被言子夜斥骂时，其“痛心疾首，死也不能忘记”。而被其父亲打骂时，他却无所谓，因为他根本瞧不起父亲，但要是言子夜说他，那就是致命的。

再看现实中张爱玲的生活，她和父亲的矛盾冲突是继母待她不好，总想甩手把她嫁掉。继母在张爱玲的心中是永远也不想回忆的噩梦，自继母进了张家后，家中的仆人都被撤换，与张爱玲亲近的人一下都不见了，再也没有人护着她，她的父亲又沉迷于鸦片。那段时间，是她和弟弟最难熬的时期。

因弟弟子静长得很像母亲黄素琼，这就成了继母心头的刺，继母动不动就拿两个孩子来出气。张子静在他的回忆录《我的姊姊张爱玲》中这样写道：“有的只是永远烟雾迷蒙的家，一堆仆人侍候着我那吸大烟的父亲，以及我那也吸大烟的后母。后来祖遗的房产也被变卖，住到只有十四平方的小屋里。”

张爱玲继母的心中也是有怨的。在一次张爱玲从母亲黄素琼处夜归时，继母就狠狠地打了她一个耳光。张爱玲还没有回过神，接着听到继母一路尖叫着跑到楼上向父亲张志沂哭诉：“她打我！她打我！”

父亲受到刺激后，趿着拖鞋冲下楼来，揪住张爱玲一顿拳脚相加。

张爱玲被打得耳朵都震聋，也不能还手，因为父母出手打孩子是出于“教育”，而子女要是动手打父母就是“犯忌”，将被视为“不孝”。

这是张爱玲无法忘记的一天，她被打得遍体鳞伤，一直没有反抗。父亲打累了，歇息去了。这个时候，张爱玲才忍着伤痛挣扎起来，她想去巡捕房报告，可走到门口的时候，发现家里的门被锁上了，她不得不回去，而且在半途碰到了父亲。

张志沂看着这个不服管教的女儿，气更加大了，他随手捞过一个花瓶，就向着她的头上扔过去。张爱玲无力躲闪，幸好没被击中。接着继母又开始挑拨，说一些张爱玲“不孝”之类的话，越发激怒张志沂。

张爱玲的姑姑看不下去，前来劝架，却被张志沂抄起的烟枪打中了头，在一阵猛打之后，姑姑也愤然离开张家，再也没有踏进张志沂的家中。

为什么张志沂会如此一反常态地发怒？因为黄素琼曾经表示要带张爱玲出国留学。父亲一想到女儿要赴前妻的路，自然非常生气，他不仅怨恨黄素琼的离家出走，现在她还要把心爱的女儿带走，这使张志沂对黄素琼的积怨都发泄在张爱玲身上。

“连自己老婆都留不住的男人，是有多么窝囊？”

儿女们往往只想到自己的不幸，可张志沂心里的苦，何尝被人知晓？

这一顿打，张爱玲替母亲受了。接着，她被囚禁在张家楼下的小屋里，偏偏在这个时候，张爱玲又得了痢疾，身体非常虚弱，差点死去。

张志沂是下了铁心要囚禁女儿，他不仅不请医生，也不给张爱玲服药。就这样，她在小屋里足足躺了半年，才找到一个机会逃了出去。遭遇痛打又被幽禁起来的经历，留在了她的人生中，变成了抹不去的痛苦记忆。

至此，张爱玲对张家的感情全部割断，她和姑姑一样，没有再踏进父亲家的门。

在《茉莉香片》这篇小说中，张爱玲也将这个记忆描写了出来。主人公聂传庆的家庭不幸，以及他被父亲打聋和被后母虐待的这些情节，都是张爱玲的亲身经历。

03 >>>>

在小说《茉莉香片》这个温馨典雅的名字背后，张爱玲讲的却是“苦”的故事。

这个故事情节并不曲折，对聂传庆的场景描述也很简单，但张爱玲用很浓的笔墨描述了人物的对白与心理分析，让人反复咀嚼并体会到了生命无尽的悲与苦。

聂传庆这个人就是张爱玲，他是一个性格怯懦、有点变态的男孩，有三分像女孩子。他生在聂家却没有选择权利，也没有得到爱的滋养。聂传庆对这个世界充满了仇恨，他选定言丹朱作为自己的报复对象。他憎恨天真少女言丹朱在学校里给他的温情，却又无法摆脱言丹朱给他的亲近的诱惑，于是他陷入了病态之中。

从聂传庆的身上可以看出，其集“恋父”和“自恋”于一身。“自恋”其实也是由“恋父”而转移于自身的一种感情。当他无法摆脱“恋父”情结时，就有可能带着这种爱走向内心。在内心里，他会把失去当作一种补偿，这就产生了“自恋”。这种人的性格既自卑又自私。

聂传庆和张爱玲的身世出奇地相似。他讨厌现实中懦弱胆小的自己。他看似拥有一个完整的家，内心却孤独无依。在心灵的层面上，他是一个彻底的孤儿，没有家，没有爱，没有精神的依托。他生活在一个阴冷的家里，没有人给予他爱，他的心里也没有爱，甚至连爱的谎言也没有。他将无限的自卑体现在对自我的封闭之中，可是又幻想着能成为别人家的孩子。那样的话，他应该是“积极、进取、勇敢”的——张爱玲经过幻想和现实的对照，表现出了强烈的反差，也体现出其自哀自怜的样子。

聂传庆喜欢幻想，还将幻想集中在早逝的母亲身上。因为幻想的遥远，他感受到的母亲也是陌生的，在幻想中的温情是虚假的。

由于一个巧合，他知道女友言丹朱的父亲竟然是他母亲的初恋情人，这让他更加沉浸于无边的幻想之中，幻想自己被改变的出身，让其压抑的心灵有了一点扭曲的快乐，这更让人深悟到其生命的悲。

言子夜成为聂传庆幻想中的一个理想的父亲的形象，聂传庆极力地美化了这个男人。

张爱玲在这里就使用了对照的手法，写了聂传庆内心的幻想。

她在小说中这样写道：“如果他是言子夜的孩子，他长得像言子夜么？十有八九是像的，因为他是男孩子，和丹朱不同……传庆想着，在他的血管里，或许会流着这个人的血……如果他母亲当初略微任性、自私一些，和言子夜诀别的最后一分钟，在情感的支配下，她改变了初衷向他说：‘从前我的一切：都是爹妈做的主。现在……你替我做主罢！你说怎样就怎样。’如果她不是那样瞻前顾后……”

张爱玲将病态的亲情传递给了小说中的人物“聂传庆”，所以这里的幻想就成了难以自制，并且她将荒唐的幻想进一步升级：“近十年来，一般人的观念固然改变了，然而子夜早已几经蹉跎，减了锐气。一个男子，事业上不得意，家里的各种小误会与口舌更是少不了的。那么，这一切对于他们的孩子有不良的影响吗?”

聂传庆是自私的，他对言丹朱的恨意，完全来自她的父亲，他甚至希望借她对自己的好，对其施行精神上的虐待，结果她并没有死。

在虚构的小说中，他俩注定一辈子相生相死。

这是张爱玲在小说中常用的参差写作手法，小说的结构也随着其构建的繁复意象被认为是“张爱玲体”的特征，这也是她在文学作品中树立的独特美学观。

在此透过小说《茉莉香片》看到的是张爱玲掩藏在光辉背后的苍凉底色，一个悲剧的人生，一个诡异、悲凉、凄惨的人生，这一壶茉莉香片也确实太苦了。

张爱玲自己说：“我不断地舔着伤口，舔着舔着对伤口也有感情了。”

正是这个伤口，伴随着她的一生，在她的文学作品中反复出现。

第 *10* 堂：

“袍子是幻丽的花洋纱，朱漆似的红底子”——

通过读者的视觉来感受人物

“隔着玻璃，峰仪的手按在小寒的胳膊上——象牙黄的圆圆的手臂，袍子是幻丽的花洋纱，朱漆似的红底子，上面印着青头白脸的孩子，无数的孩子在他的指头缝里蠕动。小寒——那可爱的大孩子，有着丰泽的，象牙黄的肉体的大孩子……峰仪猛力掣回他的手，仿佛给火烫了一下，脸色都变了，掉过身去，不看她。天渐渐暗了下来，阳台上还有点光，屋子里可完全黑了。”

——《心经》(1943 年)

01 >>>>

通过视觉来让读者感受人物，还有小说中对社会环境、自然风物的描写，都是为塑造人物形象而运用的创作手法。设法将小说中人物眼睛观察到和感受到的进行细致的描绘，才会让读者产生阅读的真实感。

冷漠地看待残酷的战争，这是张爱玲文学创作的另一个源泉。她将自己对战时香港人的观察融入作品中，她通过环境的具体描写来分析人物形象，让读者产生现场代入感。

张爱玲被父亲殴打直接导致了她与家庭的决裂，她毅然地跨出了张家的门，迈向另一个世界。

那个世界里有母亲和她的姑姑，是两代人、三个女性的世界，这三个女人离开家庭的方式虽不相同，但有一个共同点——都是受到封建家庭的压迫而选择了脱离家族羁绊。

母亲黄素琼是协议离婚，带走了属于她的财产；张茂渊走了，带走的是其母亲李菊耦留给她的一部分遗产；张爱玲是孤身逃出来的，没有什么能让她带走。在当时，许多这类家庭中的女性都有同感，在维护人格的自尊上，她们远比男性勇敢。张爱玲的文学作品，也体现了这一点。

随后，张爱玲越发憎恨那个家庭中的继母，继母将张爱玲所有的东西都送了人，好像她从未在张家存在过。当仆人偷偷带出几件张爱玲小时候玩过的玩具时，她知道自己是再也回不去那个曾经的家了。

这段让她心寒的童年记忆，反复地出现在她的小说中。并且她去香港求学的那段经历，也深深地影响着她。

1941 年底，战争爆发，香港失去了宁静的日子，在战争中，张爱玲亲眼看到炸弹从天上落下，看到了流血的人们和对死亡的漠视。

陷落的香港激发了张爱玲对战时人性的发掘和批判。她看到街上的小吃摊就摆在穷人青紫的尸首边；香港报上登满了结婚广告，宿舍里的男女充满伤感地调情；烤着面包喝牛奶，不管病人痛苦的呻吟……她自己甚至骂出“我们恬不知耻的愚蠢”这类话来。

战争让许多人失去了家，人人自危，朝不保夕。就算有的人能回家，也许家也不存在了，到处都是毁掉的房屋和废纸般的金钱。可当香港恢复平静后，张爱玲又觉得和平反而使人心更乱了，就像是醉酒似的。

张爱玲塑造的人物，其性格的展示是通过情节发展而实现的，人物的生存、活动也总会随着一定的环境发生和发展着。

如短篇小说《心经》中的描述："那是仲夏的晚上，莹澈的天，没有星，也没有月亮，小寒穿着孔雀蓝衬衫与白裤子，孔雀蓝的衬衫消失在孔雀蓝的夜里，隐约中只看见她的没有血色的玲珑的脸，底下什么也没有，就接着两条白色的长腿……她坐在栏杆上，仿佛只有她一个人在那儿。背后是空旷的蓝绿色的天，蓝得一点渣子也没有——有是有的，沉淀在底下，黑漆漆，亮闪闪，烟烘烘，闹嚷嚷的一片——那就是上海……这里没有别的，只有天与上海与小寒。不，天与小寒与上海，因为小寒所坐的地位是介于天与上海之间。"

如果用读者的视觉来感受这段描写，就会发现字里行间都体现了寂寥，这就是《心经》整部小说的基调。

《心经》叙述的是一种不知道如何来表述的爱，是一个年轻女孩和父亲相爱的不伦之恋。在开篇，张爱玲就暗示了这将是一个特殊的故事。小寒似乎拥有完满幸福的家庭，在家中过二十岁生日时，在好朋友的簇拥下，与大家开着玩笑聊着天，看起来是一片温暖祥和的姐妹情谊，可这其中却有着不为人知的情感纠葛。

这个小说的情节结构并不复杂，二十多岁的许小寒有着完美的家庭和不错的追求者，这个年纪的孩子，也许所有的心事就是学校的功课、周末郊游和橱窗里的漂亮裙子。可她所有的心事和秘密都与父亲相关，那个四十岁不到的男人和小寒一起去看电影，就会被人误会是她的男朋友。

在文中可以看出来，小寒的身边总是有各种各样的男孩子，他们喜欢她，她非常有魅力。典型的代表就是龚海立。龚海立也不是一般的人物，前途甚好，也有女生喜欢他。但是，龚海立不是小寒喜欢的对象。

张爱玲曾经说过："我一向对于年纪大一点的人感到亲切，对于和自己差不多岁数的人稍微有点看不起，对于小孩则是尊重与恐惧，完全敬而远之。"

这句话，放在任何一个聪慧、有自我意识的年轻女性身上都不违和。因为女性在心理、生理各方面都比男性发育要早，也更敏感。

像小寒这样聪慧的女性，不喜欢身边年龄差不多的男孩子，其实是可以理解的。许小寒那么敏感、清灵，相比之下，龚海立就显得既笨重又俗气。

这就是运用对照的方法来反衬出人物性格，让读者具有阅读代入感。

当时，中国知识分子已经接触到了新型的家庭模式，女儿和父亲可以以相对平等的姿态出现，在一起生活和玩乐。许小寒从小接触到的父亲是平易近人又疼爱她的，不是拥有严厉"父权"且高高在上的父亲，跟人们认知中的中国"传统父亲"的形象相悖。

在张爱玲身上，对传统"父权"的反叛意识相当明显。她扮演了一个反叛者的形象，父亲在她心里没有任何权威可言。既然父亲不再是"不可触及的权威"，那"爱"也就有了可能。

作为"父亲"，许峰仪无疑是不合格的。他明明知道女儿对他的感情，但还一直配合、纵容，这是许小寒不能自拔的直接原因。许峰仪在这篇文章中的地位已经下降了，他不是一个"父亲"，而只是一位"男性"，他身边有妻子、女儿、情人三位女性。他的妻子许太太，则是一位伟大的母亲。张爱玲塑造这位人物，是为了让读者"心疼"的，许太太就像是大多数婚姻里的女人那样，为整个家庭付出青春和一切后，遭到了丈夫的嫌弃。

文中这样写道："我三十岁以后，偶然穿件美丽点的衣裳，或是对他稍微露一点感情，你就笑我，他也跟着笑……我怎么能恨你呢？你不过是一个天真的孩子！”

所以，应该怪的是许峰仪。

毫无疑问，许峰仪是爱过自己的女儿许小寒的，文中这样表达道：“小寒——那可爱的大孩子，有着丰泽的象牙黄的肉体的大孩子……”

如果一个女孩让男人产生身体的欲望冲动，那就不仅仅是父亲与女儿之间单纯的亲情了。许峰仪不得不面对这样的现实：女儿总归是要长大的，也会有自己的男朋友，会去寻找自己真正的幸福。

这时，读者便从小说中读出了张爱玲的心思。

正如张爱玲内心所想的，男人都很世俗，许峰仪也是不能免俗的，所以，第三个女人出现了。她与许小寒长得很像，许峰仪想要怎样都可以，因为这个女人是他女儿的替代品。作为补偿，这个女人得到了金钱和物质。

《心经》从人物尤其是女性自身的性格和心理出发，着重分析当亲情、友情以及自我遭遇爱情时，每个人的挣扎、抉择与命运。

02 >>>>

小说，可以说是一种“存在”的艺术表达。

它的存在必有其原型或依据，表现的是人类可能性的领域，是人能够成为的一切，张爱玲通过发现这种可能性，将其描绘出来。

小说精心设置故事情节来展示人物的性格。让读者能更深刻地感受小说中创造的人物的，还有一点，就是运用人物不同的语言和动作，通过人物外部形态与内心世界相结合，来塑造有血有肉让读者难忘的人物。

小寒的爱，是一种原始的抛开伦理道德的，甚至是动物性的情感，不事雕琢。这种爱到头来只能是伤害，伤害他人，更伤害自己。对于小寒这个人物，张爱玲应该是怜惜并且无指责意味的。一如她笔下的其他女主角，安静平缓地演绎着自己的挣扎与努力，为爱争取时，却又那么张牙舞爪、歇斯底里、聪明自私，又让人恨不得。

在她的作品中，总是有一些看似无关的描写，却又很巧妙，且充满浪漫色彩，暗示着人物的性格和命运。比如描写许峰仪觉得小寒与绫卿长得像时，说："绫卿看上去凝重些，小寒仿佛是她立在水边倒映着的影子，处处比她短一些，流动闪烁。"后来，因为小寒与绫卿长得相似，引起了无数的波折与纠葛。而此处，小寒如倒影般"流动"，则暗示她的父亲深深地爱着自己。这一点，不可不谓张爱玲之匠心独具。

自恋式的人物因在生活中缺少关爱与重视，遂变得自私又自利，既好胜又富有侵略性。

张爱玲的短篇小说《心经》是一部让很多人摸不着头脑的作品，或者说，它是一部让读者内心无法接受的作品，很多人看不明白她为什么要写这样一部小说。

其实，作品与读者之间是有互相选择的特性的，《心经》尤其体现了这一点。读懂它，先要明白张爱玲那种既不落俗套，又天马行空、带点偏执的女性思维方式。如果读者想通了，那《心经》也就不难读了。

如果透过小说来看现实生活，那么人人心中都有一本既难念又固执的经书，在情感纠葛中，这种纠葛成了一本《心经》，有人读不懂，有人读不完。受家庭教育、人伦道德、情感与欲念的交织等主客观因素的影响，就像题目暗示的那样，在这场畸形的爱恋中，人人有异，本本不同。

《心经》与张爱玲的那些名篇比起来，太过晦涩，不够深刻。然而在小说里面，是有着她的影子的。张爱玲的凉薄，注定了她笔下的小说大多为悲剧。在她的小说里总是看到人生又苦又短，而爱情的刹那，体现出金色的永生。

在小说的世界里，张爱玲写遍了人间绮丽又凄凉的爱情，她懂得人性的不纯粹，因此有了那些曲折幽深的爱情故事，她塑造的人物都有各自的心事和斤斤计较的地方。

在《心经》中，许小寒是天真的，她的爱不掺杂任何别的成分。但她的爱，又是略带畸形的。为了保住父亲许峰仪的爱，她把自己的妈妈当作情敌。为了利用龚海立，她不惜撒谎要泼。她以为用爱能控制住许峰仪，不料父亲却爱上了她的替代品段绫卿。

许太太是一个悲剧女性的形象，她没有阻止许小寒与许峰仪之间的感情，是因为她不敢相信。当段绫卿出现后，她也没有反抗。在她看来，爱就那么几年，爱过去了就没了。

许峰仪和许太太是因爱而结婚的，最后爱情还是破碎了。

许太太只要求过太平日子，保持一个表面看上去还完整的家。她只想安安静静地做好自己的分内之事，等待着许峰仪爱完之后，回到她平凡的生活中来。

张爱玲的每一段故事的主题都是“爱”，爱是一切喜剧与悲剧的根源。它的主角是“自我”，她将一切喜剧化为悲剧，将一切看似完满的结局毫不留情地打破。张爱玲用旁观者的口吻，冷冷地将这段无望的纠葛抛给读者，任读者唏嘘感叹，无法释怀。

在故事结尾，小寒与母亲达成和解，让人同情的绫卿也没有因拆散别人感情而被读者憎恶，反而让读者欣慰。绫卿使小寒与许峰仪解脱了，冰释了许家母女的隔阂，自己也有了归宿。

然而，张爱玲绝不会如此乐观，“悲凉”才是她的最爱。

03 >>>>

行动与语言是表现人物精神面貌、思想感情和性格特征的主要描写方式。

张爱玲就是通过笔下的人物形象来描绘其所处的时代的，人物的身份、地位、经历都是精确的，她形象地描绘了人物外形的各个方面。

小说离不开生活，张爱玲在香港大学求学的日子，成为她的另一种解脱。

虽然她一向是特立独行的，但是在学校还是交到了一位好友。这个朋友是她的同学，姓摩希甸。她家是典型守旧的北方人家，信回教，父亲在上海开珠宝店，母亲是天津人。为了与青年印侨结婚，她跟家里决裂，多年不来往。这位同学是混血儿，有着黑色的头发和黑色的眼珠，皮肤也是黑褐色的。她说话又快又不讲理，笑起来声音响亮。

张爱玲给了她一个好听的名字，就是“炎樱”，就像是炎炎夏日里的一颗红樱桃。

炎樱之所以能与张爱玲成为好友，还在于两人的性格比较接近，而炎樱又较为天真。张爱玲和她一起去逛街，买东西的时候，总喜欢将价格的零头抹掉。炎樱便会用可爱而活泼的方法，让店主心甘情愿地做出让步。

炎樱口才不一般，说话总能妙语连珠，风趣逗人。她的幽默感来自天生，有时迸发出的一两句语录，能让张爱玲击掌叫绝，比如“每一个蝴蝶都是从前的一朵花的鬼魂，回来寻找它自己”，又比如“非常非常黑，那种黑是盲人的黑”，还比如“一加一等于二，但是在加拿大，一加一等于五”，“月亮叫喊着，叫出生命的喜悦，一颗小星是它的羞涩的回声”，等等。

她的大胆有时还能让人目瞪口呆。比如，在西方有句谚语叫：“两个头总比一个头好。”于是，炎樱在作文里就这样写道：“两个头总比一个好——在枕上。”

阅读卷子的教授恰巧是位神父，可想而知这位教授当时的表情。

炎樱才不会在乎这些，她大大咧咧的样子让人看了都无法生气。炎樱也有一个成为作家的梦想，她与张爱玲的兴趣相投。所以两个人能够成为朋友，她们不仅性情相投，还惺惺相惜。

清高自诩的张爱玲会那样真诚而迅速地喜欢上炎樱，很大原因是出于欣赏——炎樱是她之外另一个特立独行的人，而且是另一种方式的特立独行，有时两人在一起相辅相成。

在香港大学期间，张爱玲又重新拿起画笔来，替房东太太、烫发的少奶奶、女大学生等人画了许多头像。她看了沾沾自喜，觉得以后再也不会画出这样好的画儿来了。

她画过一张炎樱穿衬裙的肖像画儿，被一个俄国老师看到了，对方十分欣赏，一定要张爱玲卖给他，答应给五元钱，看到她们两个面有难色，又赶紧解释道：“五元，不加画框。”

炎樱也为张爱玲的画儿着色，她们合作得亲密无间——这种合作后来一直持续到回上海，炎樱替她设计过《传奇（增订本）》的封面。还有一幅画儿，炎樱给上了颜色，全是不同的蓝与绿，张爱玲尤其喜欢，说是有古诗里“沧海月明珠有泪，蓝田日暖玉生烟”的意味。

蓝与绿对于张爱玲来说，有着不同的意义，因为那是她母亲喜欢的颜色。

一个爱作画的人，对颜色是敏感的，而炎樱似乎懂得张爱玲的这种思念情绪。在为张爱玲的画儿上色的时候，也是张爱玲最爱炎樱的时候。

母亲对于张爱玲来说，是又爱又恨的。

早在上海时，母亲就曾与她有过一项协议：“若是想嫁人，自然可以多买些衣裳打扮自己；若是想升学，那便只好先顾学费。”

张爱玲发奋读书，一口气拿了两个奖学金，奖金二十五英镑，在当时的香港，这已经超过大部分人一年的收入了。

张爱玲自认为为母亲省了一点钱，加之也要奖励自己一下，便大胆地挥霍了一次，买了衣料自己设计服装，随心所欲地做了几件奇装异服，大穿特穿了一回。其中便有一件矮领子的布旗袍，大红底子上一朵一朵蓝的白的大花，两边没有纽扣，穿的时候像汗衫一样钻进钻出，领子矮得几乎没有，下面还打着一个结，袖子短到肩膀，长度只到膝盖。那大胆的设计，连炎樱看了也惊叹不俗。

炎樱也是喜欢自己设计服装的，她找出母亲的一条紫红色的大围巾，把两头剪下来缝成一件毛线背心，既宽肩又掐腰，齐腰一排三四寸长，是同色同线的流苏，随着走动时一步一摇，像一枚小巧灵活的香扇坠儿。

两人走在一起，穿着奇装异服招摇过市，一起去中环天星码头青鸟咖啡馆买面包，一次买半打，两个人分着吃。她们还一起去看卡通电影，去浅水湾看“野火花”，在月光下散步，相依相伴。

1941 年夏天，张爱玲的母亲黄素琼与几个上海牌友一同来香港，住在浅水湾饭店。接下来，浅水湾对于张爱玲来说被赋予了别样的意义。可以想象出，黄素琼穿着西洋蓬裙子，梳着美丽的头发，周旋于一群华美蕴藉的客人之间的样子。

张爱玲乘车去浅水湾饭店看母亲。她报出母亲的房号，仆人领着她沿碎石小径走过昏黄的饭厅，经过穿堂上二层楼，转弯处有一扇门通往小阳台，搭着紫藤花架，晒着半壁斜阳。

她看见阳台上两个人在站着说话，一位是她的母亲黄素琼，还有一位是母亲的男朋友。

见着这一场面，张爱玲的心应该是刺痛的，对母亲美好的幻想也一点点地熄灭。作为母亲前任丈夫的女儿，张爱玲就像是母亲身边多余的人，是个不合时宜的尴尬人。

最终，母女两人之间的心结，直到黄素琼去世，也没有被化解。

对张爱玲来说，颜色不仅仅是一种情绪的代表，还是一种象征。她的母亲喜欢蓝绿色，所以蓝绿色便是她对母亲的精神寄托。难怪炎樱一使用这个带有符号性的颜色，就唤起张爱玲对人物的情感来。在张爱玲的文学作品中，就不可避免地也引用了这个颜色符号。

调动读者的视觉来感受小说中的人物，能让读者产生一种感同身受的共鸣。读者在阅读张爱玲的小说时，能深刻体会到这一点。

第 *11* 堂：

“只有无目的的爱才是真的”——

如何创作“催泪”的爱情故事

“胡琴咿咿呀呀拉着，在万盏灯的夜晚，拉过来又拉过去，说不尽的苍凉的故事——不问也罢！……胡琴上的故事是应当由光艳的伶人来扮演的，长长的两片红胭脂夹住琼瑶鼻，唱了，笑了，袖子挡住了嘴……然而这里只有白四爷单身坐在黑沉沉的破阳台上，拉着胡琴。正拉着，楼底下门铃响了。这在白公馆是件稀罕事。按照从前的规矩，晚上绝对不作兴出去拜客。晚上来了客，或是平空里接到一个电报，那除非是天字第一号的紧急大事，多半是死了人。”

——《倾城之恋》(1943 年)

01 >>>>

张爱玲的文学是华美的，而在她笔下的人生却是琐屑而真实的烦恼。

她的经典之作《倾城之恋》就是一部催人泪下的爱情故事，让人读起来惊心动魄，感慨万千。而张爱玲就像是透过水晶球能预见未来的预言家，在她的小说里一而再，再而三地发出预言。

“珍珠港那年的夏天，香港还是远东的里维拉，尤其因为法国的里维拉正在二次大战中。港大放暑假，我常到浅水湾饭店去看我母亲，她在上海跟几个牌友结伴同来香港小住，此后分头去新加坡、河内，有两个留在香港，就此同居了。香港陷落后，我每隔十天半月远道步行去看他们，打听有没有船到上海。他们俩本人给我的印象并不深。写《倾城之恋》的动机——至少大致是他们的故事——我想，这是因为他们是我的熟人之中受港战影响最大的。有些得意的句子，如火线上的浅水湾饭店大厅像地毯挂着扑打灰尘，‘拍拍打打’，至少也还记得写到这里的快感与满足，虽然有许多情节已经早忘了。这些年了，还有人喜爱这篇小说，我实在感激。”

这段是 1984 年 8 月 3 日香港《明报》刊出《倾城之恋》上片特辑，张爱玲写在《倾城之恋》公映前夕的一封短信。

1941 年，“珍珠港事件”引发太平洋战争。炮弹一声接着一声，飞机一架接着一架，炸弹一颗接着一颗，惊恐的市民一边哭喊一边躲避炸弹的袭击。

一颗炸弹丢下来时，香港大学的学生们，大考还没开始，就被炸掉了尾巴。

当时，学生们这样想：“总算可以喘一口气了，总算不必打着手电在夜里温书了，总算不用再做面对考卷而大脑空白一片的噩梦了。”

然而，身处于战争之中的人们，都表现出一些夸张而典型的不同寻常来，在反常的浮面底下却还是一贯的本性。

张爱玲的好友炎樱，在流弹中从容大胆地泼水唱歌，她的满不在乎，仿佛是对众人恐慌的一种嘲讽。在漫天的炮火声里，张爱玲感觉那歌声简直是振聋发聩的。

有同学抱怨道：“我本来打算周游世界，尤其是想看看撒哈拉沙漠，偏偏现在打仗了。”

炎樱却笑嘻嘻安慰道：“不要紧，等他们仗打完了再去。撒哈拉沙漠大约不会给炸光了的，我很乐观。”那机智和胡搅蛮缠，令张爱玲不禁莞尔。

战争开始了，《倾城之恋》中这样写道：“那天是十二月七日，一九四一年，十二月八日，炮声响了。一炮一炮之间，冬晨的银雾渐渐散开，山巅、山洼里，全岛上的居民都向海面上望去，说‘开仗了，开仗了’。谁都不能够相信，然而毕竟是开仗了。”

在《烬余录》里，张爱玲又这般来形容：“战争开始的时候，港大的学生大都乐得欢蹦乱跳，因为十二月八日正是大考的第一天，平白地免考是千载难逢的盛事。那一冬天，我们总算吃够了苦，比较知道轻重了。可是‘轻重’这两个字，也难讲……去掉了一切的浮文，剩下的仿佛只有饮食、男女这两项。”

因战事，香港大学停止办公，异乡的学生被迫离开宿舍。张爱玲不得不参加守城工作，并以此来解决膳宿问题。所有的学生们都聚集在宿舍的最下层，黑漆漆的箱子间里只听见机关枪响，像是雨点落在荷叶上的声音。

因为害怕流弹，大家不敢走到窗户跟前迎着亮洗菜，所以菜汤里满是蠕蠕的虫。吃的菜是用椰子油烧的，有强烈的肥皂味儿，令人闻之欲呕。然而张爱玲吃了下去，并且久了也便觉得肥皂也有一种寒香。要知道，张爱玲小时候是连鸡汤里有药味儿也要挑剔的。但是现在一切只好将就。没有牙膏，她就用洗衣服的粗肥皂擦牙齿。如果再饿两天，别说有肥皂味儿的菜，便是让她吃肥皂，怕也只好吃下去了。

她在香港的围城里待了十八天，缺吃少喝，也没被褥，晚上盖着报纸、垫着画报杂志睡。张爱玲跟一大批同学到防空总部去报名，领了铜帽子和证章，回来的路上便遇到一次空袭。人家跑，她便也跟着跑，并不懂得所谓的

“防空员”究竟是什么意思。

防空员的工作地驻扎在冯平山图书馆，张爱玲意外地发现了一本《醒世姻缘》的书，一连几天看得抬不起头来。房顶上装着高射炮，成为轰炸目标，一颗颗炸弹轰然落下来，越落越近。

在枪林弹雨中的张爱玲只是单纯地想：“至少等我把书看完了吧!”

看完《醒世姻缘》，她又把从前一直想着要再读一遍，却一直没有时间看的《官场现形记》仔细看了一遍。这本书的字印得极小，光线又不充足，她一边看，一边在心里担心不能将书看完。以至于她在大学堂临时医院做看护时，仍然每天躲在屏风后读书。

整个世界都在打仗，每一分钟都有人死去。在动荡的时局面前，个人的情爱显得多么渺茫而不可靠，可能彼此正在山盟海誓相许白头，忽然“轰隆”一声，所有的誓言就都成了空话，海枯石烂倒成了现实。

因为面对战争，随时都可能死去。于是死亡成了最稀松平常的事情，不值得恐惧，也不值得同情。

02 >>>>

美好的愿望终究是愿望，现实却给了我们一个响亮的耳光。

每个人对爱情都有美好的期望，但是在面对现实的时候，有几个人会选择爱情呢？面对战争，人命变得岌岌可危。在生死面前，只要活着就是莫大的幸运。

在张爱玲的小说中，我们可以看到爱情超越生死，最终却败于现实。

《倾城之恋》就是一篇探讨爱情、婚姻和人性在战乱及其前后，怎样生存和挣扎的作品。

"子弹穿梭般来往。柳原与流苏跟着大家一同把背贴在大厅的墙上，流苏到了这个地步，反而懊悔她有柳原在身旁，一个人仿佛有了两个身体，也就蒙了双重危险。一子弹打不中她，兴许便打中了他，他若是死了，或是残废了，她的处境更是不堪设想。"

张爱玲在《倾城之恋》中这样写道。

从上海来到香港的白家小姐白流苏经历了一次失败的婚姻，身无分文，备受冷嘲热讽，看尽世态炎凉。她偶然认识了潇洒富有的单身汉范柳原，便拿自己当作赌注，远赴香港，想得到范柳原的爱，争取一个合法的婚姻地位。两个情场高手斗法的场地便在浅水湾饭店，原本白流苏似是服输了，但在范柳原即将离开香港时，浅水湾陷入战争之中。狂轰滥炸之际，生死关头，范柳原折了回来，保护白流苏，这让白流苏欣喜中不无悲哀，如此患难，足以做十年夫妻。

在《倾城之恋》中，白流苏第一次到香港，就是为求得婚姻的位置，谨慎地不与范柳原发生关系，因为一旦发生关系，除了做范柳原的情妇之外没有第二条路。如果迁就了范柳原，不但前功尽弃，以后更是万劫不复了。

所以，白流苏明知要承受家人的白眼和嘲讽，还是豁出去了。回到上海的白流苏与家庭已是恩断义绝，她受尽了气，却不愿意寻找职业，怕的就是"失去了淑女的身份"。在白流苏第二次回到香港时，她为谋生而谋爱的计划失败了，所以只有屈从范柳原，做了他的情妇，但心中仍然寻思着怎么留住范柳原的心。

白流苏的再嫁无非是从一个男人走向另一个男人，从一个家庭走向另一个家庭，这与她的第一次婚姻没有实质的不同。在纵情声色的外表之下，范柳原是一个孤独地寻找真爱的人，有着更为宽广的思想，表面上看似无情，实际上对于"执子之手，与子偕老"是非常向往的。

范柳原看似游戏人生，实际上这种态度是他对荒唐、庸俗以及虚无人世的一种反抗和挑战。作为社会的叛逆者，他不为世俗所拘，他的滥情带有对世情和女性的讽刺和调侃。他不停地辗转于中国的上海、香港，英国，新加坡等地，然而天下之大，却没有一个地方是他真正的家。他的"放浪"外形之中，有着四处流浪的意味。

白流苏是一个相当厉害的女人，她不经意的低头成了范柳原心动的理由。她正是以这种温柔、妩媚、优雅、风情万种的姿态，捕获了范公子那颗漂泊的心。无所依傍使她变得防范，防范使她变得自私，自私使她头脑清醒。一开始，她与柳原就保持着战争似的戒备状态。实质上，流苏未尝不想从对方身上获得爱情的战果？只不过她采取的是以守为攻的方法。

柳原想征服流苏，又不愿意和她结婚，不愿自缚一个包袱。流苏却一心想和范柳原结婚，当然，结婚又有爱是最好不过的，但那是其次的事，或者说是妄想。正如文中所说的："没有婚姻的保障而要长期抓住一个男人，是一件艰难痛苦的事，几乎是不可能的。"

对此，张爱玲曾说："我以为这样写是更真实的。我知道我的作品里缺少力，但既然是个写小说的，就只能尽量表现小说里人物的力，不能替他们创造出力来。而且我相信，他们虽然不过是软弱的凡人，不及英雄有力，但正是这些凡人比英雄更能代表这时代的总量。"

在《倾城之恋》的小说里，张爱玲流露出浓厚的孺慕之情。

白流苏是一位二十八岁的离婚少妇，这个年纪同张爱玲的母亲去法国时是一样的年纪。母亲第一次去香港所看到的情景是张爱玲看见的，浅水湾饭店也是黄素琼住过的。白流苏在战争中的所闻所见、所想所为，也都是张爱玲亲眼所见、亲耳所闻的。

白流苏从腐旧的家庭里走了出来，香港之战的洗礼并没有将她感化成为新女性。而战争影响了范柳原，使他转向平实的生活，两人终于结婚了。但结婚并不能使他变为圣人，不能使他完全放弃往日的生活习惯与作风。

张爱玲虽然以白流苏得到婚姻这样圆满的结局作为收笔，但丝毫没有削弱小说的悲剧性，反而让人感到悲剧色彩更加浓重。整部小说以香港陷落为背景，似乎也隐喻着某种关系也像战争那般，两个难分上下、同样聪明而自私的男女，斤斤计较着自己的得失，并绞尽脑汁地算计对方。

“深爱只是为了谋生”，这种冷酷的婚恋观，跟她父母的婚姻为她留下的阴影有关。父母离异、家族败落，都给她的心灵造成了极大的创伤。

张爱玲从父母亲族身上，看到了更多旧式婚姻的苍凉。

《倾城之恋》中的女性，很少有追求自身价值的强者，基本上都是找不到自我的女性。她们极少拥有过纯真浪漫的爱情，她们的爱情、婚姻纯粹是谋生手段，是求生的筹码。她们清醒地知道自己是男人的附庸，是传宗接代的工具，所以就尽力利用男人的需求来谋求自己的利益。婚姻是双方权衡利益下的交易，在这场交易中，经济利益当然是主角，爱情、婚姻成了女性谋生的工具。

为了谋生而成家，婚姻也只是一种交易，这构成了女性苍凉的人生。触景生情的地方，能令人潸然泪下。

03 >>>>

张爱玲急于成名，她在《传奇》序言中这样表露心态：“出名要趁早呀！来得太晚的话，快乐也不那么痛快。”

她迫不及待地要成名，有两种原因。

从张家这个封建制的家族来看，对成名是有一定期望的，特别是读书人，心中怀有的憧憬就是“功成名就”。张爱玲的父亲虽然没有出息，但父亲的堂兄张志潭是北洋时期的交通总长，与父亲同辈的张人骏做过两广总督和两江总督，算得上是名扬天下的人物。

张爱玲想早日成名的心理，来自她对自己身份的自卑，这也是她为什么想要出人头地的主要原因。她的自尊心特别强，她不想让人看不起。

堕落的父亲、出走的母亲、不讲人情的后母、叛逆的姑姑、顺从的弟弟，张爱玲周围的人都没有善意。在这样无形的环境压迫下，她急需找到自己在家族中的立足点，以此达到证明自己“存在”的目的。

1942 年，因战争张爱玲未能完成学业，她带着满腹的委屈回到上海。

她害怕被人忽视，害怕看到别人瞧不起她的样子，害怕听到不堪入耳的闲言碎语。为此，她躲进了姑姑的公寓里，可以用“拼命”来形容她的写作状态，这是她找到的发泄心中抑郁的渠道。

“我想，这是乱世。晚烟里，上海的边疆微微起伏，虽没有山也像是层峦叠嶂。我想到许多人的命运，连我在内的，有一种郁郁苍苍的身世之感。”

这是张爱玲在《我看苏青》中表白内心的一段话。

回到上海，她站在公寓的阳台上，仅是看着天空，就能联想到自己的身世和那时的社会。“乱世”不仅是形容社会动荡，更深层的含义是体现了她内心的不安。

“在一个低气压的时代，水土特别不相宜的地方……开出的奇葩。”

傅雷这样形象地描述张爱玲。“低气压”指 1942 年的上海。当时的上海已经沦陷为孤岛，当时的主流派作家大批撤离，文学传统突然中断。作为新文学运动中心的上海，因政治空气关系，鸳鸯派大行其道，流行以不谈政治为标榜的纯文学作品。

与弹丸之地香港比，张爱玲是喜欢上海的。这里的人情世故是讲究平衡的，有根底，不肤浅。上海的人与事，是一种丰硕的圆润，是一种热烈喧腾的繁华和对世故的精明。

她的母亲还在海外不知哪个地方驻留，回到上海的张爱玲身心疲惫，住进了静安寺赫德路的姑姑家里。

因经济拮据，姑姑将公寓的房间租了一部分出去，两人挤住在一间卧室里。回来的那天，姑姑为张爱玲准备了一桌饭菜，不算隆重，也不寒酸。对于姑姑家清苦的生活，张爱玲是可以适应的，在这几年的种种经历后，她已没有什么可挑剔的了。

为了分担住在姑姑家的膳宿费，张爱玲托姑姑的朋友介绍给两个女中学生补课。

由于做家务会浪费学习的时间，所以姑姑就雇了一位女仆，负责洗衣服和收拾屋子。女仆会用煤气灶为她们煎葱花薄饼，只是她总感叹楼层太高，不接地气。

张爱玲感受到的战争中的上海是这样的："让生活消费水平空前拔高，煤价涨得离谱，公寓里的热水管就成了摆设，偶尔放冷水时错开成了热水管，那常年不通水的管道就像肢体朽坏的老人，发出轰隆轰隆的凄怆啸声。住公寓不似在乡下，邻里朝夕相闻。这里的人大多不熟识，屋顶花园常有孩子溜冰，不分早晚地耍乐，'咕滋咕滋'的响声挫过来挫过去，听得人头皮发麻，牙齿发酸。隔壁住着一个外国人，受不住地捋了袖子跑上楼去，没一会儿就败下阵来。"

张爱玲时常一个人坐在黑暗里，一支白蜡烛似有若无地亮着，全上海仿佛都死寂了，能清晰地听见时钟分针在"嘀嗒"响着。她借着微弱的烛光看报纸，一字一句地读着报纸上的家长里短，读到有趣的俏皮话也会笑一会儿。

看着报纸上的文章，她有了新的启发。夜已深沉，舍不得去睡的张爱玲拿起了笔。她仗着极好的英文功底写下一些随感，并向一本英文月刊《二十世纪》投稿。

英文月刊《二十世纪》是1941年底在上海创刊的一本综合性杂志，有时事报道，也有小品文、风光旅游、书评与影评，是一本面向在亚洲生活的西方人的期刊。

当时杂志的主编克劳斯·梅奈特从自由来稿中发现了一篇随笔，标题叫《中国人的生活与时装》，文中不乏对中国人生活与服饰的独特见解，还配有作者绘的发型与服饰图。

很快这篇文章在《二十世纪》上刊登了，还引起了一时轰动。编者在序言中称："……极有前途的青年天才。"

这篇文章，就是《更衣记》的英文底本。张爱玲趁热打铁，又接着写了《鸦片战争》《万世流芳》《婆婆和媳妇》《自由魂》《两代女性》《母亲》等，这些文章连续几期在《二十世纪》上刊发出来。

这些中国人司空见惯的话题，经张爱玲写来，却让人觉得新意频出，妙语连连，有着独特的见解。文中看似点评的是电影，实际写的是中国人的生活、文化、心态、趣味，以及中国人关于教育、人际关系、宗教信仰、文化趣味种种的姿态。

在发表的《中国人的宗教》一文中，主编是这样点评的："作者神游三界，妙想联翩，她无意解开宗教或伦理的疑窦，却以她独有的妙悟的方式，成功地向我们解说了中国人的种种心态。"

张爱玲有着敏感的内心世界，她又受中西两种文化的滋养，形成了别一样的眼光，别一样的看法。对于中国人的一切，她没有一味地赏析，也没有一味地批判，而是报以好奇的注目，融入了高贵与卑微的心境，写出了不一样的文字。

这段时间，她用英文写作的同时也开始了中文写作，毕竟更广大的读者群还是中国人。

随后，张爱玲的创作热情被点燃，她创作了一系列"悲情"的爱情故事，引发读者感慨。

第 12 堂：
“钱到底是假的，只有情感是真的”——

大段描写容易打断情节的发展

“她这一清高，抱了恋爱至上主义，别的不要紧，吃亏了姚先生，少不得替她料理一切琐屑的俗事。王俊业手里一个钱也没有攒下来。家里除了母亲还有哥嫂弟妹，分租了人家楼上几间屋子住着，委实再安插不下一位新少奶奶。姚先生只得替曲曲另找一间房子，买了一堂家具，又草草备置了几件衣饰，也就所费不赀了。曲曲嫁了过去，生活费仍旧归姚先生负担。姚先生只求她早日离了眼前，免得教坏了其他的孩子们，也不能计较这些了。”

——《琉璃瓦》（1943 年）

01 >>>>

我们时常会发现文字华丽的文章，乍一看很美，但细读之后就会明白，大段的铺张和华而不实的描写，极有可能会打断阅读故事的通畅性。

张爱玲创作的小说，便十分注意情节发展的连续性。

回到上海，她最先发表的小说是《沉香屑·第一炉香》和《沉香屑·第二炉香》。

那是1942年的秋季，张爱玲刚从香港大学回来，进入圣约翰大学文学系四年级就读，她的国文考试竟然没有及格。学校里的课都不是她喜欢的，教授说一不二，容不得反驳。

生活拮据，加之无法适应圣约翰大学的教学，在这双重原因之下，张爱玲选择了退学。

张爱玲的姑姑担心地问她："怎么回事？你怎么也得有个文凭。"

张爱玲不说话，她坐在姑姑家的沙发上默默无语。

那个时期的张爱玲，母亲不在身边，也回不了父亲的家，住在姑姑家里，衣食都成问题。她没有心思读书了，只想要谋份职业来赚钱。

她每日在公寓里写稿，如逃世一般，闷了就站在阳台上，看看公共租界里的繁华。

公寓附近有面包房、起士林西餐厅、咖啡馆等，她喜欢听电车驶过的声音，尤其是晚上，那流动的电车就像一条响着铃声的河流，在街道上流淌着。

除了有时炎樱会来找她以外，几乎没有人登门。

她会和炎樱去逛街，遇到书报店，总要走上前去看一看。炎樱会把摊上的书全部都翻个遍，然后一本也不买。张爱玲也喜欢看，只是舍不得买，但要是遇上张恨水的书，就是凑了钱也要买。

张恨水是通俗文学"鸳鸯蝴蝶派"的代表作家，被尊称为现代文学史上的"章回小说大家"。他主张把文学作为游戏、消遣的工具，以言情小说为情调，风格偏于世俗。他创作的小说内容多以才子佳人情爱为主。张恨水的文字就像流水一般舒缓，读起来让人感到舒服。

张爱玲的写作目的很明确，就是为了赚钱。她性格内向又有些木讷，如果不写作，生存就成了问题，所以她一开始是把写作当成职业来做的。

那时的社会时局，对张爱玲来说没有过多影响。选择英文写作，也仅是因为英文杂志稿酬要高一些，但是能读懂英文的人毕竟不多。

她创作完《沉香屑·第一炉香》后，在姑姑的帮助下，请人写了封介绍信给周瘦鹃。

周瘦鹃是当时上海文坛的名宿，擅长创作凄惨而不圆满的爱情小说，在文学界被冠以"哀情巨子"之称。他为抒发内心苦闷写出了大量"哀情""惨情"小说，这些作品，是他成为鸳鸯蝴蝶派早期代表作家的重要原因。

他在中学毕业的那年冬天，结识了年轻貌美的女学生窦吟萍，两人书信往来，迅速发展为恋爱关系。由于女方父母早已把吟萍许配给了一个富家子弟，两人的好事终于未能如愿。这场悲剧在他身上影响深远。因为窦吟萍的英文名字叫 violet（紫罗兰），周瘦鹃就异乎寻常地喜爱紫罗兰花，而且喜爱终生。

受时局影响，《紫罗兰》杂志停刊后准备复刊，周瘦鹃也在苏州买了宅院，住在苏州。这天，二十三岁的张爱玲带着书稿，辗转从上海到苏州，专程登门拜访周瘦鹃。

看过介绍信后，周瘦鹃请张爱玲入座。古色古香的客厅里放置着素雅的茶具，整整一个下午，两个谈起文学来一见如故，无所不谈。

张爱玲留下文稿后，周瘦鹃与她相约一个星期后回复。随后她的《沉香屑·第一炉香》便在复刊的《紫罗兰》上发表，并逐步声名鹊起。

沦陷区的特殊环境造成严肃文学创作与发表的困难，当时上海《万象》杂志主编柯灵正在寻找有特色又有一定水准，且不受政治影响的作者。当张爱玲的“两炉香”在《紫罗兰》上发表后，柯灵一眼看出，他要的人出现了。

他原本想请周瘦鹃进行介绍，但没想到的是，张爱玲自己挟着《心经》的文稿登门来了。这篇短篇小说连载于《万象》杂志当年的二、三期上。

柯灵是张爱玲极少数的朋友之一，她信任柯灵，《倾城之恋》由小说改编为话剧时，张爱玲专门征求过柯灵的意见，柯灵还张罗着为该剧找剧团、寻演出场地。

由于人们心怀朝不保夕的态度，所以人们阅读兴趣较为接近通俗的鸳鸯蝴蝶派文学。张爱玲的小说不涉及政治，从表现形式上又多方吸收了通俗小说的特色，所以一下便吸引了读者。

02 >>>>

1943 年，留在上海坚守文化阵地的少数严肃作家也开始关注张爱玲。

《琉璃瓦》是张爱玲在《万象》杂志上发表的第二部作品。

在《琉璃瓦》这部短篇小说中，没有大段的铺张描写和渲染，张爱玲直截了当地说明了小说表述的意思。《琉璃瓦》不像张爱玲的其他作品那般沉郁黯然，而是别样的辛辣讽刺。

这个故事不长，讲述了有一点家产的姚先生和他的模样俏丽、性格迥异的女儿们的事情，亲友们打趣姚太太为“瓦窑”，但姚先生认为自家女儿乃上品琉璃瓦，不可与寻常人家相比较。

《琉璃瓦》开篇就点明了题意：“姚先生有一位多产的太太，生的又都是女儿。亲友们根据着‘弄瓦，弄璋’的话，和姚先生打趣，唤他太太为

‘瓦窑’。姚先生并不以为忤，只微微一笑道：‘我们的瓦，是美丽的瓦，不能和寻常的瓦一概而论。我们的是琉璃瓦。’”

生男孩是弄璋之喜，生女孩则成了弄瓦之叹，这一典故来自《诗经·小雅·斯干》。意思是生下男孩就让他玩玉璋，期待他长大成为贵人；生下女孩，则让她要弄陶瓦状的纺锤，以便日后做贤妻良母。

《诗经》对生男生女之别的形容，建立在当时社会分工的基础上。随着历史发展，这一形容也渐渐内化为“重男轻女”的社会观念。不用说那个时代的背景，就是放在今天，一户人家连续生了七个女儿，那也一定会被非议的。面对周围人的嘲笑，姚先生的化解方式是引以为荣。他依循一般的望文生义的理解，说“我们的瓦是漂亮的琉璃瓦”。

将心比心，姚先生实际上不可能那么洒脱，但他的这番话体现出一种积极的心态，至少让这个家庭能挺起腰杆过日子。

姚先生一心想让各个女儿寻得好夫婿，虽然他不屑于靠女儿吃饭，但还是有着做“皇亲国戚”的愿望，毕竟大树底下好乘凉。无奈他层层算计，却终究逃不开命。直到姚先生心力交瘁之际，大女儿的婚姻生活都不尽人意。而剩下的女儿们都已出落得分外水灵，姚先生却觉得自己怕是要活不长了。

文中这样写道：“姚先生很明白其中的道理。可是要他靠女儿吃饭，他却不是那种人。固然，姚先生手头并不宽裕。祖上丢下一点房产，他在一家印刷所里做广告部主任，薪水只够贴补一部分家用。支持这一个大家庭，实在不是容易的事。然而姚先生对于他的待嫁的千金，并不是一味地急于脱卸责任。关于她们的前途，他有极周到的计划。”

看似普通的一个家庭，正是旧时中国家庭的一个缩影。当老派思想受到了新一轮崇尚自由恋爱的新思潮的冲击之后，两代人的思想发生了碰撞。

琤琤是大女儿，俗话说："长女护家。"意思是要将大女儿当成男儿来养。可是她看似会在父母的精心安排下嫁给如意郎君，却又在丈夫三言两语之下便放弃了与娘家的联系。不料丈夫有了外遇，而娘家又无人给她撑腰，所以她最终下场凄凉。

张爱玲以事论事，刻画着包办婚姻下的爱情。这种婚姻不能成功的主要原因看似在于家庭，其实不然。婚姻悲剧的根源，不仅在于男女双方精神层面的不对等，更在于女性自我独立性的缺乏与自我认知的不足。

铮铮是一名受过教育的新时代女性，对于许多问题也有着自己的看法。她在多年家庭教育的耳濡目染下，仅有一个理想化的愿景，却没有采取任何行动使自己跳脱出"附属品"的境地。她一次次无底线的妥协和退让，最终使她失去了自己的人生，沦为不幸婚姻的牺牲品。

姚先生的二女儿将爱情的唯心主义发挥到了极致，偏执地相信感情凌驾于一切，虽然嫁给了自己想嫁的人，面对真实生活时却手足无措，最后要靠父母的救济度日。

小说中写道："女儿是家累，是赔钱货，但是美丽的女儿向来不在此例。姚先生很明白其中的道理。可是要他靠女儿吃饭，他却不是那种人。"

张爱玲在这里明确指出，姚先生并不是那种靠女儿吃饭的人。至于这段引文中的"女儿是家累，是赔钱货"，并非姚先生个人的、主观的看法，而是张爱玲对一般社会状况的客观描述。

当时的女性，面临着教育机会缺失、社会资源配置不公、就业歧视严重等现实困境。父母生下女儿，供养一二十年，然后把女儿嫁出去，等于帮别人抚养孩子，还要搭上巨额陪嫁用品，加之当时的社会又缺乏养老保险、社会福利等公共政策，自然会觉得养女儿倒贴亏本，"养儿"才是最划算的投资。

张爱玲的文字精炼动人，将伤感表现得非常深入又自然灵动。

比如文中说道："常常有人告诉姚先生，说看见二小姐在咖啡馆里和王俊业握着手，一坐坐上几个钟头。姚先生的人缘素来不错，大家知道他是个守礼君子，另有些不入耳的话，也就略去不提了。然而他一转背，依旧是人言籍籍。到了这个地步，即使曲曲坚持着不愿嫁给王俊业，姚先生为了她底下的五个妹妹的未来的声誉，也不能不强迫她和王俊业结婚。"

人生总有难处，而姚先生的难处就在于"无计可施"，明明知道自己的女儿各有心思，可是为了她们的婚姻，其实在给她们物色丈夫的时候，也是在给自己的家族开枝散叶。

有人说，姚先生的"父爱如山"，他干预女儿的婚姻，让女儿喘不过气来，而这是导致女儿们婚姻不幸的罪魁祸首。小说中有一句话是这样的："关于她们的前途，他有极周到的计划。"

有人抓住这句话不放，认为这就是姚先生干涉婚姻的明证。

可是，他虽然有周到的计划，但实施起来并没有力度。对于大女儿的婚事，他经过了周全的考察，最后选中了公司股东的儿子。大女儿的态度是"有过很激烈的反对的表示"，不过只是表面上的反对，实际上并非不中意。

姚先生并没有用暴力，而是耐心说服。他"再三敦促，说得舌敝唇焦"，接着又拍着胸脯保证"以后你有半点不顺心，你找我好了"。让女儿嫁给社会地位高的家庭，这当然是好的选择。

张爱玲在处理两者矛盾的地方，下了一番功夫。

她这样写道："琤琤和对方会面过多次，也觉得没有什么地方可挑剔，只得委委曲曲答应了下来。"

从字面上看，他们已见过多次面。可实际上自由恋爱也不过是互相见面，上海有句话很贴切，就是"谈朋友"。在小说中表达时，张爱玲又用女性比较含蓄的方式来形容"委曲"，而不是"委屈"，其实是说经过一番波折，好事多磨。

至于她在文字方面的精炼，可以从一段话中看出来："王俊业手里一个钱也没有攒下来。家里除了母亲还有哥嫂弟妹，分租了人家楼上几间屋子住着，委实再安插不下一位新少奶奶。"

一个家庭的状况，在这一句话中体现得十分全面。

王家没有钱，为了赚些租钱来养家，家里的房子也被租出去了，其他方面就一无是处了，不仅没有多余的产业，就连新媳妇来了也是没地方住。在这样的窘境里生活，两个人的爱情还能保持得如当初那般吗？

这便是张爱玲给读者提出的一个很隐性的问题。

其实通过这么一小段文字来表述人物的家境，比大段地描写场面如何困窘来得更加贴切，能在不破坏叙事情节的情况下，达到让读者流畅阅读的目的。

03 >>>>

张爱玲在《琉璃瓦》中描绘了那个时代女子所被赋予的命运，让人可悲又可叹。

《琉璃瓦》看上去是一部讽刺小说，写的是一位有着七个女儿的父亲如何为孩子的婚嫁操心，却落了个费力不讨好、事与愿违的结果的故事。连续的打击，令这位父亲心灰意冷，熬日子等死。

在张爱玲的笔下，受教育的女性不如不受教育的，读再多书，最终还是不如嫁个好夫婿。女性就像一个美丽易碎、毫无生存能力的"花瓶"，永远不可能得到真正圆满的人生。只有当一位女性富有人格魅力与个人主见时，她的生活才会如愿。

而现代女性之所以能够拥有属于自己的人生，不仅仅在于男女地位平等这一观念的深入人心，更在于女性经济的独立，使其有机会、有能力实现自己的追求与价值。只有解决了基础的温饱问题，才能够去追逐上层建筑，最终得到真正的自由。这样下去，女性就算处于婚姻关系中，也能保持相对独立性与理性，不至于因为感情的失败而失去自我。

小说中的女性不幸的共同之处，在于没有将自己作为一个独立的个体，而是将自我命运完全交予他人。尽管她们有着清丽脱俗的俏脸，但在岁月流逝之中，再美的容颜也会凋谢，真正能够保留的只有成熟的思想和有趣的灵魂。

张爱玲在《琉璃瓦》中，通过描绘主人公姚先生的几位女儿的人生轨迹，深刻地反映了女性在那个时代的人生悲剧。

在那个时代，女儿被认为是赔钱货，当然，美丽的女人并不在此列。张爱玲把姚先生的几个女儿描绘成为美丽的女子，仿佛让姚先生没有了“赔钱”的理由。但这一切只是幻想。最终姚先生得到了无止境的伤痛和女儿带给他的沉重负担。

姚先生想利用自己的女儿来获得更好的物质生活，这种做法是可耻的。他的行为集中地表现在了三女儿身上。

任何人都不应该把自己的喜欢硬加在别人的喜欢之上。姚先生低估了“有钱人”拿好处的能力，还以为有钱人都阔气大方。自己的女儿虽美丽，却没有独立生活的能力，只能依靠男人来生活，这是大女儿与二女儿悲剧的根源。

当男人把女人看成“可有可无”的花瓶时，这个女人的结局注定是悲剧。这也是姚先生负担沉重，在女儿出嫁后还要给女儿钱的根源。

在传统社会，“父母之命媒妁之言”就是天经地义的法则，婚姻大事哪里能容后辈插手。在新旧社会交替之时，提倡婚恋自由仅是理想而已，并没有真正触动封建婚姻的社会基础。姚先生不过是履行父亲的本分而已，像他这样的普通人，很难有高觉悟。

自由是需要善意的理解的，不能因为提倡自由就不顾他人的制约条件、情感纠结，强迫他人硬要平等、要自由。姚先生在某种程度上，代表着父亲的隐忍和尴尬。

父亲的伟岸形象，既会成为孩子的榜样，也会成为孩子想要超越的目标。当有一天，孩子发现父亲脆弱、无能的一面时，他的权威就会悄然崩塌。姚先生担负起一家人的供养重任，到该拿决策时，却乱了方寸。他为了捍卫自己的尊严，愤而辞职。

自由恋爱的人，如果不能进入幸福的婚姻之中，也不能归咎于自由恋爱本身。

张爱玲用犀利的文笔，通过故事来与读者讨论“婚姻的本质”。

从道德上来看《琉璃瓦》，一方面是反对父母将女儿物化、商品化，另一方面则是提倡自由主义，提倡婚姻自主。人们不能把自由恋爱的人进入婚姻后的不幸归于自由恋爱本身，而是要把不幸归于一个人不能正确地处理婚姻、家庭关系，不会妥善地经营爱。

张爱玲把别人的爱情写得如此透彻，那么轮到她自己坠入爱河的时候，又是怎样看待自己的婚姻的呢?

第 13 堂：

“这庞大的城市在阳光里盹着了”——

怎样才能紧扣小说立意

“街上一阵乱，轰隆轰隆来了两辆卡车，载满了兵。翠远与宗桢同时探头出去张望；出其不意地，两人的面庞异常接近。在极短的距离内，任何人的脸都和寻常不同，像银幕上特写镜头一般的紧张。宗桢和翠远突然觉得他们俩还是第一次见面。在宗桢的眼中，她的脸像一朵淡淡几笔的白描牡丹花，额角上两三根吹乱的短发便是风中的花蕊。他看着她，她红了脸，她一脸红，让他看见了，他显然是很愉快。她的脸就越发红了。”

——《封锁》(1943 年)

01 >>>>

立意是确定一篇文学作品中的思想内容，包括构思设想、写作意图以及创作动机。

一般意义上所说的立意，指的是作品的中心思想、文章的中心论点及基本观点。在张爱玲的作品中，可以说写尽了男性的虚伪、自私和女性的无可奈何。作为作者，张爱玲也没有置身事外，而是报以深深的同情和宽容。这是一种悲悯情怀，这来自她对爱情的感悟：“因为懂得，所以慈悲。”

她把别人的爱情看得透透的，却在自己的感情上迷糊着。她的一生经历过三段感情，三个男人——胡兰成、桑弧、赖雅。这三段情亦如她喜欢的那样悲壮，却又令人心痛。

胡兰成比她大十几岁，还是五个孩子的爸爸，张爱玲怎么就看上他了呢?

男人花言巧语不可怕，可怕的是懂你。这种懂不是心疼你的过去，而是懂你的弱点。胡兰成就是这样可怕的男人，他懂女人的弱点。

张爱玲内心缺什么，胡兰成就给她什么。在他们初次见面的时候，胡兰成就看透了张爱玲的心——他直接问张爱玲一个月能赚多少钱。也许文人初次见面说这样的话题会尴尬，但对张爱玲，这样的话就是一抹温暖，直通心灵。

1943 年，《天地》杂志第二期发表了张爱玲的小说《封锁》，胡兰成看了后在《今生今世》中说：“我才看得一二节，不觉身体坐直起来，细细地把它读完一遍又一遍。”

《封锁》写的是男女主角在公车封锁的情况下做出的与常态不同的行为，他们在公车上恋爱了，可是下车后就自然而然地分手了。

第一段，运用的是冗长和沉寂的文字，几乎没有采用任何有生机的生活预示：“开电车的人开电车。在大太阳底下，电车轨道像两条光莹莹的，水里钻出来的曲蟮，抽长了，又缩短了；抽长了，又缩短了，就这么样往前移——柔滑的，老长老长的曲蟮，没有完，没有完……开电车的人眼睛盯住了这两条蠕蠕的车轨，然而他不发疯。”

这句话的语感带给人冷漠的腔调，现场的画面虽然是动感的“电车”，它在前进着却犹如死去一般，反复而没有生命力。“车轨”和“曲蟮”的比喻意象显示出生命的冗长乏味，它是“柔滑”的，没有任何的尖锐力度，同时又把握不住、转瞬即逝，是“抽长了，又缩短了，就这么样往前移”，是单调的、毫无美感的“蠕蠕”的机械运动，并且还是“老长老长”没有尽头的。

胡兰成也在那样一个毫无生机的时候读到这样的开头，然后产生了兴趣。这种兴趣源自好奇，就像一只蚊子叮咬了掌心一般，心里生出既痒又挠不到的感觉。

他读着，还能读出一些同感：“怎么能有人将无聊的一段文字反反复复讲来，又生出一些有趣来呢?”

也只有张爱玲，能把一件平淡无奇的事，与一段故事扯上关联。

胡兰成仔细阅读着张爱玲的《封锁》，仿佛被张爱玲的描述带入小说的场景里，随着那“老长老长”的车轨而忘记了时间。

随着《封锁》故事的展开，那几分灵动的文字直指胡兰成的心弦，令他内心奇痒难忍起来。当通篇阅完之后，他感叹自己真是开了眼界。

文中有这样一段描写：“电车里的人相当镇静。他们有座位可坐，虽然设备简陋一点，和多数乘客的家里的情形比较起来，还是略胜一筹。街上渐渐地也安静下来，并不是绝对的寂静，但是人声逐渐渺茫，像睡梦里所听到的芦花枕头里的窸窣声。这庞大的城市在阳光里盹着了，重重地把头搁在人们的肩上，口涎顺着人们的衣服缓缓流下去，不能想象的巨大的重量压住了每一个人。上海似乎从来没有这么静过——大白天里!”

张爱玲描写当时环境的寂静，是有她的目的的，这也点明了题意——“封锁”。

小说的前半部分像是描写世态的。在寂静中突然唱起歌来的乞丐、百无聊赖的电车司机、公事房里一同回来的几个人、一对长得颇像兄妹的夫妇、手里搓核桃的老头子、孜孜修改骨骼图的医科学生……电车外部是死静的，电车内却有些嘈杂，就在这既死静又嘈杂的背景下，张爱玲展开了吕宗桢和吴翠远短暂的“爱情故事”。

在这部小说的第二段，一句话就引出了下文的“寂”，而且这是有原因的：“如果不碰到封锁，电车的进行是永远不会断的。封锁了。”

特殊的气氛，只适合在特殊的环境里酝酿。

在那个时期，“封锁”成为一种与日常生活失去关联的“真空”状态。人的激情突然迸发，在文本中有一段精彩的描写：“街上一阵乱，轰隆轰隆来了两辆卡车，载满了兵……出其不意地，两人的面庞异常接近。在极短的距离内，任何人的脸都和寻常不同，像银幕上特写镜头一般的紧张。宗桢和翠远突然觉得他们俩还是第一次见面。在宗桢眼中，她的脸像一朵淡淡几笔的白描牡丹花，额角上两三根吹乱的短发更是风中的花蕊。”

对比本文的开始段落，一个冗长、贫乏，一个充满激情和想象。它们相互对立，后者否定了前者，激情封锁了平庸。这构成文本中封锁的第二个隐喻。

为了理论阐述的方便，对于具体文本来说，叙述角度则很难有那么纯粹和绝对。在第一段的景物描写中，读者看到张爱玲运用了全知的视角。《封锁》中视角的使用也是混杂的。在一些叙事学的研究当中，干脆不用“视角”而用“聚集”，即在叙述语言中除了使用叙述者的语言之外，还夹杂有人物的意识、观点等。

02 >>>>

《封锁》中出色的艺术表现是反讽。

在封闭的车厢内“艳遇”时，激情是如何颠覆和消解的？

当宗桢和翠远互相第一次发现时，她就成了宗桢眼里的一朵美丽的牡丹花，那时宗桢就把自己想象成了一名单纯的男子，让人感到其中具有滑稽并充满喜剧色彩的反讽意味。

张爱玲设计了一个因果关系，让宗桢和翠远坐在一起。

这里面的真实逻辑是因为宗桢害怕培芝的纠缠，另一个逻辑情节向前发展，是为了让宗桢能够“调戏”翠远。这个因果关系在文本中显得很突兀，张爱玲不惜浪费笔墨，设计培芝这样一个和情节进展几乎没什么关联的人物，其功能是充当局部因果关系中的因子。

在文中，宗桢和翠远的相互错位，他们的激情只不过是没有对象的在想象中的独语，他们成为不可靠的叙述者——这意味着作者和叙述者之间出现了裂隙并相互背离，通过构成对激情的消解来完成整个故事。

读到“他们恋爱着了。他告诉她许多……无休无歇的话，可是她并不嫌烦”时，我们可以将他们看成是对爱情戏剧的滑稽模仿。但是这些“戏”中的人物对此并不知晓。他们沉浸在自己激情的想象中，他们“苦楚”“温柔”“慷慨激昂”“痛苦”的爱情表白，实际上是没有实质对象的。

在这里，文中两人的语言功能不在于交流，而在于为自己提供一个讲话的场所。他们的愿望的满足是没有对象的，仅在自己的想象中完成。愿望、激情变成了纯粹是语言组织的结果。

最后“乌壳虫”的意象饶有趣味。寓意整个人生、整个生命过程就像乌壳虫一样，它不会思考，思考是痛苦的。

《封锁》讲了一个男人和一个女人在遭遇到封锁时发生的短暂的爱情故事，在封锁结束后，爱情也结束了，一切又都复原了。从故事层面上看，这是一个艳遇。它具备艳遇故事要求的一些元素，比如，这是“在途中”发生的。

人物可以暂时从秩序化的日常生活中解脱出来，从而进入能够产生爱情的特定的时间和空间。他们要忘掉妻子或丈夫——他们才是产生爱情的最大障碍，并且还得有时间，爱情的欲望才能够产生。

细细品读《封锁》这部短篇小说，胡兰成从这个故事里，也读出了一些欲望。

也许胡兰成躺在自家花园的遮阳伞下幻想过，《封锁》里的女主人公翠远就是作者张爱玲，而他又把自己想象成男主人公吕宗桢，那么事情便自然而然地发生了。

胡兰成是一个靠一支笔闯荡天下的文人。他出生于浙江绍兴，家境贫寒，由母亲独自带大，自小吃过一些苦头。也许早年生活经历坎坷，让他有种玩世不恭的态度。

他是一个耐不得寂寞的人，见到《封锁》这篇小说后，仿佛接收到了“召唤”，被张爱玲的文字俘虏，产生了激动的情绪。

随后，胡兰成按捺不住自己心中的欲望，想要去见张爱玲。他一片诚意地请《天地》杂志社的苏青做介绍，想和张爱玲相识。苏青也是明白人，她没有立即回应，而是吊着胡兰成的胃口。

又一期的《天地》杂志被送到胡兰成的办公桌上，这一期，不仅有张爱玲的文章，还有她的一张照片——这是一个清瘦，还有些桀骜不驯的女人。胡兰成立刻对张爱玲产生了爱慕之心。

胡兰成心中有团火喷薄欲出，迫不及待地想见到张爱玲。

他等不及苏青的回信了，便匆匆从南京赶往上海。胡兰成先去找苏青，要其引荐张爱玲，出于女人的敏感，苏青婉言拒绝道：“张爱玲是不见客的。”

苏青的拒绝没有让他沮丧，也没有让他停止施展魅力。

胡兰成善于在不同场合展示出他的魅力，而且喜欢揣摩别人的心理。

他外表儒雅可亲，颇得女人欢心。苏青也敌不过他的软磨硬泡，终于说出了张爱玲的地址，随后胡兰成径直朝张爱玲住的地方跑去。

胡兰成携着一路风尘，带着万种爱意，步履鲁莽地来到张爱玲的公寓，却吃了个闭门羹。可是他的心已经飞到张爱玲的身边，同她的人痴缠已久，当时他心中就已萌出生这样的感情："但凡世间的一件事物或是一句话，只要是同张爱玲有关的，便皆成为好。"

他在《今生今世》里这般回忆。

在两人见面之前，胡兰成就将张爱玲的一切都想象成美好的。他不甘心失败，一次见不到张爱玲，就下一次，他遇不见她，就让她能找到他。

胡兰成写下了自己的地址和电话，从门缝里塞了进去，期望着张爱玲可以看见，并给自己留下一线希望。

03 >>>>

正如张爱玲《封锁》小说的主题立意那般，胡兰成也盼望着自己有一场不凡的"艳遇"。张爱玲为吕宗桢和吴翠远设计了一切造成他们"艳遇"的前提——先是"封锁"，然后是吕宗桢的姨侄，为了避免和姨侄搭话，吕宗桢不得已坐到了吴翠远的身边。

张爱玲大概是习惯了把人们搁在极端的情况下来考验他们的人性。

如果换个环境，吴翠远很明显不是吕宗桢喜欢的类型，因为在他看来，"她整个的人像挤出来的牙膏，没有款式"。

而吕宗桢也不是英俊小生，何况还有家室，他像木头一样，毫无生命。

放在正常的情况下，无论如何，这两人也不会走到一起。但是，在特殊的环境下，他们被越来越多的人勉强挤在了一起。突然间与陌生人如此亲近的场面，很容易激发起男女之间别样而微妙的情感。

吕宗桢对他太太无比憎恨，而且她总是要求西装笔挺的他在面食摊上买包子回家，那该死的侄子，已经开始打他十三岁女儿的主意。至于翠远，则是个极度缺乏安全感的女人，她有小资产阶级的装腔作势，温文尔雅的家庭教育使她觉得真实的生命其实无比遥远。她对生命的敏感和渴望如此强烈，甚至小孩坚硬鞋底的触及，都使她感到真实。她带着反叛的情绪，因为家里人总叫她找个有钱的女婿，所以她决定偏要找个没钱，还有太太的男人给家里看。

但就是这样极其勉强与不和谐的调情，居然也因为某种不能预测的因素，被迫发展到了令双方谈婚论嫁的地步。吕宗桢欲擒故纵地说出“我不能坑你一生”的情话，而翠远居然假戏真做地哭起来，只是哭相不大好看，几乎“把眼泪唾到他脸上”。

渴望和渴望的对象在一开始就是错位的，滑稽的。在车厢里的短暂爱情，上演了一个欲望完成的过程，这是“艳遇”故事必备的核心元素。

故事的结局自然更为不堪，吕宗桢闪入人群，当作一切没有发生过，翠远终于醒悟过来，“整个的上海打了个盹，做了个不近情理的梦”。

两次铃声将时间和空间切断，第一次是切断产生的激情，第二次是切断激情。生活重新恢复了常态，冗长和单调重新封锁了激情。在翠远的眼中，人物死亡了，时间又换成了空间，人物又成了场景。

这个故事的结构元素常常是封闭式的，是起点和终点的合一，就像把一颗石子投入水中，水面泛起漂亮的波纹而终将归于平静一样。

在《封锁》这个故事里，张爱玲对爱情似乎已看得很透彻。她明明早已知道主动接近的男人，在“艳遇”之后也会主动离开，而被勾起情欲的女人也只能是如做梦一般，清醒过来。

可是，人在处理自己的感情的时候，往往会当局者迷。

而胡兰成一心向往这种“艳遇”式的浪漫爱情。从他一生的爱情轨迹来看，他是无处不“艳遇”的。

如果把张爱玲与胡兰成的那段感情称为“缘分”的话，除了下面这句话，再无更好的解释了。

“缘起缘灭，天注定。缘聚缘散，皆是缘。”

胡兰成日思夜想，在张爱玲家留下了自己的电话号码，竟然盼来了回音。仅是第二天，张爱玲就给胡兰成的公馆回了电话，表示要前去拜访胡兰成。

也许，处于精神恋爱中的人，总是容易将神交已久的知己奉为“神圣”。

张爱玲对胡兰成并非一无所知，她是从苏青那里知道胡兰成的，并且当时的胡兰成在文化界的地位颇高，具有一定的影响力。

对于这样的人物来访，如果置之不理的话，那就不像是张爱玲本人了，因为她总是称自己为“俗人”，不仅食人间烟火，还善于观察市井里的人，她认为自己也有许多俗气的欲望，比如对金钱的崇拜。

她在金钱方面有着非常世俗的一面。她在随笔《钱》中就表露了这样的观点：“我喜欢钱，因为我没吃过钱的苦……我不知道钱的坏处，只知道钱的好处。……我这种拘拘束束的苦乐是属于小资产阶级的。每一次看到‘小市民’的字样我就局促地想到自己，仿佛胸前佩着这样的红绸字条。”

胡公馆的电话响起的时候，胡兰成正在吃午餐。

不知是心灵感应的结果，还是因为胡兰成心中有她，一直盼着她的回音，结果真的是她打来的，他们约定在胡公馆相见。

胡兰成立即从餐桌前走开，胸中澎湃万分。他连忙换上见客的长袍，并且用手在镜前捋了捋前额的鬓发。这位多情的男人，又一次陷入了恍若初恋般的幻境之中。现在，张爱玲这位他心中的如意人儿如飞天般缥缈而至，真让他喜不自禁。

张爱玲一生的“情”劫，都源于这次遇见。

她见到胡兰成以后，爱情世界就被点燃了。犹如一部小说那样，“为爱而生”的立意一旦确立，那么她此生的故事都将围绕此立意展开。

第 14 堂：

“再好的月色也不免带点凄凉”——

伤感情绪在小说中的运用

“那是仲夏的晚上，莹澈的天，没有星，也没有月亮，小寒穿着孔雀蓝衬衫与白裤子，孔雀蓝的衬衫消失在孔雀蓝的夜里，隐约中只看见她的没有血色的玲珑的脸，底下什么也没有，就接着两条白色的长腿。她人并不高，可是腿相当的长，从栏杆上垂下来，分外的显得长一点。她把两只手撑在背后，人向后仰着。她的脸，是神话里的小孩的脸，圆鼓鼓的腮帮子，尖尖的下巴。极长极长的黑眼睛，眼角向上剔着，短而直的鼻子。薄薄的红嘴唇，微微下垂，有一种奇异的令人不安的美。”

——《心经》(1943 年)

01 >>>>

一部小说之所以能打动人心，主要依靠作者在文学作品中的情绪带动。

情绪在小说创作中非常重要。张爱玲在她的小说中将伤感表现得自然而灵动，这与她在写作中巧妙地运用情绪渲染分不开。

她的伤感并非与生俱来的，而是她从小生活的环境造就的。

她的童年记忆里，全是凌乱而晦暗的鸡毛掸子以及慵懒卧倒在床榻之上的生父养母，城市里浮躁的市井生活，生母带回来的外国男朋友，让她窒息的复杂的家庭关系……在这样的环境之下，她毋庸置疑地遭受着旁人的冷眼。

张爱玲喜欢清静的生活，这似乎是迫于无奈的。她孤独地享受夜间清冷的月光，这使她拥有安全感，而她的精神慰藉就是写作，她把自己那一腔无人理解的情绪都写成了文字。

城市里的角落，充斥着与她同样孤独的人，在那些并非黑暗的地方，到处都是让人战栗的寒意。

张爱玲文字中的寒意，表现出的是对"人间真情"的失望。她用自己的身体和敏感的神经去体会着人情冷暖。但是，往往更多时候，她看见的是人与人之间的刻薄相待。

在《金锁记》中，她感叹道："再好的月色，也不免带点凄凉。"

在这寒到彻骨的背后，是张爱玲自己的经历。

她在人间走了一遭，领略到变态的家庭，被折磨着的亲情。

张爱玲的一生，一直处于对爱的失望之中。只有姑姑给了她一些长辈的关爱，此外，张爱玲对母亲的爱是一种游离，对父亲的爱是一种畸恋，对后母的爱是一种漠视，对弟弟的爱中又充满了敌意。

至于原因，我们不需要多加解释。母亲黄素琼出走，即宣告与张家的关系决裂；父亲纳妾之后，对女儿便由爱转恨，那种恨其实是对张爱玲生母的恨；后母的出现夺去了父亲对女儿的宠爱。然而，最让她伤感的，是整个家族对待儿子与女儿的不同态度。

虽然张爱玲已拥有了这么多伤感，却并不是全部，还有她对自己爱情的失望。

胡兰成走进张爱玲的生活，则带着一点“传奇”色彩。胡兰成仅是因为见了对方的一篇文章，就能对张爱玲爱得神魂颠倒，这着实不可思议。可是，往往当事人只能感叹开始的“命中注定”，却很少意料到结局。尽管，他们一开始都是向着美好与圆满去的，可到头来，他们的感情却是一场无法料到的凄凉悲剧。

两人的首次见面是在胡兰成上海的寓所，这是他除了南京的家以外的“别业”。这个上海寓所住着胡兰成的正妻和侄女，而南京那边住着他的妾室。中国正处于新旧社会交替的局面，甘愿守旧的男人如果有经济实力，依旧可以娶个偏房，这也导致了男人在爱情观念上与女人的不同。

胡兰成的正妻无意干涉丈夫的事情，她只要求每月供给的家用，其余一概不管不问。

张爱玲对胡兰成的才学略有耳闻，见他对自己的文章如此激赏，感觉他似乎是自己在世间相遇的知己。与知己相见，想必张爱玲也是欢心的。

约定之后，张爱玲忐忑地来到胡兰成的寓所。她向来不愿意与人交往，也是一个不善于交际的女人。见到胡兰成后，她更加不善言谈了。

张爱玲平生所熟知的男性，无非父亲和弟弟，以及少数的亲朋好友，没有同陌生男性有过过密的交往。张爱玲长得并不算漂亮，瘦得像一片叶子。她穿着旧式旗袍，身材显得很高挑，但并不妩媚，站在客厅里有些不太合时宜。相比之下，胡兰成的身高还略逊她一些。

胡兰成忽然感到自己的客厅容纳不下比他高挑的人，便示意张爱玲坐下来。他一时也不知该如何招待这个女人，只是局促地寒暄着。

两人坐下来，胡兰成的眼睛有些不敢正视张爱玲，因为张爱玲的目光清澈，浑然不带世俗的意味，这让胡兰成无法应对，他施展不出以往与女人交往的那套本事，只好低下头看着张爱玲的鞋子——那是一双不同于一般颜色的鞋子，一半黄，一半黑。

面前的这个女人，让胡兰成似乎有种恍如隔世的感觉。

胡兰成初识张爱玲，先是为她的才华所倾倒，但见面之后，又惊叹于她的年轻。让胡兰成心动的应该是张爱玲营造的小说故事，不过见到真人之后，他发现张爱玲长得并没有如其想象那般“惊艳”，出乎他对“才女美貌”的认知。

真正让胡兰成心动的瞬间应该是在第二次回访时。他在《今生今世》中回忆了初次到张爱玲家中的场面：“第二天我去看张爱玲，她房里竟然华贵到使我不安，那陈设与家具原简单，亦不见得很值钱，但竟是无价的，一种现代的新鲜明亮几乎是带刺激性……穿宝兰绸袄裤，戴了嫩黄边框眼镜，越显得脸儿像月亮。”

那时张爱玲二十三岁，胡兰成觉得她太过于年轻，显得有些幼稚和可怜。他还觉得张爱玲连女学生的成熟都没有，可张爱玲在文字之中却是善于描摹男女之情的高手，这让他内心对张爱玲产生了不一般的感情。

胡兰成不明白，女作家成熟文字背后的现实生活竟是这样的朴素和纯真。

02 >>>>

读者很难想象，张爱玲在创作《金锁记》时还是一位青涩的少女，未谙男女之事，却将男人与女人之间的情事写得犀利无比，将爱情和金钱的欲望用情绪铺满整部作品。

她将《金锁记》中的“黄金”描绘成“人性的枷锁”，全篇都表现了金钱与恋爱的冲突，反观当时中国叙事的传统，她是有突破和创新的。

张爱玲在她那个创作的年代里并无任何前卫的思想，然而却拉开了两性世界温情脉脉的面纱。

在这部小说里，她对情绪的运用空前深刻，表现了当时社会两性心理的基本意蕴。

《金锁记》在叙述体貌上还借鉴了民族旧小说的经验，比如她运用了类似《红楼梦》的小说手法来表现她所要表现的现代都市生活。

小说描写了小商人家庭出身的女子曹七巧的心灵变迁历程。她做过残疾人的妻子，欲爱而不能爱，几乎像疯子一样在姜家过了三十年。在财欲与情欲的压迫下，她的性格终于被扭曲，行为变得乖戾。她不但破坏儿子的婚姻，还害得儿媳被折磨而死，最后又粉碎了女儿的爱情。

“金锁”是披了继承权外衣的“黄金的枷锁”，张爱玲将现代中国心理分析小说推向了极致，细微地镂刻着人物变态的心理，那利刃一般毒辣的语言产生了惊心动魄的艺术效果。

曹七巧的性格转变很自然，在那个大家庭里，能带给她尊严和温暖的只有金钱，所以她牢牢抓着金钱。实际上她也选对了，她靠着金钱彻底把别人攥在手里，然后又让它变成践踏他人的武器——小说中情绪的运用，在表达“掌控”这一欲望时，发挥得淋漓尽致。

可以说，在小说中，整个家族里没有一个人看得起曹七巧。她被那么多人排挤，却没有认怂服软，更没有陷入软弱自卑里。她坚强地将嘲讽和冷眼转化成专横傲慢，不屑去理解别人。曹七巧顽固地走着她认为对的路，抓着自己想要的东西。她家里本是开麻油作坊的，哥嫂为了攀附权贵，就想尽办法把她嫁到姜公馆来。她生得有几分姿色，却没有心机，嫁过去之后就后悔了——原来她的丈夫打小就有软骨病，她嫁过来以后，只是作为仆人来伺候丈夫的。因此，她恨自己的哥嫂，但埋怨过后，她还是给了他们很多的锦缎和珠宝，这种施舍能让她得到心理上的满足感。

姜公馆的门前虽然不似先前那样车水马龙，却是有权势的，连家里的仆人都不是好欺负的。在这个家族中，唯一可以任人欺凌的就算是七巧了。老爷、婆婆、小姑子，还有各房的媳妇，甚至是丫鬟、小厮都可以嘲讽、辱骂七巧。

她忍受着，直到老爷、婆婆和没起过一天床的丈夫分别死去，分家后，他们孤儿寡母受到歧视，吃了亏。好在家业丰厚，七巧还是拥有了三辈子都花不完的财富。

七巧的丈夫是个令人厌恶的残废，七巧的情欲得不到满足，于是想要有个情人，她引诱有着健康身体的姜家三少爷却失败了。因此，她的金钱欲越来越膨胀。让七巧彻底地失去情欲希望的，是分家后三少爷来找七巧。曾经爱过的人却想着吞掉她的金钱，这让七巧把对情欲的渴望完全转移到对金钱的固执上。

曹七巧的儿女长大了，儿子要学戏，七巧就由着他不上学堂。女儿被她逼着裹脚，最后在一片嘲笑声中她只得作罢。女儿又被她送进新式学堂，她又常为鸡毛蒜皮的事情而在学校大吵大闹。女儿在同学面前抬不起头，就不念书了。

儿子游手好闲，整日无所事事，跟着七巧没日没夜地抽起了鸦片。儿子结婚后，她却让儿媳妇整夜地冷落他，因为她想让儿子陪着自己抽烟。除此之外，她还一再地探听小两口的私生活。儿媳妇不久就在她的折磨下孤独地死去，后续的二房也在产下一子后自杀了。七巧的女儿的命运更加悲惨，七巧活生生地破坏了自己女儿的婚事。

张爱玲是这样描述准女婿眼中的丈母娘的："门口背着光立着一个小身材的老太太，直觉地感到那是个疯子，无缘无故地，他只是毛骨悚然。"

从此，七巧的儿子不再续娶，女儿更是早早地断了结婚的念头。

最后，曹七巧睡在烟铺上。三十年来，她一直戴着黄金的枷锁。她用沉重的枷角劈杀了几个人，没死的也送了半条命。她恨婆家，也恨娘家，她也知道，儿女更是恨透了她。

张爱玲在小说中的伤感表现十分自然，她如此写道："她摸索着腕上的翠玉镯子，徐徐将那镯子顺着骨瘦如柴的手臂往上推，一直推到腋下。她自己也不能相信，她年轻的时候有过滚圆的胳膊。"

时间不会倒退，人生也不会重来一次。曹七巧过去感觉不到快乐，那个镯子就是最好的佐证。年老色衰的曹七巧守着家财，到人生将结束的时候，还要将"翠玉镯子往上推"，可见她除了想抱住钱以外，什么也没有了。

张爱玲对几个主人公是有初步刻画的，故事里的人，每一个都像是活生生的存在。她费尽心机地刻画着现实与虚构的人物画像。曹七巧就像张爱玲本人，姜家三少爷就像张爱玲的表哥。

七巧的女儿是传统的中国女人，性格怯弱，不断妥协，实际上她有点儿像七巧，心情不好的时候也会顶撞人，并不是一味服软。她上学的时候，因为母亲的关系，她害怕面子过不去，所以放弃上学。长大后，她怕母亲老是对她泼脏水，又不敢决裂出走，只有靠退婚来保住自己的名声。直到她的男友离开时，她几乎是认命地看着他走——没办法的，在封建社会里，女性是不会反抗的。

张爱玲把一般人都会有的情欲和金钱欲通过小说描绘了出来。

03 >>>>

曹七巧就像是张爱玲的化身，她把自己的情感融入了《金锁记》里。

张爱玲在文中说："人的欲望就像是这把金锁，它锁住了一个时代，锁住了一个家，也彻底葬送了幸福，直至生命结束，更多生命依旧饱受摧残。好像一切都得了一场传染病，感染着每一个人，每一个靠近的人都为之受伤。"

《金锁记》的故事里透露出太多人性和利益的冲突，交织在一起的人性表现出自私、刻薄、恶毒的特点，张爱玲将其描绘、演绎了出来。小说中偶尔透露出来的些许温暖，都是带有目的性的，这像极了张爱玲的内心。

曹七巧也是受害者，只是她将这伤害延续下去，继而伤害了更多的人。她是可怜的，可恨的，亦是可笑的，她是一个扭曲的疯子。她是一个自私自利、自以为是的"女主人"，因为自卑而保持倨傲的丑陋形态，每一幕都叫人暗自咬牙。但她也知道，这就是她的本性，这就是她的坏，而且这坏是不会变的。

她还见不得身边的人得到幸福，她的子女成了牺牲品。他们是活生生的人，尚存着年轻气息，有着新时代的生机，于是他们不听话，他们跳脱着想要离开，想挣脱出来，想去爱，想要温暖，可还没等他们彻底跳出来，七巧又干涉了。

一旦别人幸福了，曹七巧就嫉妒恼恨。她恨透了这一切美好。因为自己没有得到美好的幸福，所以她要搬弄是非，要毁了他们的幸福。

如果所有人都死了，一切的禁锢是否就这样结束了？

不，远远没有。那些流言蜚语没死。人是有血有肉有思想的存在，禁锢了和死了有什么区别？控制欲背后不过是一个普通的女人，她做出来的事情却着实让人觉得可悲。她缺爱、不会爱、不懂爱，既可悲又可恨。

就像故事末尾说的那样："三十年前的月亮早已沉下去，三十年前的人也死了，然而三十年前的故事还没完——完不了。"

是的，过往的那些完不了，也没完。人的欲望是不会完的，家庭、感情、争论和时代的潮流、进步、发展……这些都还没完，也完不了。

曹七巧变成最后那副模样，是三十年来的一步步沉沦造成的。

人的堕落与物化，从来不是一天造就的，我们不能不负责任地全部归因于人性本恶。追求财富、追求面子，甚至是追求虚荣，在某种程度上是可以被谅解的。

病态的社会和畸形的人性，把人变成了一种工具，把手段变成了目的。财富和欲望取代了自我满足的需求，人身上的温情就会一点点消失。

求现世安稳，求物质满足，这都是人的本性，也是人类迫于社会竞争压力而做出的理智选择，这是无可厚非的。如果一味地抨击社会、人性，不免显得有些无聊。

曹七巧的故事提醒着每个人，少一点互相伤害的套路，多一点善良人道的光芒。

张爱玲通过创造一种现实主义的叙事方法，展示了人物的复杂内面，在小说叙事上开创了一个新的境界，在此可以看到弗朗西斯·伯尼的《塞西莉娅》的影子。

《塞西莉娅》的基本情节设置也是继承权与爱欲的矛盾故事，其中女主人公塞西莉娅为了爱情放弃了自己的继承权，在一系列波折与煎熬中，一度精神崩溃，变成别人眼中的疯女人。

两部小说中的男女双方在继承权上的冲突是相似的，个人的继承权与爱欲的冲突是相似的。曹七巧放弃了爱欲而得到了金钱，人性却日渐扭曲，在写作手法上，张爱玲透过第三人的来访写出了这个“疯人”是如何令人“毛骨悚然”的。

俗说话：“虎毒不食子。”可张爱玲却偏偏描绘了一个“食子”的母亲，被金钱腐蚀了的母亲，她心态扭曲，视儿女为仇敌。笛福的小说《罗克珊娜》中的母女也是如此。母亲牺牲女儿的情节与《金锁记》中的人物关系设置极为相似。

张爱玲写了不少“嫁女”的故事，这类小说基本上都存在着父母与子女有利益冲突的事，亲子关系由于经济利益而紧张，读者务必要将其生活与创作的小说联系起来。

在她的小说中，对父母的批评要比对其他人的严厉很多。家庭的不幸让张爱玲变得孤僻离群，少言寡语，她自己关闭了那扇被虫蛀的心门。旧家族的没落是张爱玲创作的重要背景，在为家族赢得荣光的先辈面前，后辈们显得那么苍白和渺小。

胡兰成惊叹张爱玲的身世也在于此。她的尊贵家世和精通中英文的禀赋，是胡兰成可望而不可即的。

第 15 堂：

“只有上海人能够懂得我的文不达意的地方”——

议论文中的“散”是信手拈来的

“上海人是传统的中国人加上近代高压生活的磨炼，新旧文化种种畸形产物的交流，结果也许是不甚健康的，但是这里有一种奇异的智慧。谁都说上海人坏，可是坏得有分寸。上海人会奉承，会趋炎附势，会浑水里摸鱼，然而，因为他们有处世艺术，他们演得不过火。关于‘坏’，别的我不知道，只知道一切的小说都离不了坏人。好人爱听坏人的故事，坏人可不爱听好人的故事。因此，我写的故事里没有一个主角是个‘完人’。”

——《到底是上海人》（1943 年）

01 >>>>

衡量一篇散文优劣的标准，是能否达到“形散而神不散”。

这需要散文表现方法不拘一格，取材广泛自由，不受时间和空间的限制。同时，表述的中心思想需要明确而集中，其主题和结构需要严谨。尽管散文的题材驳杂，思路开阔，但是仍然必须围绕一个主题，需要把题材组成一个缜密的整体。

张爱玲的散文就是有散有聚，能放能收，疏密有间的。她的许多文章也以议论为主，叙事、抒情倒在其次。

她最初的散文给人留下的强烈印象就是张爱玲的机智，“记”文中也可见到大量狡黠灵慧的俏皮话，文章的起承转合，往往是靠一些轻灵的议论推动的。

胡兰成对张爱玲的“贵族身份”十分在意，尽管张爱玲是没落的一代。她在胡兰成的脑海里留下了深刻的印象，于是他们俩频繁约会。

张爱玲面对健谈的胡兰成似乎有说不完的话，他们从谈天论地到聊文学艺术，他们洋洋洒洒地交流起来。也许是因为文人之间的惺惺相惜，所以两位高手在一起的时候，总想比个高下。

胡兰成也承认，他确实是想和张爱玲较量一番，依照他的文采，绝不会输给张爱玲。可胡兰成的文章只是暗自熟悉套路而已，然而张爱玲的文字，却是一种浑然天成的对生活的领悟。

他们在一起的时候，更多的时间都是在交谈。胡兰成不惜费尽唇舌来与一个女人倾情畅谈，给张爱玲空虚的生活带来了举足轻重的影响。张爱玲对生活有了新的体悟。

当胡兰成夸夸其谈、口若悬河的时候，张爱玲总是在旁边平静地附和着，很多时候，她只是默默地表示赞同。

他们聊天的内容，主要围绕一些文学作品。他一会儿进行时评，一会儿又对张爱玲的作品进行点评，说到某个写作时的妙处，两人还会产生共鸣。

肯花时间陪着女人的男人，对张爱玲来说，实属难得。

此时的她，还没有意识到自己会一头栽进胡兰成的怀里，并在胡兰成营造的围城里享受爱情带来的欢愉和疼痛。

她一生中最重要的作品也基本集中在这一时期发表，几乎每个月都有新作问世，除了少数的几个如长篇连载的《连环套》引起了文艺界善意的批评外，其余大致都获得了好评。向她约稿的刊物不断，有些杂志社几乎每期都会刊登她的作品，有时一期还能刊登两篇。

有稿件刊出，自是稿费不少，张爱玲竟然成了上海家喻户晓的作家。

对于创作，她是少有的认真和严谨的，又不失海派的文风。对于社会无关痛痒的讽刺，她也拿捏在行，不仅是写小说，她的散文同样博得众多读者的青睐。

当时著名的文艺刊物《杂志》，在1943年的8月刊发了张爱玲的随笔《到底是上海人》，引起了街头巷尾不小的热议。张爱玲一改小说凄凉的笔调，转而用调侃的语气把上海人写得活灵活现。

文章一开头就把中国上海和中国香港、印度、马来人进行比较，说“上海人的第一个印象是白与胖”，香港人和广东人“十有八九是黝黑瘦小”的，貌似越靠近赤道的人，越是瘦和黑。

在这里，张爱玲用了一个比喻来进行“点睛”。她说：“上海人显得个个肥白如瓠，像代乳粉的广告。”

接着她又说上海的“通”，这个“通”，指的是文理清顺，世故练达。

“我在电车上看见的，用指甲在车窗的黑漆上刮出字来：‘公婆有理，男女平权。’一向是‘公说公有理，婆说婆有理’，由他们去罢，各有各的理！‘男女平等’闹了这些年，平等就平等罢！——又是由疲乏而起的放任。那种满脸油汗的笑，是标准中国幽默的特征。”

在生活中处处能见到上海人的“讨巧”之处，这一点倒不是纯粹地爱占小便宜，从另一个侧面来看是上海人在显示自己的“聪明”，因为聪明的人不会吃亏。

张爱玲说："上海人是传统的中国人加上近代高压生活的磨练。新旧文化种种畸形产物的交流，结果也许是不甚健康的，但是这里有一种奇异的智慧。"

从她的精妙评价中可以看出来，她在生活中对于人事的品读也是入木三分的。

"谁都说上海人坏，可是坏得有分寸。上海人会奉承，会趋炎附势，会浑水里摸鱼，然而，因为他们有处世艺术，他们演得不过火。"在张爱玲的小说创作中，人物的设定总有好人和坏人。

她在《到底是上海人》中调侃道："关于'坏'，别的我不知道，只知道一切的小说都离不了坏人。好人爱听坏人的故事，坏人可不爱听好人的故事。因此，我写的故事里没有一个主角是个'完人'。只有一个女孩子可以说是合乎理想的，善良、慈悲、正大，但是，如果她不是长得美的话，只怕她有三分讨人厌。美虽美，也许读者们还是要向她比道：'回到童话里去！'在《白雪公主》与《玻璃鞋》里，她有她的地盘。上海人不那么幼稚。"

这句话的潜台词是，虽然写的是她对上海人的看法，其实也是拐弯抹角地在夸赞上海人，意思很明确，就是上海人是聪明的。如果她如同写小说那样直来直去，读起来都是美好与圆满，那么她就是没有花心思写作品，还把上海读者当成只能看肤浅作品的人了。

其实上海人的聪明还在更高的层次上。

"我为上海人写了一本香港传奇，包括《沉香屑·第一炉香》《沉香屑·第二炉香》《茉莉香片》《心经》《琉璃瓦》《封锁》《倾城之恋》几篇。写它的时候，我无时无刻不想到上海人，因为我是试着用上海人的观点来看香港的。"

写到这里，张爱玲也表明了自己的意思，特别是那句：“只有上海人能够懂得我的文不达意的地方。”

这句简直就是神来之笔。就好像看一样东西，隔着糊起来的窗户看分外朦胧，这种美就在于，你可以理解，但不能接近。而张爱玲想要表达的也是这个意思，用两个字点破就是“懂得”，这也是聪明人才能不点自破的意思。

最后一句，才是她绕了这么大一个圈子想要说的话：“我喜欢上海人，我希望上海人喜欢我的书。”

用现在时髦的话来说，张爱玲为什么要写《到底是上海人》这篇散文？她的目的就是“圈粉”。为了让更多读者对她的小说感兴趣，所以才打出“上海人是聪明人”这张牌。

02 >>>>

她的散文受英国随笔的影响，没有特别严密整饬的散文结构、开阔明朗的主题，真正体现了现代散文的自由性、个体性和文学性的特点。在她的文章中，常常可以看见浓淡交织、冷热互见。她的作品也是叙述、议论、抒情样样出色，处处闪现着她对文学与人性的见识。

在《洋人看京戏及其他》一文中，张爱玲这样表述道：“用洋人看京戏的眼光来看看中国的一切，也不失为一桩有意味的事。头上搭了竹竿，晾着小孩的开裆裤；柜台上的玻璃缸中盛着‘参须露酒’；这一家的扩音机里唱着梅兰芳；那一家的天线电里卖着癞疥疮药；走到‘太白遗风’的招牌底下打点料酒……这都是中国。”

用张爱玲的视角来观察周遭的一切，一切便都变得不一般起来。

在《洋人看京戏及其他》中，她对“眼前”用了许多笔墨：“纷纭、刺眼、神秘、滑稽。多数的年轻人爱中国而不知道他们所爱的究竟是一些什么东西。无条件的爱是可钦佩的——唯一的危险就是：迟早理想要撞着了现实，每每使他们倒抽一口凉气，把心渐渐冷了。我们不幸生活于中国人之间，比不得华侨，可以一辈子安全地隔着适当的距离崇拜着神圣的祖国。那么，索性看个仔细吧！用洋人看京戏的眼光来观光一番吧。有了惊讶与眩异，才有明了，才有靠得住的爱。”

这些还不够，接下来她又有一段现场描写：“演员穿错了衣服，我也不懂，唱错了腔，我也不懂。我只知道坐在第一排看武打，欣赏那青罗战袍，飘开来，露出红里子……踢蹬得满台灰尘飞扬；还有那惨烈紧张的一长串的拍板声——用以代表更深夜静，或是吃力的思索，或是猛省后的一身冷汗，没有比这更好的音响效果了。”

她的散文还表现了浓厚的市民情趣，她注意都市风景线里的“人”。

“与其说她是谈京剧不如说她谈的是中国人的民族性……只有在中国，历史仍于日常生活中维持活跃的演出。假使我们从这个观点去检讨我们的口头禅，京戏和今日社会的关系也就带着口头禅的性质。”

张爱玲在散文中曾将世俗生活中平凡、普通的生活场景称为“心酸眼亮的一刹那”。

因为俗世中的一切，终归是短暂的“一刹那”，所以也是宝贵的、可留恋的。在张爱玲的散文中，热闹的俗世生活是背景音乐，其主题是对人生本质的思考。她的散文既写俗世，又超越了俗世。她的散文中有大量对俗人、俗事、俗欲、俗趣后面那些有情、有味、有质、有感的事情的描写。

仔细聆听她的俗世之歌，不难发现穿插在其间的“不和谐”音调。从这些音调中，我们可以感受到，张爱玲从俗世人生的本相之后看到了生命存在的本源意义上的虚无，这些虚无的俗世之爱的背后，是对人生的凄凉与恐怖的感受。

她的心境是这样的，如她在《烬余录》中写的："什么都是模糊的，瑟缩，靠不住，房子可以毁掉，钱转眼可以成废纸，人可以死，自己更是朝不保夕，无牵无挂的虚空与绝望。"

在《更衣记》中，她写道："一个小孩子骑了自行车冲过来，卖弄本领，大叫一声，放松了扶手，摇摆着，轻倩地掠过。在这一刹那，满街的人都充满了不可理喻的景仰之心，人生最可爱的当儿便在那一撒手吧。"

在《公寓生活记趣》中，张爱玲感言："长的是磨难，短的是人生。"

张爱玲对现实生活的爱好出于对人生的恐惧，她显赫的家族已烟消云散，心爱的学业两度毁于战争。因而张爱玲的散文中没有对"过去"的眷恋，没有对"将来"的期待，只有眼前的"现实"，即生存。

她在《公寓生活记趣》中将现实写得较为真实："梅雨时节，高房子因为压力过重、地基陷落的缘故，门前积水最深。街道上完全干了，我们还得花钱雇黄包车渡过那白茫茫的护城河。雨下得太大的时候，屋子里便闹了水灾。我们轮流抢救，把旧毛巾、麻袋、褥单堵住了窗户缝；障碍物湿濡了，绞干，换上，脸盆里的污水，倒在抽水马桶里。忙了两昼夜，手心磨去了一层皮，墙根还是汪着水，糊墙的花纸还是染了斑斑点点的水痕与霉迹子。风如果不朝这边吹的话，高楼上的雨倒是可爱的。有一天，下了一黄昏的雨，出去的时候忘了关窗户，回来一开门，一房的风声雨味，放眼望出去，是碧蓝的潇潇的夜，远处略有淡灯摇曳，多数的人家还没点灯。"

张爱玲的散文以主体的独白抒情为特色，内容多写抒情主体的所历、所见、所思、所感，具有明显的私语性，属于抒情独语体式。

我们以《公寓生活记趣》的这段独白为例："许多身边杂事自有它们

的愉快性质。看不到田园里的茄子，到菜场上去看看也好——那么复杂的，油润的紫色；新绿的豌豆，熟艳的辣椒，金黄的面筋，像太阳里的肥皂泡。把菠菜洗过了，倒在油锅里，每每有一两片碎叶子粘在篾篓底上，抖也抖不下来；迎着亮，翠生生的枝叶在竹片编成的方格子上招展着，使人联想到篱上的扁豆花。”

她热爱市民的俗美，在平庸的日常生活中，她关心柴米油盐的事情，在水与太阳的自然中寻找着实际人生。

03 >>>>

上海出了个张爱玲，她的作品在上海的多种杂志上全面“开花”。

出于爱护女作家之心，郑振铎委托《万象》主编柯灵告诉张爱玲，在此清浊混杂之时不要急于四处发表作品，可以交由开明书店保存，先支取稿酬，等到时局清澈之后再行刊印。

叶圣陶在开明负责编辑事务，但已举家迁至重庆，不过老板章锡琛和编辑夏丏尊还留守在上海，开明书店还以编辑之名，聚集了一批文化界人士，以求韬光养晦，不染污浊。

柯灵感觉自己与张爱玲交情甚浅，未将此话传达。恰好这时张爱玲来信，就中央书局欲为她出版小说集一事咨询柯灵。柯灵委婉地劝她不急在一时，中央书局不过以翻译古籍和通俗文学起家，实不入流，不如静待时机，好作品不愁出版。

主张“出名要趁早”的张爱玲并未听进这番劝说，她要的是这一份“灿亮”和“艳极”，很快回信称她的第一本书《传奇》马上出版，出版者改为《杂志》社。

正当张爱玲风光无限之时，文化界的人对她却褒贬不一，有篇《论张爱玲的小说》的评论被刊发在《万象》杂志上，作者署名“迅雨”，实是傅雷。文章对张爱玲的小说给予了极高的评价，称之为“我们文坛最美的收获之一”，并认为它们“颇有《狂人日记》中某些故事的风味”，盛赞张爱玲在作品中展现出的才情与文学天赋。

同时，傅雷也对张爱玲的其他小说进行了批评，尤其是对《万象》正在连载的张爱玲的长篇小说《连环套》。他称其选材不严、开掘不深、主题不明、文风不实，字字句句如刀劈斧砍，下力甚猛。

傅雷这番褒奖与指责，实际上是出于爱护之心，且评论深刻到位。柯灵在“编者按”中对此文给予了高度评价：“张爱玲是一年来最为读者所注意的作者，迅雨先生的论文深刻而中肯，可说是近顷仅具的批评文字。”

但凡报刊上有论及她的文章的评论，张爱玲都会剪存起来。傅雷的文章，她自然也读到了。读者写来的赞美之信，她也会收存，但她不看，也不作答。读者有什么言论，她只当趣事，一带而过。

她对傅雷的评论文章没作正面回应。但在时隔数月之后，在胡兰成主办的《苦竹》月刊上，她发表了一篇随笔，即《自己的文章》，曲折地表达了自己的固执，显然对傅雷的指责并不领情。

在文中，她自谦为“不过是个文学的习作者”，但是对傅雷的指责逐一进行了反驳和辩解。她言明自己喜欢“苍凉”更胜于“悲壮”。她说自己的小说所写的都是一些不彻底的人物，不是英雄，而是这时代的广大的负荷者，他们比英雄更能代表这时代的总量。

张爱玲对自己的文章充满了绝然的自信。她正处在人生最华美的巅峰，哪怕身上满是蚤子，那痛痒与大喜悦相比，都是可以忽略不计的。

在《自己的文章》里，她表示自己对恋爱与别人有着不同的见地：“我以为人在恋爱的时候，是比在战争或革命的时候更朴素，也更放恣的。

战争与革命，由于事件本身的性质，往往是被驱使的，而革命则有时候多少有点强迫自己……恋爱，是放恣地渗透于人生的全面，而对于自己是和谐。”

胡兰成在赞颂张爱玲的文字的时候这般写道：“是这样一种青春的美，读她的作品如同在一架钢琴上行走，每一步都发出音乐。”还有：“她有如黎明的女神，清新的空气里有她的梦想，却又对于这世界爱之不尽。”此外，他在某篇发表的文章中这般写道：“她的才华有余，所以行文美到要溶解，然而是朴素。”

他想尽办法接近张爱玲的内心，把她吹嘘得如“女神”，不仅在刊物上捧她，还当面称赞她。

胡兰成对张爱玲是用心的。这一点，可以从他仔细地观察着张爱玲的生活中看出来，他认为张爱玲单纯得如同十岁的小女孩。在他的文字里，有很多是描写张爱玲单纯的神态的，还有她独自想心事时对外界不理不睬的专注。

张爱玲已经被胡兰成捧得神魂颠倒，仿佛她多年以来结在心里的冰点即将被暖得慢慢融化了——毕竟，她没有体验过男性的温暖和爱抚。其实张爱玲对感情有着天生的敏感，也是天生的情爱专家。可是，当感情轮到自己身上时，她却无力把握。

真实的生活为张爱玲提供了文学创作的养料，朴实的散文亦是她的生活。信手拈来的东西，皆是文字。

第16堂：“世上没有一样感情不是千疮百孔的”——

描写小人物悲欢离合的主题

“出了巷堂，街上行人稀少，如同大清早上。这一带都是淡黄的粉墙，因为潮湿的缘故，发了黑。沿街种着小洋梧桐，一树的黄叶子，就像迎春花，正开得烂漫，一棵棵小黄树映着墨灰的墙，格外鲜艳。叶子在树梢，眼看它招呀招的，一飞一个大弧线，抢在人前头，落地还飘得多远。生在这世上，没有一样感情不是千疮百孔的，然而敦凤与米先生在回家的路上还是相爱着。踏着落花样的落叶一路行来，敦凤想着，经过邮政局对面，不要忘了告诉他关于那鹦哥。”

——《留情》(1945 年)

01 >>>>

从她的作品中可以看出，她的大部分内容是描写小人物的悲欢离合的。她塑造的人物成为被迫害的对象和牺牲品，那些至亲之人的灵魂被扭曲到变形，被毁灭的人又亲手去毁灭身边的人。报复如同一剂慢性毒药，将被毁灭的人和别人一寸一寸地杀死。在静默的时间里，没有出路。家庭仿佛成了爱的失乐园，家人同外人相处，反而充溢着礼貌和温馨的意味。

张爱玲在冰冷的家庭里得不到亲情的宽慰，她与父亲有着无法逾越的鸿沟，与母亲有着咫尺天涯的距离，她寂寞的情怀被封锁在对爱的迷茫之中。

“爱”这个字，在张爱玲的世界里，应该如何定义？

孤僻离群、懒惰少言的张爱玲经历了童年不完整的家庭，将人情世故都看在眼里。她总是冷冷地看这个世界上的那些亲人之间的尔虞我诈，她对爱失去了勇气和信心。

张爱玲的小说大多营造出一份“爱情不能成就婚姻，婚姻无法锁住彼此的境遇”。她也曾明言，自己喜欢做现实的镜像。

受当时社会的影响，张爱玲也用自己的亲身经历刻画出疏离的亲情、淡漠的人性以及亲人之间充斥的阴谋。因为大多数人都曾经深受迫害，所以他们要把这迫害施加于他人。

胡兰成出现在张爱玲的身边，轻声低诉道：“没见你之前，只是感到倾慕。见了之后，才认定你是个知己。”

这些话，把张爱玲撩拨得寝食难安。她原本对世间的“爱”已看得冷淡，没想到还能遇到知己。这些话从一位成年男人口中吐出来，在缺少亲人之爱的张爱玲心中，无异于向她的心湖抛下了一块巨石，不仅铿锵有力，还泛起了朵朵浪花。

在爱情面前，女人总是需要归属感和满足感的，这样才能有安稳的依托。张爱玲和胡兰成之间应该不仅仅有着男欢女爱、肌肤之亲，还有着文人之间的“相知”。

张爱玲恋爱的这段时期，也是她的文学作品盛产之时。1943 年的盛夏时节，张爱玲的第一本小说集出版了。这本书名为《传奇》，收录了《金锁记》《倾城之恋》《茉莉香片》，还有“两部炉香”等十部小说。

夏志清在《论张爱玲》中如此写道：“张爱玲一方面有乔叟式享受人生乐趣的襟怀，可是在观察人生处境这方面，她的态度又是老练并带有悲剧感的——这两种性质的混合，使得这位写《传奇》的年轻作家，成为中国当年文坛上独一无二的人物。”

《传奇》之所以为“传奇”，是张爱玲所塑造的故事的主人公们演绎出来的。他们皆是凡夫俗子，没有大智大勇，也不是达官显贵，更不具备典雅空灵的特性，只是表现出了小人物的悲欢离合。他们都处在同一条似乎是既定的生活轨道上，过着琐碎、庸常甚至不幸的生活。就如同生命之光，一闪后即刻又回归黑夜。恰在这样的黯淡生活中，他们体现出了人性的悲凉和人们在当时社会环境笼罩下的苍凉。

这种“传奇”，则是主人公们为越出原有生活的轨道而做出的一次次挣扎和逃脱，是潜藏的欲望被外来的机遇诱出的现实。那些人物的欲望和不尽如人意的处境，被淋漓尽致地刻画出来，从人物的外貌神情、语言动作、心理需求以及外在环境等方面表现出来。

“人间无爱，至多一层温情脉脉的面纱。”张爱玲把都市里小人物的故事诉说得生动形象。她的作品，在混乱的两性、婚姻和亲情关系之中，表现了 20 世纪 40 年代中西文明结合下的畸形社会，同时体现了处于当时社会的人们的迷惘和疯狂。

初版的《传奇》封面是孔雀蓝，这颜色是张爱玲喜欢的，也是她母亲喜欢的。封面上没有附着图案，不留丝毫空白，书名、作者几字都用隶书体的黑字。翻开目录后，则是一张年轻漂亮的作者侧面照，她留着齐肩的微卷发，三七分，眼神低垂如含羞一般，柳眉倒挂。

张爱玲那一时期的照片多数是这种神态，她不正视相机的镜头，一副与世界格格不入的姿态。她喜欢孔雀蓝，她母亲的衣服很多是深深浅浅的蓝绿色的。

在张爱玲的公寓的墙上，曾经挂着一幅母亲的油画习作，也是湖绿色调的。张爱玲所住的公寓的布置，大抵出自母亲和姑姑之手。黄素琼在出国之前装饰了公寓，内饰颜色有些刺目，那种色调影响着张爱玲的审美倾向。母亲喜欢的颜色，无形中成为她最喜欢的一种颜色。

再次印刷的《传奇（增订版）》，封面是张爱玲央求炎樱绘制的，浅蓝色的底，并用朱红色勾勒出家常女子摆弄，或是算计着桌面上的铜钱，一个娃娃由另一位女子抱着扑向桌子，桌上还放着茶壶和杯子，身后一个痰盂以及栏杆后面有一位探出半个身子，头上戴着面罩的人。

从封面上，读者就能看出这本书中张爱玲想要表达的寓意，她就是那探着身子，带着面罩的人，这个人穿着一身孔雀蓝。她似乎在告诉大家，作者就生活在他们身边，随时都能探查别人的生活。而张爱玲就是以第三人视角，冷眼旁观着一切。

《传奇（增订版）》从编稿、设计到排版、印刷，张爱玲都亲力亲为。出版后，书的销路非常好，四天内就售罄，马上再版，成了当时上海出版界的一个神话。

在序言中，张爱玲说："（我）为那强有力的美丽的图案所震慑，心甘情愿地像描红一样，一笔一笔地临摹了一遍。"她更是毫不遮掩自己飞扬的心情，写道，"以前我一直这样想着：等我的书出版了，我要走到每一个报摊上去看看，我要我最喜欢的蓝绿的封面给报摊子上开一扇夜空的小窗户，人们可以在窗口看月亮，看热闹。"

出版后，张爱玲更是装出不相干的样子，走到报摊上，拿起自己的小说集，问卖报的人："销路还好吗？"接着又假装翻看的样子，说："这么贵，真有人买吗?”

她就是这样，一边享受着这生怕来不及的快乐，一边又摆出得意的模样。

02 >>>>

短篇小说《留情》收录在再版的《传奇（增订本)》中，写出了半路夫妻复杂的人性。

在《留情》中，张爱玲描述了一对半路结合的老夫少妻的故事，记录了两个人各怀心思，一同外出访亲的全过程。《留情》篇幅不长，短短几页纸，却能让你看到人情冷暖，读起来有些悲凉。

小说按照时间顺序和外出访亲的发展进程展开故事情节，主要通过人物之间大量而细腻的对话描写和心理描写揭开半路夫妻各自留情于心底，以及自私、复杂的真面目。

小说的主人公是一位风情万种、温柔漂亮的姨太太，她叫敦凤。

“他们家十一月里就生了火。小小的一个火盆，雪白的灰里窝着红炭。炭起初是树木，后来死了，现在，身子里通过红隐隐的火，又活过来了，然而，活着就很快成灰了。它第一个生命是青绿色的，第二个是暗红的。”

张爱玲写在文本开头的“炭”就是用来解释女主人公的命运的。

她首先展现了女主人公敦凤物质生活的满足与优越性。“十一月里就生了火”是一般家庭里不容易做到的，小说中的杨家便没有如此的优待。第二层意思，表达了女主人公敦凤的命运就像是炉里的炭一样，貌似盆里的炭火红地燃烧着，充满着生命力，实质却是消耗着自己的生命，最终化为灰烬，直至死亡。

从一开始，张爱玲就用“炭”这一意象成功引出了敦凤真实的生活状态和心理状态。在敦凤的生活中，虽然看似光鲜华丽，背后却隐藏着她的无奈和愁苦不满。

“炭”本身意味着死亡。“树木”意味着生命，炭是树木死亡所遗留下的产物。

第一次婚姻失败，本已宣判敦凤生命的“枯竭”与看不到希望的“死寂”，但米先生的出现给予她第二次生活“燃烧”的希望，可是这种希望却让敦凤联系到了死亡，这种死亡不仅是心理上的，更是生理上的。

在此，张爱玲保持着用景物描写为人物命运做伏笔的一贯写作手法。

“结婚证书是有的，配了框子挂在墙上。”以此证明，敦凤是他明媒正娶的。然而她总是尴尬的，他五十九岁，她三十六岁。他还有正妻，她不过是姨太太罢了。

敦凤是上海数一数二的商业巨头的女儿，十六岁就嫁了人，二十三岁死了丈夫，守了几年的寡后才嫁给米先生做了姨太太。

她觉得自己是有情有义、有底气的女人。可是，当米先生要去看另一个太太时，她不高兴，又不愿意承认她是个爱生气又心胸狭隘的妇人。

米先生很会看脸色，知道她不乐意。她估摸着他年纪大了，过马路只等有车的时候才过，等着他赶上来。两个人坐上人力车，天气寒冷，下着小雨，各自想起了过去的婚姻。

米太太和米先生是同学，有些神经质，整天吵，孩子们也都和她吵翻了，离家去了内地。米先生虽然对现在生病的太太十分不满意，但是风风雨雨几十年了，在打骂中是动了真感情的。回忆他们的过往，他只有不快乐和痛苦。当他意识到她快死了的时候，她终于触痛了他的心，他流了泪。

敦凤过去的婆家就在离她现在的家不远处的邮局对面，她是爱以前的男人的，因为他长得比米先生好看，但他因为梅毒断送了性命。敦凤和米先生同在一辆人力车上，并排坐在一起，但她很不高兴，因为她嫌他太丑、太老。

在人力车上，米先生看着街旁的洋房和黑色略微卷毛的小狗想起了年轻时的生活，还有他的孩子和太太，一股心酸袭上心头，湿润了双眼。

在这里，张爱玲将“下着濛濛小雨的黏湿空气”比作“那街景的黑色小狗”，那圆圆的黑色的鼻子舔着米先生，借景写出了米先生挂念太太的心绪。

当敦凤和米先生到了舅母家后，在敦凤与表嫂杨太太、舅母杨老太太的对话描写中，敦凤毫不顾及米先生的感受，弄得米先生十分尴尬。

敦凤家的亲戚很多，可是她不敢跟他们来往。如果摆阔，她怕他们借钱；如果诉苦，她又怕他们笑话。只有这个舅母待她好些，所以她才来到这里，其实也是实在没地方可以去了。

表嫂杨太太是很洋派的，整日和一群老爷打牌，米先生以前也是醉心于杨太太的。也是有一次吃人家夫妻的醋，米先生故意找旁边的敦凤说话，又用自己的汽车送她回家。所以，也可以说，米先生是杨太太让给敦凤的。可是毕竟敦凤现在成功了，杨家却越发穷了，敦凤对杨太太又是嫉妒，又是瞧不起。

杨老太太去算命了，说算出来米先生还有十二年阳寿。敦凤说没想着他还能活那么久，有些意外。杨老太太和米先生都是上了年纪的人，这话听起来非常刺耳。

杨老太太看米先生尴尬，想拿话打岔，又拿出一幅画儿让米先生帮忙看，说是要卖掉的。

敦凤坐在一张小凳子上，抱着膝盖，觉得自己又变回小孩子了。她觉得很满意，又有安全感。舅母靠卖东西过日子，表嫂还在那里调情打牌，只有她经历了一番。回到了可靠的人身边，她非常满足。

杨老太太看着米先生，觉得敦凤傻，因为敦凤不知道珍惜这样好的男人。敦凤今天三番四次说起前夫，说话也伤人。

米先生还是走了，去看他另一个太太。

03 >>>>

张爱玲在小说中说："生在这世上，没有一样感情不是千疮百孔的。"

这就是我们大多数人婚姻的现实。

在《留情》里，她将半路夫妻的礼貌、陌生、相互利用，和原夫妻的对打、对骂做了对比描写，从侧面写出了米先生复杂的心理情感变化和婚姻悲哀的现实。

敦凤和米先生在一起生活，虽有物质的优越感，但掩饰不了内心的"惆怅"，在别人羡慕的背后，却是内心对这种婚姻的不满。

在杨老太太家时，敦凤就直言，她对米先生是没有感情的，完全是为了生活。要是为了男人，她也不找米先生了。随后她又提到，米先生这个人很难和她产生感情。

她总是在表示自己对米先生好是为了生活，其实她是口是心非的。米先生去看他的另一个太太，她就一直在生气。看见米先生失魂落魄的样子，她不想面对，可是心里又很是明白。她心里介意米先生不爱她，更介意自己是个姨太太。

后来，杨老太太去洗澡，杨太太过来陪着她说话，两个人表面上亲热，心里互相瞧不起。米先生回来了，敦凤见了心里欢喜，却假装着诧异。

三个人坐在渐渐黑下来的房间里，敦凤又重温了一下她的胜利，对米先生的气也就消了。而米先生想着他的妻子快死了，自己人生的一大部分也跟着死了。

在文章的最后，张爱玲用冬日雨后的彩虹及墨灰色墙边的金黄梧桐叶写出了老夫少妻当时的心境，和小说开始时的街景形成强烈对比，从而烘托出人物的心情。

敦凤气消了，米先生看望了太太，两人的心情都豁然开朗了，如同雨后天晴，出现了彩虹。他们是夫妻，表面上爱着对方，但各自都有感情伤疤，各自都有情感牵绊。搭伙过日子，敦凤图的是米先生的地位和钱，想要一份上等的经济婚姻；米先生图的是敦凤的年轻貌美，能享清福艳福，图的是她的人。

毕竟对于敦凤而言，结婚就是为了赡养有望，多得一年，就多些生活上的保障。在这对重组夫妻之间，时不时就露出了利益婚姻的真相，其实也难怪年轻的太太说话不注意。

本来敦凤就在生着气，米太太病重了，米先生便惦念着要去看，又怕惹她不开心，敦凤又没拦着他。她觉得自己与米先生同坐一辆人力车不够体面，而她那个死去了的花心前夫，生前纵有千般不是，至少在人前不使她羞愧。敦凤想，前夫是年纪相当、相貌漂亮的，她愿意承认那是她丈夫。然而，她选择米先生，不过是为了生活。

人如果太自私，那就不能奢望有“爱”。带有功利性和目的性的婚姻，很难有真诚的爱。这种结合，往往把物质看作首位。这种婚姻，虽带着点惆怅，但依然会有许多女人做出和敦凤一样的选择。

毕竟，这种婚姻至少外人是羡慕的，可以向别人证明自己还有点魅力。再说，也有了经济上的保障。但是，这种“美好”，难免要付出青春和苦涩的代价。他们各自都有目的，互相依靠和利用。这份老夫少妻的爱并不会长久，就如炭的第二次生命，活着就快成灰了。

“生在这世上，没有一样感情不是千疮百孔的。”

她嫁他为了钱，他娶她为了体面。然而他们在回家的路上，依然是相爱的。

《留情》通过对米先生和于敦凤这对非原配夫妇某一天的行迹与对话冲突及心理进行描写，表现出了生活中的各种矛盾，将现实中小人物的悲欢离合很自然地写了出来。

第 *17* 堂：

“知道你的人没有一个不爱你的”——

用文字烘托出晦暗阴森的气氛

“她讨厌他这一套，仿佛她不是个女人，就光是个病人。病人也有几等几样的。在奢丽的卧室里，下着帘子，蓬着鬈发，轻绡睡衣上加着白兔皮沿边的，床上披的锦缎睡袄，现代林黛玉也有她独特的风韵。川嫦可连一件像样的睡衣都没有，穿上她母亲的白布褂子，许久没洗澡，褥单也没换过。那病人的气味……”

——《花凋》（1944 年）

01 >>>>

短篇小说《花凋》收录于初版的《传奇》小说集之中，描述了一位善良美丽的朴实女孩川嫦的故事。她在二十一岁的时候死于肺病，是郑夫人最小的女儿。

“川嫦是一个稀有的美丽的女孩子，十九岁毕业于宏济女中，二十一岁死于肺病。她爱音乐，爱静，爱父母……无限的爱，无限的依依，无限的惋惜。回忆上的一朵花，永生的玫瑰……安息罢，在爱你的人的心底下。知道你的人，没有一个不爱你的。”

这是张爱玲特意安排的场景，从一开始就把人引入墓地，隐晦的气氛随即泛起。

墓地上的墓碑写着，川嫦是个美丽的女孩。可是，即使再美，这个女孩也已经死了。她的父母因为有了点钱，所以给川嫦的墓地进行了修葺。

文中描述道：“坟前添了个白大理石的天使，垂着头，合着手，脚底下环绕着一群小天使。上上下下十来双白色的石头眼睛。在石头的缝里，翻飞着白石的头发，白石的裙褶子，露出一身健壮的肉，乳白的肉冻子，冰凉的。就像电影里看见的美满的坟墓，芳草斜阳中，献花的人应当感到最美满的悲哀。”

《花凋》中，从一开场的墓地，到这位女孩身世的介绍，读来都让人有些异样的感觉。这就是张爱玲为读者塑造的伤感情绪，吸引着大家读下去。而且她用另一种方式告诉读者，这是个悲情故事，主人公已经死了。

墓碑上写得再好，女孩也已经过世，对她的赞美，她自己是看不到的。

谁知，小说的第三段，张爱玲竟然来了个出人意料的反转。她写道：“全然不是这回事。的确，她是美丽的，她喜欢静，她是生肺病死的，她的死是大家同声惋惜的，可是……全然不是那回事。”

那么，到底是怎么一回事？张爱玲吊起读者的胃口，想要知道真相，读者就要看下去。

当然，张爱玲在开头卖的关子，自是在后面会圆上。

她写道：“川嫦从前有过极其丰美的肉体，尤其美的是那一双华泽的白肩膀。实际上川嫦并不聪明，毫无出众之点。”

一会儿夸赞女孩生前长得貌美，一会儿说她长得平庸。到底是怎么回事呢？

带着问题，读者继续往下读。原来，在川嫦的上面，还有三位长得更加漂亮的姐姐以及三位英俊的弟弟。川嫦一家人的相貌都出奇的好，父亲郑先生长得像标准的上海青年绅士，母亲郑夫人比郑先生看上去还要年轻。

“俊俏的郑夫人和俊俏的女儿们在喜庆集会里总是最出风头的一群人。虽然她不懂英文，但郑夫人也会遥遥地隔着一间偌大的礼堂向那边叫喊：‘你们过来，兰西！露西！沙丽！宝丽！’在家里，她们则变成了‘大毛头、二毛头、三毛头、四毛头’。”

仅从这一小段的描述中即可了解，张爱玲写的这郑家，是虚荣心较强的一户人家，平常在家显得“土”，出门却要显摆自己的“洋气”，连给孩子取名都要取“洋名”。

这是会“作秀”的一家人，说白了，就是在别人面前虚伪地生活，是为了面子连里子都不要的人。在外人看来，他们是阔绰的，家人都吃穿时髦，还有仆人服侍。可事实上，他们睡觉要打地铺，孩子有蛀牙没钱补，上学买不起钢笔头。

“说不上来郑家是穷还是阔，呼奴使婢的一大家子人，住了一幢洋房，床只有两张，小姐们每晚抱了铺盖到客室里打地铺。客室里稀稀朗朗几件家具也是借来的，只有一架无线电是自己置的，留声机屉子里有最新的流行唱片。他们不断地吃零食，全家坐了汽车看电影去……佣人们因为积欠的工资过多，不得不做下去。”

在这表里不一的家庭里，兄弟姐妹们都在明争暗斗。

“穿不起丝质线质的新式衬衫，布褂子又嫌累赘，索性穿一件空心的棉袍夹袍……丝袜还没上脚已经被别人拖去穿了，重新发现的时候，袜子上的洞比袜子大。”

在这样的环境中成长，几位姑娘学会了蛮横的生活方式。但这些都只是在家里，出门的时候，她们亲密无间，温柔知礼，真是“表面一套，背后又一套”。

生活在这群孩子中，川嫦显得可怜多了。张爱玲描述她的时候写道：“她是姊妹中最老实的一个，言语迟慢，又有点脾气。她是最小的一个女儿，天生要被大的孩子欺负，下面又有弟弟，分去了爹娘的疼爱，因此她在家里不免受委屈，她的家对她来说，实在是再好没有的严格的训练。”

由于门第所限，郑家的女儿要保持表面上的风光，就不能做“低三下四”的工作，比如当女店员、女打字员之类的学徒工。她们的出路，就是嫁个好人家。

02 >>>>

川嫦被姐姐们欺负得有理有据，她们说：“小妹这一路的脸，头发还是不烫好看。小妹穿衣服越素净越好。于是川嫦终年穿着蓝布长衫，夏天浅蓝，冬天深蓝，从来不和姊姊们为了同时看中一件衣料而争吵……红黄色的丝袜，小妹穿了，一双腿更显胖，像德国香肠。……小妹不能穿皮子，显老。”

可是，川嫦的三姐不要了的那件呢大衣，领口上缀着一些腐旧的青种羊皮，姐姐们又要说：“小妹穿着倒不难看，因为大衣袖子太短了，露出两三寸手腕，穿着像个正在长高的小孩，天真可爱。”

兄弟姐妹都互相算计着，川嫦好不容易熬到两个姐姐出嫁了，她想，等父亲有了钱，送她进大学后，她再从容地找个合适的男人。

可家里人着急，为她选了一个留学归来的医生，即章先生。两人初见时，川嫦对他的印象是不够好的，可后来她又因为这些不够好的印象而爱上了他，总归这都是出于她的少女情怀，章先生是她唯一接触的男人，而且她并没有什么比较的机会。

两人很快迸发出爱情的火花，这让川嫦像含苞待放的花朵那样，羞涩又诱人地等待着开放。章先生亲眼见识过郑家的矛盾与冲突，但这并没有让他退缩。

看似美好的事情，却因川嫦生的病而发生了改变。

章先生是位医生，他受到郑家的邀请来照料川嫦，为她检查逐渐消瘦的身体。在这期间，他一直来郑家给她治疗，并信誓旦旦地说："我总是等着你的。"

然而川嫦没等到病好，却等来了情敌。

他的新女朋友有着五短身材，窄眉细眼。川嫦觉得这样的女子是配不上章先生的。但在冬天，她的大衣里只穿了一件光胳膊的夹袍，她颜色亮丽，体态丰腴，与已经病入膏肓，像只大白蜘蛛的川嫦形成了鲜明的对比。

章先生刚开始对川嫦极尽温柔体贴，天天照顾她，说等她病好就成婚。可是后来，看到她没有好起来的希望，他就另寻了一个护士结婚了，但他还是会来给她治病。川嫦因此而受了刺激，病情加重，甚至起了轻生的念头，后来继续被家人照顾，但最终郁郁而终。

章先生不是不好，他也等了川嫦两年，再多的柔情和耐心，也被这时日给磨光了。

说起生病，大概每个人都是怕极了。在这里可以想象得出，她的病拖了两年之久，她一直在病床之上，就连她的父亲郑先生都嫌弃她。因为怕被传染，他"浓浓地喷着雪茄烟，制造了一层防身的烟雾"才敢进川嫦的房间。说花钱在川嫦的医药上是冤枉她，连她一天吃两个苹果他们都觉得浪费。

张爱玲在《花凋》一文中，用平实的描写手法写生病，美感全无不说，还多添几分琐碎不堪。川嫦生肺病，郑家为了省钱，就让身为医生的未婚夫替她诊治。她倒在病床之上，可连一件像样的睡衣都没有，穿着母亲的白布褂子，许久没洗澡，褥单也没换，隐隐透出一股子病气来。美人儿病了原该是个病美人儿，但张爱玲笔尖儿不留情，只把川嫦写成了个“大白蜘蛛”。

“总之，她是个拖累。对于整个世界，她是个拖累。”安眠药都买不了的川嫦，连自杀的能力都没有，只能等死，就像鲜花一点一点凋落，成了一朵“永生的花”。

在张爱玲的《传奇》小说集里有至死不渝的爱情，也有唯美的悲剧。她写《花凋》时所运用的创作手法，就是一个悲情的故事。

03 >>>>

就这样，一位封建遗少的女儿，本该如花一样绽放的女孩，在即将迎来人生收获的时候，患了肺病死了。张爱玲完全不带主观色彩，静静叙述着那段苍白无力的爱。这位二十一岁的妙龄少女的爱情和人生，在生病后一步步地走向了凋零。

其实，花的凋零本是自然规律，结果，过程却凄凉、美丽。在小说中，张爱玲用别样的文字烘托晦暗阴森的气氛，通篇洋溢着悲凉。张爱玲理性地讲述着这样一个故事，让人觉得当时的生活有着无尽的苍凉，如一朵鲜花的凋零，凋零在腐朽颓败的家庭里，凋零在风雨飘摇的时代中。她让小说中的川嫦在希望中遭受着痛苦，又在痛苦中遭受着绝望，这是怎样的一种死亡？

我们进一步来解读《花凋》这篇小说。

川嫦的父亲郑先生是“前清遗少”，这也是张爱玲小说中典型的一类男性形象。他们的原型应该来自张爱玲的父亲。在文学创作中，这类男性多半生活在乱世，属于一个特殊的畸异人群。这群人祖上多半出身贵族，年少时读过书，会舞文弄墨，又儒雅有风度，而且为人谦和有礼。当然，他们思想愚昧陈腐，性格专横固执，代表了当时男权社会中的绝对权威。

到了新时期，这群人很难改掉从前纨绔子弟的生活习气，依然过着自私懒惰、贪图享乐的生活。他们既缺乏劳动能力，又不善于经营家庭情感，所以大部分的生活只能依赖祖宗留下的老本，直到坐吃山空。

郑先生就是这样一个人。他在外养尊处优，展示前清贵族遗风，关起门来，却连基本的生活也未必能保证。

“有钱的时候在医院生孩子，没钱便在家里生孩子。除非钱多溢出来，否则绝不会花在女儿的学费上。”

母亲郑夫人是一位绝望又带些神经质的人，文中张爱玲这般描述她：“她对于选择女婿很感兴趣，那是她死灰的生命中的一星微红的炭火。虽然她为她丈夫生了许多孩子，而且还在继续生着，但她缺乏罗曼蒂克的爱。同时她又是一个好妇人，既没有这胆子，又没有机会在其他方面取得满足。于是，她一样地找男人，可是找了来做女婿。她知道这美丽而忧伤的岳母在女婿们的感情上是占点地位的。”

中秋节时，章先生来吃饭，郑夫人在饭桌上又说：“我是个可怜的女人，我身上有病，我是个没有能力的女人，尽着你压迫，可是我有我的儿女保护我！嗳，我女儿爱我，我女婿爱我——”

他们有时能把孩子像公主般溺爱着，可更多时候郑家的经济并不宽裕。矛盾无时无刻不在充斥着这个家庭，张爱玲充分运用了反讽的手法，使人读来感到可笑至极，犹如严寒的冬季一般冷到人的心底。

“郑先生是连演四十年的一出闹剧，他夫人则是一出冗长单调的悲剧。”

郑先生浑浑噩噩地活了大半辈子，在外人眼里确实是一出“闹剧”，然而郑夫人身为女性，在那个时代没有多少能力去创造属于自己的生活，只能依附于丈夫。

郑夫人恨丈夫的生活习惯，恨他哄走她辛苦积下的一点钱，恨他移情别恋……郑家经济状况飘忽不定，有钱的时候，孩子们要什么给买什么，没钱的时候，又没有能力去满足孩子们被惯出来的贪婪欲望。

“在这弱肉强食的情形下，几位姑娘虽是在锦绣丛中长大的，其实跟捡煤核的孩子一般泼辣有为。”姐姐们连哄带骗地从妹妹身上省下来开销，这些开销自然而然地成了她们美丽的资本。姐姐们深谙人情世故，懂得如何拿走本应属于妹妹的东西，还要让她心甘情愿，并且念姐姐们的好。

郑家的子女们贪婪地向父母索求，却不关心家里真实的经济状况。受到根深蒂固的遗风的影响，他们的父母为了得到经济上的依附，就指望着女儿们找个好女婿。这也就形成了父母与孩子之间的一种靠金钱维系的畸形关系。

正如张爱玲开头在《花凋》一文中引出的那样：“安息罢，在爱你的人的心底下。知道你的人没有一个不爱你的……全然不是这回事。”

墓碑不是写给逝者的，不过是给前来扫墓的活人看的。

在小说的开头，张爱玲用文字烘托出了晦暗阴森的气氛，在结局的地方，这样的气氛同样让人窒息，“川嫦把一只脚踏到皮鞋里试了一试，道：‘这种皮看上去倒很牢，总可以穿两三年。’她死在三星期后。”

虽然川嫦的死是在意料之中的，因为故事是从她的死开始讲述的，但整个故事又发生在意料之外——无处不在的矛盾，像冷箭一般，射向了大家。

在《花凋》之中，张爱玲写出了隐藏着的人性，那是丑陋的自私、虚伪和虚荣。

第 18 堂：
“无数的烦忧与责任与蚊子一同嗡嗡飞绕”——

运用情绪塑造人物的心理活动

“这样的一个女人。就连这样的一个女人，他在她身上花了钱，也还做不了她的主人。和她在一起的三十分钟，是最羞耻的经验。还有一点细节是他不能忘记的。她重新穿上衣服的时候，从头上套下去，套了一半，衣裳散乱地堆在两肩，仿佛想起了什么似的，她稍微停了一停。这一刹那之间他在镜子里看到她。她有很多的蓬松的黄头发，头发紧紧绷在衣裳里面，单露出一张瘦长的脸，眼睛是蓝的罢，但那点蓝都蓝到眼下的青晕里去了，眼珠子本身变了透明的玻璃球。那是个森冷的，男人的脸，古代的兵士的脸。”

——《红玫瑰和白玫瑰》(1944 年)

01 >>>>

在写作过程中，需要注重每个人物的经历、性格、情绪，把他们的不同之处描写出来，这样才能展示人物丰富复杂的内心世界。

通过情绪来塑造人物的心理活动，是刻画人物的一项基本功，也是揭示人物内心活动状态的一种写法。它经常和动作描写结合在一起，能准确地传情达意。

张爱玲的短篇小说《红玫瑰与白玫瑰》中，就把她创作的人物加上了各种情绪，以更好地表现人物的思想感情。

“振保的生命里有两个女人，他说一个是他的白玫瑰，一个是他的红玫瑰。一个是圣洁的妻，一个是热烈的情妇。”

《红玫瑰与白玫瑰》开头一句就直击人性，叩问爱情的专一。也许，这也符合张爱玲当时的境遇。

在张爱玲的小说中，少有以男性为主人公的，佟振保便是那个特例。他看着好像是个浪荡的公子哥，其实他出身寒微，靠着自己的努力出国留学，并在回国后找到了一份不错的工作。所以，他的性格具有双重性。

“他整个是这样的一个最合理想的中国现代人物，纵然他遇到的事不是尽合理想的，给他心问口，口问心，几下子一调理，也就变得仿佛理想化了，万物各得其所。”

张爱玲似乎在交代佟振保这个人是“中国现代人物”，这里说他“中国”，是带着传统观念的。“现代”一词，说明他又是出国留学过的，眼界开阔，并不保守。

仅是这么一句话，就道出了佟振保的矛盾点：传统与现代、保守与开放。张爱玲塑造这样一个矛盾的人物，也是从她自身出发的，因为她就具有这种保守与开放的性格。

由于内心的矛盾，佟振保无法完美地统一起来，反而导致了人性上的分裂。张爱玲在作品中一步步地揭掉他的面具，直达其内心，让大家看到这位“最合理想”的人物到底是个什么样子的人。

正因为出身寒微，又争取到了自由，所以佟振保比任何人都更加珍视这来之不易的地位和成就，不然他便会“做店伙，一辈子生死在一个愚昧无知的小圈子里”。回国后的他，却是“站在世界之窗的窗口，实在很难得的一个自由的人”。

他表面看上去正统，待人接物得体到位，可向内探去，他却对情欲和权力有着无尽的贪婪。他在理智与情感中博弈，又在欲望与权力中权衡，终将自己的内心撕裂。

在爱情里，女人情愿让自己深陷其中，享受爱情带来的各种养分。对爱情，他起先是自私的，但又孤注一掷。女人，一旦陷入爱情便无法自拔。因为爱之深情之切，所以无论男人做出何等伤害之事，她们都会表现出包容和体贴。

张爱玲何尝不是陷入了感情的两难之中，她说：“女人若爱上男人，会比男人爱上女人付出更高的代价。”

1944 年 5 月至 7 月期间，张爱玲在《杂志》上发表了小说《红玫瑰与白玫瑰》。当时，她和胡兰成认识不久。

胡兰成一生都喜欢在女人身上打转，徘徊在活色生香的各色女人之间。张爱玲陷入胡兰成营造的温柔乡中不可自拔，可胡兰成不仅有妻子，还有“随身服侍”的妾氏，甚至在不断更换着情人。他有着怜爱之情，他无论对哪个女人都能表现出“真诚”，他在面对女人时能进行“无我”状态下的本真演绎。虽然他见一个爱一个，并带着浓浓的情欲味儿，但他为了得到张爱玲这样的名门之后，可谓是费尽心机。

他对张爱玲有着十足的了解。他说自己也喜欢火红炽烈的颜色，而且不喜欢住在不见阳光的地方，讨厌地下室，也不爱洞窟。只要是张爱玲喜欢的，他都喜欢，要是她不喜欢的，他也不会喜欢。

胡兰成自是有他的本事，能在懵懂之后、世故之前学会接受，然后勾勾手，说句“懂得”。

张爱玲的姑姑是旁观者，她也知道其中的利弊。为了张爱玲的幸福，她曾善意地劝告过张爱玲，但并没有什么用。张爱玲无可救药地爱上了比她大十四岁的胡兰成，她不需要门当户对，也不需要名分，只要一个能“懂”她的男人。

张爱玲对胡兰成的爱，有很大一种成分是巧合。她写爱情，但没拥有过爱情。一个人看过太多道理，没有心痛过，道理便如鲠在喉。当爱的这味药引子已得，现世因素就无足轻重了。

02 >>>>

在塑造小说人物时，人物的性格是随故事情节的发展而成长的。

对于人物内心的刻画，作者需要深入细致地探索人物的情感、思想，进而描摹出人物的心理活动。常见的写法有“心理独白”，即直接写出人物的心理活动以及“行为暗示”，即把人物的内心活动用行为和动作来表现出来，让读者能从人物的所作所为上揣摩出其心理活动。

张爱玲在写佟振保的内心世界时，就用了“行为暗示”这一方法。

佟振保的情感世界里不仅有法国妓女、初恋情人，还有妻子孟烟鹂以及情人王娇蕊。当他得不到妻子和情人的爱时，他的内心就开始扭曲，他还要“到旅馆里开房间，叫女人”。

佟振保曾迷恋过朋友的妻子——“红玫瑰”王娇蕊。那是一个乍暖还寒的雨日，他被那位叫娇蕊的太太“囚住”了。王娇蕊是朋友王士洪的妻子。刚开始，他也想逃离王娇蕊的勾引，终究还是不甘心，终究还是沦陷了。在几个回合的调情下，他顺利地获得了朋友的妻子的感情。

佟振保以为和王娇蕊只是逢场作戏，不是认真的感情。意外的是，王娇蕊居然动了真情。佟振保还写了一行字："心居落成志喜。"后来王娇蕊想和他结婚，但他怕毁了自己的前程，于是放弃了王娇蕊，娶了"白玫瑰"孟烟鹂。

人最理想的生活状态，应该是能体验生命真实的存在感，能体验丰富的人生。如果不能忠于自己的感受，那么生命就像一场虚无的存在。佟振保最终还是娶了正经女人孟烟鹂，这是一个身家清白、面目姣好，刚从大学毕业的女人，她从不出去交际。婚后，孟烟鹂为他生了个女儿。

在外人看来，佟振保事业有成，家庭幸福，可是他却觉得不满足。在情感世界里，佟振保一如既往地感到空虚。谈不上家庭温暖，他选择出去风流。

此时，小说的情节开始出现转折。

"他向客室里走，心里继续怦怦跳，有一种奇异的命里注定的感觉。手按在客室的门钮上，开了门，烟鹂在客室里，还有个裁缝，立在沙发那一头。"

这真是令佟振保崩溃。他发现自己眼里的正经女人，他的太太，居然跟裁缝有一腿。

佟振保的第一反应是："怎么能够同这样的一个人？"

他清楚自己不爱她，但是这件事伤害了他的自尊。这和佟振保在公交车上重遇王娇蕊的情景成了对比。王娇蕊再嫁后成了贤妻良母，而自己的正经妻子却出了轨，这真是极大的讽刺。

他是一个时刻想占据道德制高点的人，他是一个几乎没有缺点的男人。王娇蕊说："你这样的好人，女人一见了你就想着替你做媒，可并不想把你留给自己。"

他也是传统意义上的好人："觉得人家欠着他一点敬意，一点温情的补偿。人家也常常为了这个说他好，可是他总嫌不够，因此特别努力地去做分外的好事……”

他待朋友热心义气、待工作认真克己、待兄弟费尽心机、待母亲侍奉得周全，就算是自己赚的钱，也都花费在应酬上。

从侧面可以看出，佟振保对待别人胜过自己家里的妻子。孟烟鹂是“男权”建构下最理想不过的妻子。但她不能满足佟振保对女色的追求，所以并没有赢得丈夫的尊重和爱怜，反而受到丈夫的冷落。

在孟烟鹂与卑贱裁缝的奸情暴露之后，她变得焦虑，非常不安，她更加卑躬屈膝地顺从丈夫。但她没有换来佟振保的原谅，反而成了一支丧失自我意识的、没有灵魂的“白玫瑰”。

在佟振保的“夫权”统治下，孟烟鹂顺从着，她不能正视自己的需求，也不知道自己存在的价值。“疯了心似的，要不就不回来，一回来就打人砸东西。这些年了，他不是这样的人呀!”

这是张爱玲写孟烟鹂向别人哭诉的一段话，从中可以看出，佟振保的性格已然改变了，他变得连他自己也不认得了。

“振保听见烟鹂进房来，才踏进房门……他弯腰捡起台灯的铁座子，连着电线向她掷过去，她急忙返身向外逃。振保觉得她完全被打败了，得意之极，立在那里无声地笑着，静静的笑从他的眼里流出来，像眼泪似的流了一脸。”

佟振保拥有的几乎是所有男人的梦想——一个圣洁的妻子，一个热烈的情妇。然而现实中却是，被他抛弃的火热情妇变成了贤妻良母并过着幸福的生活，自己娶回家的纯洁妻子却与别人偷情。

见到妻子与人偷情后，他才蓦然发现，原来自己从没有真正活过。这种彻底颠覆梦想的现实生活，让他流下眼泪来。

佟振保几经波折，绕了一大圈后寻寻觅觅的爱情，不过是竹篮打水一场空而已。在他的爱情领域里，他仍是孤身一人，他学不会爱人，也找不到真爱。

03 >>>>

张爱玲在《红玫瑰与白玫瑰》的文中，这样写道："娶了红玫瑰，久而久之，红的变成了墙上的一抹蚊子血，白的还是'床前明月光'；娶了白玫瑰，白的便是衣服上的一粒饭黏子，红的却是心口上的一颗朱砂痣。"

这段话说出了多少男人的心声，又令多少女人感慨。

"红玫瑰"任性又风情万种，"白玫瑰"有着传统女性的懦弱。男人就在红、白玫瑰之间挣扎，以为自己做了这个世界的主人，实则遵循了命运的安排。

主人公佟振保，就像是所有自负的男人一样，自认为做出了最理想的选择，所以放弃了情人选择了妻子，却没料到，在无爱的婚姻里，处处充满危机。

归根到底，他是两个都不爱，他爱的只是自己，心疼的也只是自己。当他发现妻子找了一个不如自己的男人的时候，他心痛的不是妻子不爱他，而是不甘心，在妻子眼里，自己还不如这个"卑微"的裁缝。

张爱玲在小说中，并没有对"红玫瑰"和"白玫瑰"这两种类型的女人做出严格意义上的价值判断，而让故事按照人物自然发展，从而揭示出她们自身的生存状态。

从小说结构形式上来看，张爱玲创造了两个空间。在生活中，佟振保经受不住情人"红玫瑰"的诱惑，却为了名声而放弃感情。结婚后，他又无法忍受妻子"白玫瑰"毫无生气的肉体，转而寻找其他的诱惑。

张爱玲在《红玫瑰和白玫瑰》中，体现了深厚的文化底蕴。王娇蕊在写自己名字的时候，故意将“蕊”写得零零落落，将三个心写成了三个字，说明三个心房里可以住着不同的人。

这在小说中也有刻意安排，比如她对佟振保说：“我的心是一所公寓房子。”还有两人走在马路上，王娇蕊穿着一件暗紫蓝乔其纱的旗袍，张爱玲写道：“隐隐露出胸口挂的一颗冷艳的金鸡心——仿佛除此之外，她也没有别的心。”

在佟振保的眼里，王娇蕊是虚荣又爱财的女人，这样的女人送给他的爱情，好像全然不值一提。这到底是佟振保无情，还是王娇蕊花心？

张爱玲创作的小说的高明之处，就在于塑造的人物有自己的情绪，会在适当的时候为了自己的利益而站出来。“异乡人”是张爱玲永恒的主题，在这篇小说中，她也强烈地展现了民族观和异乡人的感受。如同现实的人物一般，小说里的人物也有“保护自己”的意识。张爱玲会赋予人物多重身份，让人物在假设的不同环境中运用自如，比如小说中巧妙运用了“我们”与“他们”两个不同的代词。

佟振保和王士洪称呼王娇蕊为“他们华侨”，而王娇蕊则说“不许你叫我‘他们’”。

这里的“他们”，突出了身份，也代表了自身的地位和立场。

从认知的角度来看，使用“他们”还是“我们”，则表现出了心理认知距离。佟振保把热情大胆示爱的王娇蕊当成了外国人，特别是因为佟振保住院后母亲劝他结婚时，站在病床边的王娇蕊却“装作听不懂中文，只是微笑”。这里，我们也可以理解为，小说人物在受到伤害时运用另一种陌生的身份来保护自己。

张爱玲对于人物的描绘总是能入木三分，还因为这些人都源于她自己的生活。

1944年6月，在创作《红玫瑰和白玫瑰》短篇小说的时候，张爱玲面临着同样的纠结。她的担心，来自胡兰成的爱。对于其热烈的求爱，她不得不开始审视起这个男人来。

胡兰成有正妻、妾氏，又有情人，在这种情况之下，他又向张爱玲示爱。

在他俩的那场婚姻里，可以说，张爱玲并非像胡兰成《今生今世》中所说的那般稚嫩，而是保持着清醒的。这可以从她塑造的佟振保中看出来。

《红玫瑰和白玫瑰》一文中有一个细节，王娇蕊偷偷烧着佟振保吸过的香烟，去感受她爱的男人的气息。

张爱玲也是这样做的。她将胡兰成丢弃在烟灰盘里的烟蒂拾起来，聚拢在一起，装入旧的信封里。待胡兰成再来看她时，她就拿出这些烟蒂，把它们当成收藏品一般给他看，以示自己的刻骨铭心。

佟振保正是胡兰成的缩影。

情绪是人从事某种活动时产生的“兴奋”的心理状态。张爱玲以独特的方法将情绪显现出来，以达到感人的艺术魅力。她把自己的情绪，融入创作的人物之中，赋予了人物一种新的生命。她将自己的感情嫁接到了小说人物中。

在创作过程中，张爱玲不断地催化情绪，读者的视觉也在不断变化——这是随着张爱玲的情绪变化而产生的不同视野的变化，因为她从中也得到了不同的领悟。

第 19 堂：

“孤独的人有他们自己的泥沼”——

象征在写作中的重要性

“汝良上面的两个姊姊也和他一般地在大学里读书，涂脂抹粉，长得不怎么美而不肯安分。汝良不要他姊姊那样的女人。他最看不上眼的还是底下那一大群弟妹，脏，惫赖，不懂事，非常孩子气的孩子。都是因为他们的存在，父母和姊姊每每忘了汝良已经大了，一来便把他们混为一谈，这是第一件使他痛心疾首的事。他在家里向来不开口说话。他是一个孤伶伶的旁观者。他冷眼看着他们，过度的鄙夷与淡漠使他的眼睛变为淡蓝色的了，石子的青色，晨霜上的人影的青色。然而谁都不觉得。从来没有谁因为他的批评的态度而感到不安。他不是什么要紧的人。”

——《年青的时候》(1944 年)

01 >>>>

根据事物之间的某种联系，借助某人某物的具体形象来表现其抽象的概念、思想和情感，并体现作者对理想境界的追求的写作手法，称为“象征”。象征的写作手法可以使文章立意高远，含蓄深刻。作者可以用象征的手法来讽刺丑恶的事物，或者抨击荒谬的现象，但一般来说，象征是用来赞颂美好事物的。

有时，女人总会自以为是地用“爱”去改造男人。爱上一个人时，你呈现在对方面前的是自信、体贴、充满魅力的。等到与之携手、朝夕相处时，你却发现对方的很多缺点，比如懒惰、多情、易怒、生活习惯的多处不同。于是，两人便开始争吵、互相埋怨、强制对方改变。这个时候，他们不惜以爱的名义去改造对方。

可事实上，早就有前车之鉴，古人留下一句感叹：“江山易改，本性难移。”

张爱玲在明知胡兰成“本性”的情况之下，于 1944 年 8 月和胡兰成发出“终生结为夫妇，愿使岁月静好，现世安稳”的结婚盟誓。

从两人认识交往到结婚定下终身，似乎可以用“闪婚”来形容，但大家都觉得张爱玲本就与众不同，做出这样让世人措手不及的事，也在情理之中。

那么，对现实情爱一向冷淡的张爱玲，是如何被胡兰成点燃的呢？

其实，真正让张爱玲情窦初开的，是胡兰成写的一封情书。

“爱玲：我坐在忘川里的湖边，看微风拂过……不知道你经常仰望天空的那个窗台，如今是何模样，如今是谁倚在窗边唱歌……我坐在这儿静静地等你，我的爱。而你，此刻在哪里呢？真的永不相见了吗……我怕扰了你，还是坐在楼梯上安心，直到你醒……到后来竟是止不住地天天要去了，而你也是愿意见我的。”

胡兰成用“我的爱”来称呼张爱玲，想必再铁石心肠的女人听见了也是会从心底柔软起来的，何况张爱玲如此“缺爱”，她的身边不要说突然出现了一个“懂”她的男人，就算是稍微成熟一点、能关心她的人，都会让她感觉温暖。

除去分居的父母和若即若离的姑姑，张爱玲几乎没什么亲朋好友。在生活中，张爱玲过得很寡淡。在一个又一个凄凉的夜晚，唯有创作陪伴着她。

胡兰成恰好在她需要关怀的时候出现了。“楼梯上的等待”和“怕打扰她的担心”，实如暖流一般滚烫了张爱玲的那颗冰封起来的心，将她瞬间融化。对于写下这样一封动人的情书，胡兰成却在事后回忆说：“未免幼稚可笑。”

其实，他这一手，对之前的女人，想必不可能用得到。他的发妻玉凤几乎不识字；后纳的妾氏全慧文虽然是教师出身，但也不至于让他玩这样浪漫的文字游戏；妾氏应英娣是舞女出身，对她来说，写封情书不如送件首饰更受用。

胡兰成的激情确实能令很多女人倾倒。他在情感来时就一心想着要“得到”，自己任性不讲道理地发泄着，一副难平心绪的样子，如泣如诉般地纠缠着。

然而，这激情无法持续燃烧，就像当头打着的一个响雷，来得猛，去得快。当胡兰成的激情冷却时，爱不爱这件事情对他来说根本不重要。他又自我嘲笑着，把原先的温情只当是“幼稚可笑”。

无论如何，两人的姻缘在一对红烛之下就结成了。

炎樱是主婚人，结婚当天没有锣鼓喧天，也没有凤冠霞帔，没有举行仪式，只是以寥寥几笔的婚书为证。

张爱玲是一意孤行的，她结婚，连她弟弟张子静也不知道，姑姑张茂渊也不参加。也许这注定是一场悲凉的爱情，虽然胡兰成写下了“愿岁月静好，现世安稳”，却没有带给张爱玲所谓的“安稳日子”。

当时，胡兰成正摩拳擦掌地要在政治上大展拳脚，想要有一番作为。而张爱玲亦声名大噪，如日中天。同年 8 月 15 日，《传奇》出版，张爱玲在书前题词："书名叫《传奇》，目的是在传奇里面寻找普通人，在普通人里寻找传奇。"

她虽然怕人家知道，又想人家知道，于是借着《传奇》告诉人家："我很得意!"

同月，《杂志》社在康乐酒家举办了一次《传奇》集评茶会。在茶会上，张爱玲穿着橙黄色绸底上衣和《传奇》封面同色的孔雀蓝裙子，戴着淡黄色玳瑁边的眼镜，涂着口红，沉静端庄。

与会的人说了些不咸不淡的奉承话，多半是老调重弹，无甚精彩。还有的人此前根本没读过张爱玲，却也附庸风雅地来凑趣。张爱玲冷冷地谈艺术、谈人生。

与她的淡然态度相反的是，胡兰成大肆地赞颂张爱玲的贵族家世，似乎又在无形中为张爱玲的走红帮了忙。当时，一些专谈掌故的刊物正好在对《孽海花》影射的人物进行考据，李鸿章、张佩纶等张爱玲父辈的名字又出现在报刊上，这让张爱玲一度成为热门的话题。

02 >>>>

不得不说，短篇小说集《传奇》中收录的《年青的时候》同样是一篇读来令人伤感的文章。

《年青的时候》写的是一个姐弟恋的故事，年轻的主人公叫潘汝良，他在成长时期经历了"痛"与"爱"。这篇小说，从艺术的角度来说，确实有许多可称道的地方。张爱玲在这里所运用的创造性对比、象征、比喻，尤其是语体交叉渗透的写法，都值得品味。

张爱玲从潘汝良的角度写与父母的纠缠，正如自己的成长那般，脚步踉踉跄跄。在故事中，她只是安静地描画出细碎的场景，不带自己的情绪，让人读来心底凄凉。

通过主人公的情绪，张爱玲从侧面塑造出了人物的心理。每一个人都有成长的快乐和忧伤，很多时候这些感知说不出来，而读了张爱玲的《年青的时候》以后，发现很多东西没有时代的色彩，却留存了下来，那是因为其中暗存着隐匿在灵魂里的共性。

小说中，潘汝良结识了一个比他年纪大一些的德国女孩沁西亚，产生了初恋的感觉。故事记录下了少年暗恋女孩的过程，潘汝良用绘画把自己青春期的悸动描绘了出来。

最后，因为沁西亚与外国人结婚了，潘汝良的浪漫梦想才算终结。

纵观整个短暂朦胧的恋爱过程，两人不过是“他教对方中文，对方教他德语”的关系，沁西亚对待潘汝良到底是什么心思，汝良并不太清楚，所以这段感情更像是潘汝良自作多情的单恋。

整个故事没有戏剧化的性格或情节冲突，既无法提高到伦理性的高度对其进行所谓的道德审视，也无法从东西隔阂的层面做出文化差异性的评说。小说的冲突，主要是在潘汝良的内心展开，那就是浪漫与现实、高贵与平庸的落差。

《年青的时候》中有一段关于暗恋的描写：“他对于图画没有研究过，也不甚感兴趣，可是铅笔一着纸，一弯一弯的，不由自主就勾出一个人脸的侧影，永远是那一个脸，而且永远是向左。从小画惯了，熟极而流。”

潘汝良无论是在寂寞无聊还是在躁动不安的时候，都喜欢一个人静默地绘画。他画沁西亚时的仿照物是香烟肥皂广告上俊俏大方的模特儿。沁西亚是德国人，也正迎合了潘汝良的内心世界的突破口。

沁西亚教他德文，她就这样走进了他的生活。但令人失望的是，她并没有走进他的心里。这是一个微微的落差，懵懂的爱滋生熄灭，来来回回地反折纠结，触角延伸至内心。

潘汝良向往西式贵族新潮典雅的生活，这种生活到底是什么样子，则完全来自他肤浅的想象。对东方的生活，他认为是陈旧乏味的，并充满了厌倦感。

张爱玲在描写中进行了细节对照，使得文章读起来有一种反讽的幽默感。

“汝良不要他母亲那样的女人。沁西亚至少是属于另一个世界里的。汝良把她和洁净可爱的一切归在一起，像奖学金，像足球赛，像德国牌子的脚踏车，像新文学。做医生的穿上了那件洁无纤尘的白外套，油炸花生下酒的父亲，听绍兴戏的母亲，庸脂俗粉的姊姊，全都无法近身了。”

潘汝良似乎要与自己身边的一切隔离开来，除了沁西亚。因为他觉得自己爱她：“她把书摊开了当碟子，碎糖与胡桃屑撒在书上，她毫不介意地就那样合上了书。他不喜欢她这种邋遢脾气，可是他竭力地使自己视若无睹。”

他认为自己在恋爱，并在德文字典上查到了“爱”与“结婚”的字，并把它们背会。他会用德语说：“沁西亚，我爱你。你愿意嫁给我么？”

这句话在他舌尖，可他却没有说出来，不然他真是又傻又天真。他终究是不会说出口的，毕竟在那个过分强调“门当户对”的年代，这是一场何等滑稽的闹剧。哪怕汝良再厌恶他自己那个家，可他依旧是拥有着自尊的男人。重要的是，他爱的不是沁西亚，而是他书上一直涂鸦着的女性侧脸。

正是因为他从未真正体验过一场恋爱，所以要享受一下这种感觉罢了。

03 >>>>

在两个人的交往和接触之中，潘汝良发现了沁西亚身上有很多他不喜欢的地方，而这与其说是“爱情”，倒不如说是一场梦。

他在现实中郁郁不得志，却陷入了自己设计的温柔梦乡之中。他不允许对方有缺陷或瑕疵，固执地想象她的完美。

潘汝良无论怎样努力也走不进自己的内心，就像他的恋爱：“把这些话颠来倒去，东拼西凑，只是无法造成一点柔情的暗示。”他得出了一些感伤的结论：“现在比较懂得沁西亚了。他并不愿意懂得她，因为懂得她之后，他的梦做不成了。”

沁西亚结婚时的情景，令他心潮澎湃，沁西亚只为结婚而结婚。

“汝良不能不钦佩沁西亚……整个结婚典礼中，只有沁西亚一个人是美丽的。她仿佛下了决心，要为她自己制造一点美丽的回忆……摇摇的光与影子中现出她那微茫苍白的脸。她自己为自己制造了新娘应有的神秘与尊严的空气，虽然神甫无精打采，香火出奇地肮脏，新郎也不耐烦，虽然她的礼服是租来或者借来的。她一辈子就这么一天，总得有点值得一记的，留到老年时去追想。汝良一阵心酸，眼睛潮湿了。”

后来，有同学要补习德语再去找她时，她病了。在去与不去看她的纠结之下，潘汝良选择去了。他看见“她闭上眼，偏过头。她的下巴与项颈瘦到极点，像蜜枣吮吸得光剩下核，核上只沾着一点点毛毛的肉衣子。可是她的侧影还在，没大改——汝良画得熟极而流利的，从额角到下颌那条线”。

小说的结尾是这样写的：“汝良从此不在书头上画小人了。他的书总是很干净。”

此时，绝望从最后一刻，陡然而生。

年轻的时候，我们总渴望有一场完美的恋爱，于是在心中设计、描画着那个“她”的形象，想象“她”应该是一位怎样的人，幻想着自己应该有一段怎样的恋爱。而当有一天，那个人出现在面前时，或者说那个人身上的某种特质正符合自己心中的蓝图时，我们就会眼前一亮，认定她便是自己在寻找的人。

胡兰成就是张爱玲寻找的那个人。她说：“于千万人之中，遇见你要遇见的人。于千万年之中，时间无涯的荒野里，没有早一步，也没有迟一步，遇上了也只能轻轻地说一句：‘哦，你也在这里吗？’”

张爱玲人生中的大起大落，是否早就在命运的冥冥之中被安排了呢？

小说《年青的时候》就隐隐透露着她对爱情的认识，读潘汝良，就是在读张爱玲。

她就是这样一个人，单纯地想要为了恋爱而恋爱，就像是小说中的潘汝良：“他单拣她身上较诗意的部分去注意，去回味。”

他知道自己并不爱她，他们都只是想要认真地爱一场，只要对方也这样爱自己。但最终，残酷的现实如同一盆冷水浇灭了潘汝良的幻想。

回到现实当中，这样的想象多少有些荒唐，如同白日梦。当然，张爱玲想要表达另外一种意境，让读者能清楚地感受到这种既疼痛又美丽的爱恋。

恋爱和婚姻是不同的，恋爱时打打闹闹那是情趣，可婚后再吵吵闹闹，那就是拿着刀枪对刺，自己和对方都疼。

是的，现实并没有想象中那么美好。

当陷入爱情的旋涡时，我们都只关注对方的优点，而对于缺点，却是置若罔闻。

现实当中的张爱玲，不在乎胡兰成曾经不堪的过去、年龄的差距，以及他泛爱与滥情的生活。他们真正的蜜月期不过是短暂的三个月时光，他们厮守在公寓里，不问世事，享受着甜蜜和清静的两人世界。

第 20 堂：

“不知道是天上人间”——

写平凡人的故事最能感动人

“潆珠忽然有点怜惜的意思，也不一定是对于他，是对于这件事的怜惜。才开头……也不见得有结果的。她就是爱他，这事也难得很，何况她并不。才开头的一件事，没有多少希望，柔嫩可怜的一点温情？她不舍得斩断它。她舍不得，舍不得呀！呵，为什么一个女人一辈子只能有一次？如果可以嫁了再嫁，没什么关系的话，像现在，这人，她并不讨厌的，他需要她，她可以觉得他怀中的等待，那温暖的空虚，她恨不得把她的身子去填满它——她真的恨不得。”

——《创世纪》（1945 年）

01 >>>>

张爱玲在上海的日子里，显露出了自己横溢的才华。

她站在岁月的顶峰，侧着身子以傲人的姿态，打探着人间世事的冷暖。她以写女性为主，并以爱情为主线，对塑造出来的人物充满悲悯，让人感动。

看张爱玲的故事，就能总结出其写作倾向：第一，大多以旧家庭男女间的爱情为故事主题；第二，这些爱情都存在不同程度的问题；第三，主人公生活在张爱玲营造的故事中，受着情与欲的煎熬。

《中国文学史大纲》的作者谭正璧曾指出："在张爱玲的小说里，题材尽管不同，气氛总是相似，她的主要人物的一切思想和行动，处处都为情欲所主宰。"

1945 年，《创世纪》在《杂志》上连载发表，这篇小说也是写没落旧家族里的故事的。也许张爱玲的家族曾经拥有的荣光和富裕像梦魇一般萦绕在张爱玲的脑海里，所以她写下了小说《创世纪》。

《创世纪》开头就这样写道："祖父不肯出来做官，就算肯，也未见得有得做。大小十来口子人，全靠祖母拿出钱来维持着，祖母万分不情愿，然而已是维持了这些年了。"

这是以李鸿章家的六小姐李经璞为素材的故事，看上去写的是一代不如一代的事实，实质上是在表达现世后辈们面对无望前景的凄凉之感，他们受封建传统的束缚，即便有新思想也无法掌握自己的命运。

文中以两个女人为故事主线，一个是孙女潆珠，一个是祖母紫薇。

在小说中，匡府老太太戚紫薇的父亲在当年是名震朝野的戚文靖公，因戚家与匡家是世交，紫薇才嫁给了匡霆谷。那时，紫薇丈夫的年纪尚少，一次竟然爬到了房顶上。并且，他坐没坐相，吃没吃相。紫薇像带弟弟一般把丈夫带大。公公死后，匡霆谷长大了。匡霆谷在父亲未断气时便学了嫖赌，开始败家财。紫薇没法子，托自己哥哥让匡霆谷去做个小官，却弄得一身债，生活费用全靠紫薇的陪嫁。后来她生了个儿子，儿子在少年时还算聪明，可长大成家后就学了父亲的赌术，整天和媳妇一起在她面前蒙混着过日子。

当家的紫薇手里掌握着一份日渐销蚀的家产，没有收入来源，仅靠变卖家藏的皮货、字画来贴补家用。面对上涨的物价，她还要关心全家人的配给和物资的配发等问题。

虽然家里过得拮据，但紫薇还要在亲戚面前撑面子，维护家族辉煌的样子。现实是无情和残酷的，在紫薇过生日的时候，小说中如此描述道："实在过得勉强得很……老太爷的生日，也在正月底，比她早不了几天……家里全是用老太太的钱……"

紫薇的一生就像是一幅热热闹闹的年画，看着热闹，实则寂寞。"从前她是个美女，但是她的美没有给她闯祸，也没有给她造福，空自美了许多年。"

在这样没落的贵族家庭之中，孙女潆珠对于自己家族煊赫的过去和身份地位是讨厌的，因为徒有一个空阔的大架子。

"走在路上，她身上只是一点解释也没有的寒酸。"在同学的介绍下，她进了外国人开的药房做事，但这对于一位"小姐"来说，是丢人的，所以"明知祖母没有不知道的，不过是装聋作哑罢了，但没说穿，所以她还是不能不鬼鬼祟祟"。

家族的声望带给她的是另一种难堪，她还要顾及体面，对亲戚朋友说："练习英文也好。他们还有个打字机，让我学着打字，我想着倒也还值得。"

她明明是只做工，却非要讲自己不仅不吃亏，还能占到很多好处。不然，靠自己劳动换取工钱，就像是低人一等一样。

家里人是给不了她温情的。只要外人给她一点好，潆珠就能感受到。

她对自己有种怜惜。她在家里不受宠，没人在意她。"祖母当然是不赞成——根本潆珠活在世上她就不赞成，儿孙太多了。祖父也不一定赞成。可是倒夹在里面护着孙女儿，不为别的，就为了和祖母闹别扭，表示她虽然养活了他一辈子，他还是有他的独立的意见。”

张爱玲寥寥几笔就道尽了女孩在家族中的凄凉地位，这种以另一种利用价值存在的人，其实是“冷血”的，对于家族也没有太多感情。所以，潆珠需要一个恋爱对象，不管这个人是否符合她心目中的标准，反正碰着谁就是谁了。

02 >>>>

对于“平凡人”的描写，需要作者拉近距离，有时候需要把“我”直接地放进去，感受到平凡人物的酸甜苦辣和不平凡的人格。

张爱玲通过对平凡人物的描写展现平凡生活，继而展现出一个别样的世界。

在《创世纪》中，有着辉煌过去的匡家，虽然看着有些不平凡，但人物都是平凡的小人物，发生的故事也都是家长里短、儿女之情的小事。

匡家有着种种禁忌，那些所谓的“规矩”，就像是套在潆珠身上的枷锁，让她无比讨厌。她想利用自己的婚姻摆脱那样一个家庭环境，这也是当时的女人惯用的改变自己命运的方式。

毛耀球是第一个追求潆珠的人。第一次见面的时候，潆珠就觉得这个人“说不上来什么地方有点不上等，圆脸，厚嘴唇，略有两粒麻子，戴着钢丝边的眼镜，暗赤的脸上，钢丝映成了灰白色”。

潆珠对毛耀球是失望的。他开了一家水电材料店，哥哥弟弟都读到了大学，只有他没有耐心，喜欢靠点小聪明。他自己也说：“匡小姐，你同我认识久了，会知道我这人，别的没什么，但还靠得住。女朋友我有很多，什么样的人都有，就没有见过匡小姐你这样的人。”

听了这样的话，潆珠就一改以前对他冷冰冰的态度，觉得自己在毛耀球面前还是有些与众不同的。

潆珠被感动了，她“望望他，微微一笑”。

对毛耀球这样一个能说会道的、说英文口音很坏、言谈举止都看上去不那么潇洒阳光的男人，潆珠开始是没有一点感觉的。接下来的一个细节，应该是张爱玲在故事中特意安排的。毛耀球在冬天的夜里将潆珠的手呵护着放进了自己的口袋，当潆珠手指触碰到他口袋里放着的零钱时，她感受到了暖和与妥帖。

“他平常拿钱，她看他总是从里面的袋里掏的，可是他大衣袋里也有点儿零碎钱钞，想必是单票子和五元票，稀软的、肮脏的，但这使她感到一种家常的亲热，对他反而觉得安心了。”

这是张爱玲特别交代的一句话，由此可见潆珠缺少的正是毛耀球拥有的——钱。有了钱就能让她安心，这一点，自是出于张爱玲的感受。

可是潆珠跟姊妹们说起毛耀球时，总是说：“真讨厌……天天到店里来。”接着又要夸毛耀球生意做得大，自己开了一家店，给别人介绍房子赚了十五万，引得大家都羡慕她道：“真的喏，我们家就少这样一个能干的人!”

毛耀球对她来说也是一种温情的补偿，她对他虽然没有美丽的爱情，可是与无视她存在的家里人相比，她能从他那里获得一种淡淡的满足感。

潆珠想和不爱的人了断，可是一想又找不到理由，虽然无爱，但是能走出家族，这对她来说是一种悄无声息的牺牲，对家人来说，是丝毫引不起重视的。那个了无生机的大家庭，实在是需要一件大事情来改变一下，而这个人就是潆珠。

潆珠想："等等罢。这才开头的，索性等它长大了，那时候杀了它也是英雄的事，就算为家庭牺牲罢，也有个名目。现在么，委屈也是自委屈了。"

当她正在纠结要如何与毛耀球分手时，毛耀球的情妇找到了药房，说两人已经同居两年了，他慢慢变了心，如今又怀孕了，却找不到他。

事情到了这个地步就比较难堪了，可是家里人都知道了，也替他瞒着那个女人的事，她自己又觉得可以原谅，便这样继续交往下去。

他约她看电影，是因为这天终于下雨了，她有机会穿自己的雨衣，所以同意了。看了电影后，她又去了他家。直到他对她动手动脚，她怕了，打了他一巴掌，跑走了。

因为把雨衣忘在了他家，后来，潆珠让妹妹陪着自己去拿。在回来的路上，潆珠再次看见毛耀球的商店橱窗点着各式各样的灯，里面是个富贵的世界，然而它不属于她。与她第一次去毛耀球家还礼物时候的心情截然相反，这时候的她，先前的踏实感荡然无存。

其实他们之间没有爱情。毛耀球只是觉得，她从那样的家世里出来，和他认识的舞女是不同的。而潆珠只是贪图一点点温暖，希望有个人对她好，让她可以逃出那个家。

03 >>>>

潆珠的故事简单而又平凡，仿佛是发生在我们身边的年轻姑娘身上的爱情故事。

《创世纪》的意义就在于祖孙俩之间的故事，隔代的两个女人各自的爱情、婚姻，她们两人的代沟如同横跨了一个世纪。在动乱的年代，匡老太太紫薇还是不同寻常的。在有个不靠谱的老公的前提下，她经手买卖房屋、股票、田产，硬是把一大家子将就着撑了下来。

有段时间，他们也过得很不错的。“阳光照在秋千架上，孩子带着虎头帽歪歪斜斜地走着，有老妈子牵着，各处去吃酒，各种高档场所，吃到后来，太太们纷纷拿出粉扑子扑脸。”

紫薇作为一个女人，却撑起一个家族，是多么不容易！她过生日那天卖皮子，丈夫匡霆谷是个不让人省心的主儿，一会儿说“这件有点儿发黄”，一会儿又说“大毛貂不时髦”，接着又体谅着买皮子的商人，一点儿也不像是卖自己家的东西。

紫薇恨道：“你这不是岂有此理！我卖我的东西，要你说上这许多！人家压我的价钱，你还要帮腔！”

匡霆谷却回敬她道：“没看见你这样小气——这也值得这么急赤白脸的！也不怕人见笑！”

这段对话里揭露了匡霆谷与紫薇两人之间的婚姻关系。他们虽然是一家人，但是东西还分得清，皮子是紫薇带来的嫁妆，卖了钱也进不了匡霆谷的口袋，他心里也是有恨的。

紫薇在过生日那天，好不容易卖掉了皮货，得了钱，她的儿子仰彝趁机向她要去了卖皮子三分之一的钱——仰彝就像是家族中的寄生虫，还要搜刮自己的母亲。他当着姑奶奶的面向紫薇伸出一双手，那么大的一个儿子，实在让紫薇难为情，而且偏偏在姑奶奶面前，这个姑奶奶向来是有点儿瞧不起仰彝的，他偏偏要在姑奶奶面前对着紫薇伸手。他一点儿都不明白母亲的心思，紫薇不敢相信，这人是从她肚子里出来的。

不争气的老公和不成器的儿子，加上一点儿小事就忙得披头散发的儿媳，还有一大家子吃闲饭的孙女、孙儿，对紫薇来说，活着也是无比辛苦的一件事。

“你不要当我喜欢管你们的事——我真怕管！你们匡家的事，管得我伤伤够够了！”

这是紫薇对自己嫁入匡家后，从心里发出的狠话。

紫薇的“恨”在无形中影响了她的后代，潆珠就是其中一位受害者。她向紫薇叩拜请安时，却被嫌弃，被指责“像门板一样挡路”。一起吃饭时，大家都无视她的存在，她不免觉得凄凉。

都说人心就像一口井，深不可测，而匡家的人每人心里都有一杆秤，衡量着与亲人之间的利益付出，只要自己不吃亏，能刮到一点是一点。

《创世纪》写出了当时的落没家族的真实现状，这些都是张爱玲通过切身体会得来的。

张爱玲的家族也曾有显赫历史，这让羡慕她有高贵出身的胡兰成津津乐道。在他眼里，自己显然是“高攀”了。

他在《今生今世》中写道：“张家在南京的老宅，我专为去踏看过，一边是洋房，做过立法院，已遭兵燹，正宅则是旧式建筑，完全成了瓦砾之场，废池颓垣，唯剩月洞门与柱础阶砌，尚可想见当年花厅亭榭之迹。我告诉爱玲，爱玲却没有怀古之思，她给我看祖母的一只镯子，还有李鸿章出使西洋得来的小玩意儿金蝉金象，当年他给女儿的这些东西，连同祖母为女儿时的照片，在爱玲这里，就都解脱了兴亡沧桑。”

张爱玲小时候在天津见过并称为“三大爷”的张人骏，是张佩纶的堂侄，当时任两江总督。总督府在南京，他后来大概是在天津定居，据说是个清官，生活并不富裕。每次听张爱玲背诵“商女不知亡国恨，隔江犹唱后庭花”时，他就流泪。

张爱玲的父亲就出生在南京这所张侯府内，并在那里迎娶了张爱玲的生母黄素琼。黄素琼祖父黄翼升是清末长江七省水师提督，在南京也留下了房产。根据资料，这处房产是在莫愁路上的朱状元巷14号，现在被称为

“军门提督府”，明代本是朱状元府的一部分，黄翼升到南京任职后，曾将西侧厅改建为生祠，以炫耀其战功。

张爱玲说：“我母亲还有时候讲她自己家从前的事，但是她憎恨我们家。当初说媒的时候都是为了门第，却葬送了她的一生。”

胡兰成虽以为与张爱玲相知甚深，但张爱玲心中的沧桑，特别是她感情上所受的伤害，对婚姻家庭的看重，恐怕不是胡兰成所能完全理解的。

第 21 堂：

“一只船在天涯叫着，凄清的一两声”——

色彩对照带来强烈的感官刺激

“家茵伏在桌上哭。桌上一堆卷曲的绒线，‘剪不断，理还乱’。第二天宗豫还是来了，想送她上船。她已经走了。那房间里面仿佛关闭着很响的音乐似的，一开门便爆发开来了。他一只手按在门钮上，看到那没有被褥的小铁床。露出钢丝绷子，镜子洋油炉子，五斗橱的抽屉拉出来参差不齐。垫抽屉的报纸团皱了掉在地下。一只碟子里还粘着小半截蜡烛。绒线仍旧乱堆在桌上。装碗的铁锦盒子也还搁在那里没动。宗豫掏出手绢子来擦眼睛，忽然闻到手帕上的香气，于是又看见她窗台上的一只破香水瓶，瓶中插着一枝枯萎了的花。他走去把花拔出来，推开窗子掷了出去。窗外有许多房屋与屋脊。隔着那灰灰的，嗡嗡的，蠢蠢动着的人海，仿佛有一只船在天涯叫着，凄清的一两声。”

——《多少恨》（1947 年）

01 >>>>

张爱玲对色彩的喜爱，源于母亲的那一身青绿色的衣裳。同时，爱好绘画的她，对各种颜色似乎有着特别的敏感。

她不仅在绘画中对色彩的运用别具一格，还把色彩运用到了文学创作之中。

张爱玲对艺术有着执着的追求，她还爱看电影。一日，她在杭州游玩，但看到报纸上有电影广告，就连夜返回上海，还连看了两场。

在她的散文中，有一些是影评，如《婆媳之间》《借银灯》《银宫就学记》等。这些都是有着独特见解的文章。

改编自张爱玲的小说的电影《倾城之恋》公演后，柯灵把桑弧介绍给了张爱玲。桑弧就像张爱玲黑暗生命中的一盏温馨的灯，照亮和温暖了她。两人合作电影也是因为张爱玲手头拮据，《不了情》是她编剧的处女作。

《多少恨》是在电影《不了情》上演之后，张爱玲根据电影剧本再次创作而成的小说。这依旧是张爱玲最拿手的爱情悲剧，她在改编的第一句就表明了自己的创作态度："我对于通信小说一直有一种难言的爱好。那些不用多加解释的人物，他们的悲欢离合。如果说太浅薄又不够深入，那么浮雕也一样是艺术呀！"

《不了情》的电影是黑白的，导致人们对张爱玲最善于描述的颜色却无法分得清，这一点上不免让人有遗憾，但她的小说《多少恨》似乎要弥补这一缺憾，其中为衬托出悲剧人物的特性，引用了大量的色彩对照，给人强烈的感官刺激。

"上面涌现出一个剪出的巨大女像，女人含着眼泪。另有一个较小的悲剧人物，渺小得多的，在那广告底下徘徊着，是虞家茵，穿着黑大衣，乱纷纷的青丝发两边分披下来，脸色如同红灯映雪。"

这一小段文字中就勾勒出一个寂寞女人的身影，她“渺小”又穿着“黑大衣”，前者具有心理暗示，后者写的是衣服的颜色，而黑色又是女人身上少见的颜色，体现出了另一番伤感。

这个叫虞家茵的女人年纪很轻，因为她的脸色“红灯映雪”。这里的“红”，可以理解为一种状态的描写，张爱玲接着就对其进行了补充：“她独自一个人的时候，小而秀的眼睛里便露出一种执着的悲苦的神气。为什么眼睛里有这样的悲哀呢?”

年轻的虞家茵涉世未深，作者张爱玲偏偏要问她“为什么悲哀”。

“悲哀会来的，会来的。”这句话就像是对虞家茵的诅咒。

虞家茵是一位失业的女青年，在国泰电影院门口等人，可是人没有来，电影已经开演多时，票又退不了，这时夏宗豫来买票，她正好把票转卖给他。

有一个细节体现了张爱玲细致的观察力。虞家茵把票放在售票窗口，让售票员做中介，钱也由售票员收了再给她。这个细节体现了虞家茵对“男女授受不亲”的理解。这使得主人公虞家茵的性格、教养，甚至是情史，立刻全都展示了出来。

正在找工作的虞家茵，由同学引荐到夏宗豫家去当家庭老师，教他的女儿夏小蛮读书认字。夏宗豫是药厂的厂长，和虞家茵先前在电影院里有过一面之缘。

“那人和家茵对看了一眼，本来没什么可窘的，如果有点儿窘，只是因为两人都很好看。”

命中注定两人要相识，随后，在为夏小蛮买生日礼物的时候，他们又不期而遇。

夏宗豫身为老板，风度翩翩。虞家茵也长得眉清目秀，颇有风姿。两人在接触中逐渐陷入了爱河，但在他们的恋爱之路上又障碍颇多。

首先就是夏宗豫的妻子，即小蛮之母。他们的婚姻是父母包办的，妻子身患重病，坚决不与夏宗豫离婚。其次是虞家茵有一位坑蒙拐骗、无所不为的父亲，他抛弃了家茵的母亲，另结新欢。虞家茵与他几乎没有来往，可他竟贸然找到家茵，伸手找她要钱、要差事，害得家茵不得安宁。他还背着家茵找到夏宗豫，混了个差事，却吞没了厂里的一笔慈善捐款，害得家茵羞愧难当，无法做人。

最后的障碍来自保姆姚妈，她私自跑回乡下将夏太太接回城里，给夏宗豫和虞家茵的恋爱制造各种障碍。

在诸多阻挠之下，家茵实在承受不了巨大的精神压力，便以回乡结婚为由告别夏宗豫，实际上是只身奔赴厦门，另谋生路去了。

包办婚姻中的受害者理应勇敢地解除婚约，另找意中人。夏太太疾病缠身，夏宗豫让她回乡下静养，也不算是过错。但夏宗豫是一个正派的男子汉，要他与小蛮的母亲——他身患重病的太太离婚，随后再娶虞家茵，虽然有理，却不近人情。

男人为了自己的幸福而牺牲另外一个女人的幸福，是一种矛盾，却没有谁对谁错。就像导演桑弧问张爱玲的那句话：“你是好人还是坏人?”

张爱玲用《不了情》回答了桑弧：“爱情的世界里没有对错，同样没有好坏之分，有的只是情深与情浅。”

这就是《不了情》和剧本不一样的地方。

02 >>>>

《不了情》的诸多细节体现出了编剧张爱玲独有的智慧，我们也可以从中看出她在生活中的影子。值得一说的是，张爱玲几乎不向读者和外界剖析自己。

生活中的张爱玲喜欢站在公寓的阳台上，看街道上那些人来人往的身影。她处于高处，俯瞰楼下那些渺小的行人，就像小说里的人物一样。

她是习惯寂寞的人，尽管她与胡兰成“秘密结婚”，可她的婚后生活亦如婚前那般寂寞。胡兰成的工作在南京，只有他来上海的时候，两人才能待在一起。两人在一起的时候，就像一对不食人间烟火的“仙人”，听音乐、谈名著，只是偶尔一同去静安寺街上买小菜，或者到洋式食品店逛一逛。

有一次他们一同去拜访朋友，回家时下起了雨，路边黄包车剩下一辆，两人挤在一起，张爱玲坐在胡兰成的身上，看上去幸福而甜蜜。

张爱玲问胡兰成：“你的人是真的么？你和我这样在一起，是真的么？”

真情如梦，假意难辨。张爱玲真挚的感情，换来的却是胡兰成的背叛。

因时局变化，胡兰成前往武汉就职。在汉阳医院，他爱上了年轻的周护士，为讨得对方的欢心，他使出了惯用的柔情，将周护士视为“知己”。回到上海后，他将自己与周护士的事隐晦地说给张爱玲听，好像在炫耀一件战利品，抑或是想让张爱玲看看自己如何具有魅力。

分析胡兰成此举的意图，可以发现他在张爱玲面前是自卑的，他想要炫耀自己得意的地方，但这样反而显得他没有教养。从始至终，他从未考虑过张爱玲的感受。而她是一个视爱情为唯一的女人。

胡兰成顾不得那么多，时局动乱，他开始了逃亡生活。在杭州住了一阵后，他又觉得不安全，便与同学长辈的小妾范秀美在温州同居，并改名张嘉仪。

张爱玲不了解背后的真相。在《不了情》剧本写作的大约十个月前，也就是1946年的2月，她辗转得知了胡兰成的下落，本想去温州看望丈夫，以解相思，没想到那趟温州之行，却成了两人分手的原因。

“我从诸暨丽水来，路上想着，这里是你走过的。在船上望得见温州城了，想你就在那里，这温州城就像含有宝珠在放光。”

这是张爱玲写下的话。到了温州，她一切都明白了，自己死守在心中的那份纯真，被胡兰成和他的小妾捏得粉碎。站在回上海的船舷边，她独自打着雨伞，心中流满了眼泪。

张爱玲知道，自己与胡兰成已经恩断义绝。

她写了一封分手信。

“我已经不喜欢你了。你是早已不喜欢我了的。这次的决心，我是经过一年半的长时间考虑的，彼时惟以小吉故，不欲增加你的困难。你不要来寻我，即或写信来，我亦是不看的了。”

在这封信中，张爱玲附上了她编剧的报酬，共计三十万元。这在当时是笔大数目，也是张爱玲为胡兰成寄上的最后一笔钱，就像一次“买断”感情。

03 >>>>

张爱玲与胡兰成的感情，真是现实版的《不了情》。

两人伤害极深，却余生未了，也真的是有“多少恨”。正如《不了情》里选择离开的虞家茵所说的那句话：“你到底是不肯。我想过，我倘使不得不离开你，亦不致寻短见，亦不能再爱别人，我将只是萎谢了。”

经过这次爱的洗礼后，张爱玲对婚姻有了更加深切的感悟。

作为女人，对胡兰成其他的妻子，张爱玲同样同情有加。这一点，从《不了情》里夏太太的处境便可以知一二。

夏太太对虞家茵说：“本来我人都要死了，还贪图这个名分做什么？不过我总想着，虽然不住在一起，到底我有个丈夫，有个孩子，我死的时候，虽然他们不在我面前，我心里也还好一点。”

女人不是软弱的，只不过想要从男人身上得到一点温暖，就算那个男人不在身边，仅是放在心里也是幸福的，这就是爱。可为什么还要有别的女人去抢夺呢？因为人都是自私的，都想着自己能拥有，为此不惜用尽一切手段。

恋爱和婚姻终究是有区别的。在恋爱的世界里，男女之间可以只有彼此；但在婚姻的世界里，还有父母、孩子以及对方背后的整个家族。

最后虞家茵选择了黯然远走厦门，留下夏宗豫怅惘不已。

“宗豫掏出手绢子来擦眼睛，忽然闻到手帕上的香气，于是又看见她窗台上的一只破香水瓶，瓶中插着一枝枯萎了的花。他走去把花拔出来，推开窗子掷出去。窗外有许多房屋与屋脊，隔着那灰灰的、嗡嗡的、蠢蠢动着的人海，仿佛有一只船在天涯叫着，凄清的一两声。”

“灰灰的”是颜色，在这里却代表着心情，不知前途如何，反正虞家茵是想通了，她要离开上海，无论去哪里，那并不是重点，她要远远地离开夏宗豫。

在《不了情》改写的小说《多少恨》的结尾中，虞家茵离开了，这与她对父亲的厌恶也有关，她不喜欢成为夏宗豫女儿的后妈，因为那几乎是张爱玲童年的翻版。张爱玲将自己的生活和爱情的经历都注入笔端，仿佛往模具里灌入滚烫的金水，分分毫毫都催人眼泪。

在《不了情》里有一个场景，是关于称呼的。

夏宗豫叫道：“家茵、家茵。”

虞家茵说：“你为什么老叫我？”

夏宗豫道：“我老在背后这么叫你，只是你没有听见罢了。”

在《今生今世》里，胡兰成写道：“我总不当面叫她名字，与人是说张爱玲，她今要我叫来听听，我十分无奈，只叫得一声‘爱玲’，登时很狼狈。

她也听了诧异，道：‘啊?’对人如对花，虽日日相见，亦竟是新相知，荷花娇欲语，你不禁想要叫她，但若当真叫了出来，又怕要惊动三世十方。”

《不了情》以主人公的离开为结局，如同她在内心与自己道别一般。影片和小说中的夏宗豫和虞家茵的情况与张爱玲的感情经历有许多相似之处。

一是胡兰成大张爱玲十四岁，而夏宗豫大虞家茵十岁；二是夏宗豫有一个无法摆脱的太太，而胡兰成有原配太太，有周护士，还有范秀美。在影片的最后，虞家茵选择了离开夏宗豫，尽管她很爱他——这似乎也是一个预言，因为在一年之后，张爱玲选择向胡兰成黯然告别。

她每一部编的剧本都像是写自己，每一个结局都是自己对感情生活的觉悟，她似乎在逐渐地醒来。

在写作中，色彩的运用很重要。抓住景物特征，描绘颜色的美丽，把万事万物带来的色彩变化写入作品中，比如绿油油、红艳艳、黄澄澄、白花花、黑乎乎、嫩绿、蔚蓝、通红、雪白……虽然司空见惯，却能给作品增色不少。

胡兰成也喜欢在写作中加入色彩的描写。他在《禅是一枝花》中是这样描写发饰的宝石红的：“唯有那晚她舞时押发针闪动的宝石红，听我二哥讲起来，我都为之神往了。那仅仅是一个颜色呵，可是，古往今来，女色都在这里了。”

对颜色的描写得当，即便不能达到刻骨铭心的效果，也会令它所附着的事物显得更为可爱。因此，若以文字再造一个世界，那么色彩无论是在写景状物，还是在记事言情时都有无与伦比的作用。这就是色彩的魅力。

张爱玲用起颜色来毫不吝啬，非常出彩。她的笔下是一片彩绣辉煌、流光溢彩，像撒了金粉一样，连她笔下的灰尘都是金的。

第 22 堂：
“家里的再漂亮，没有外面的好”——

写出活脱脱的一幅旧都市生活景观图

“20 世纪 40 年代的上海，也许每一个弄堂都住着这么几位太太。她们受过新式教育，经历过思想解放的洗礼，烫卷发，穿旗袍，踩高跟鞋，生活方式非常时髦。她们不是封建社会里遵守三从四德的旧式妇女，但也绝不是五四时期自我意识极强的娜拉。她们毕生的事业就是做太太，操心的是家庭中的绿豆芝麻，或扯谎，或佯装糊涂，或说尽各种漂亮话，为了维持一个风平浪静的家，倒也练就了一套圆滑的处世技巧。”

——《太太万岁》（1947 年电影）

01 >>>>

1945 年到 1949 年，张爱玲开始成为一个不可多得的编剧，运用旁观者的视角，冷峻地看待身边的女性。

如果单看张爱玲的小说，读者觉得张爱玲是冷冰冰的，哪怕她在写可怜人，也给人以冷眼旁观的印象，有一种拒人于千里之外的冷漠。但如果看她的散文，读者就会感到她其实也是个有血有肉的人，甚至是有些可亲的。仅从街边煮南瓜的腾腾热气中，她便能想到“暖老温贫”，让人觉得，她和我们是活在同一个人世间的。

张爱玲对女性有着独特的理解，这种独特，在常人眼里实为琐碎，可通过她的笔调描绘之后，小说中的女性人物就带上了各种色彩。

她在《论女人》中写道：“对于大多数的女人，‘爱’的意思就是‘被爱’。男子喜欢爱女人，但是有时候他也喜欢她爱他。如果你答应帮一个女人的忙，随便什么事她都肯替你做；但是如果你已经帮了她一个忙了，她就不忙着帮你的忙了。所以你应当时时刻刻答应帮不同的女人的忙，那么你多少能够得到一点酬报、一点好处——因为女人的报恩只有一种：预先的报恩。”

要理解这段话，我们需要让思维转个圈。张爱玲所言的“预先的报恩”，说得通俗一点，就是女人为了满足自己的欲望，就会想尽办法得到，但一旦得到满足后就不会再提起。

也许张爱玲从自身出发，有时看到更多的是自己。她把女人想得很市侩，特别是“如果你答应帮一个女人的忙，随便什么事她都肯替你做”。这就证明，她认为男人和女人之间追求的是互利。

翻看1947年张爱玲改编的黑白电影《太太万岁》，感触最深的还是女主角陈思珍在戏中“为别人着想”的样子，她游刃有余地处理人际关系，最后发现自己原来活得一点儿都没有自我。她是一位普通的家庭主妇。为了当好这个“太太”，她需要运用智慧、忍受委屈，不仅要哄婆婆开心，还要为丈夫的事业找到经济支持，还要摆平家里不停抱怨的仆人。在弟弟和小姑子的婚姻问题上，她也操碎了心。

陈思珍身系着整个家庭的和平，就像身边千千万万个家庭主妇一样。她想牺牲自己的幸福换来全家的安宁，可事实上，她越是想做个“好太太”，就越是力不从心。她编织一个个无伤大雅的谎言，竭心尽力在家人之间周旋，委曲求全，结果往往是吃力不讨好，落得个双方都不满意的结果。丈夫发财后，竟然还有了外遇，真是“家里的再漂亮，没有外面的好”。

已有觉悟的陈思珍从家庭和睦出发，几经纠结，最后还是原谅了丈夫。后来丈夫破产，遭到敲诈，她又挺身而出，顺利解决了丈夫遇到的问题。但是，经过这些事情后，陈思珍才醒悟过来：自己劳心劳苦维护着的家，不过是一个空壳。婆婆嫌弃她无法怀孕，肚子不争气；弟弟不理解姐姐为什么总是愁眉苦脸；小姑子尽量躲着家里，因为母亲反对她的恋情。

在外人看来，她是八面玲珑的人。但是，如果撕开那些善意的谎言，陈思珍也面临着危险。特别是当她丈夫出轨时，她还能从容地继续粉饰婚姻的太平。最后她迸出一句“我要跟你离婚”，所有人都吓了一跳。因为，陈思珍一改逆来顺受、忍气吞声的态度，表达出了自己的要求——她要去找自己的幸福生活。结果婚没离成，她再一次原谅了丈夫。

这是一个尽职尽责、富有智慧的女人，尽管中间过程有些坎坷，但结局皆大欢喜，叫人忍不住喝彩：“果真是太太万岁！”

张爱玲刻画陈思珍这个人物实在是花了心思。陈思珍是一个没有自我的女人，她为所有人的利益考虑，却偏偏忘了自己。在家庭中，她的生活整个都被琐事占据。其实不仅是女人，张爱玲还深刻地刻画出了人与人之间的不信任感。

“家”这个地方，应该是最没有利益之争的，但在张爱玲看来，却是处处充满算计。丈夫骗太太，弟弟骗父亲，就连请来的仆人都要太太去讨好。“钱”才是这个家的核心，“太太”不是。婆婆小气，不想多付工钱给仆人，仆人就从中作梗；丈夫想要开公司，去向丈人借钱，还得谎称自家有多少财产；弟弟买个菠萝，还要与未相识的小姑子争吵，是一个心眼儿小的人；丈夫的外遇对象也是为了钱，公司破产后，还来敲诈。

在此，我们不得不为张爱玲的故事叫好！

精彩之处，在于这篇小说冲突不断。冲突是指表现人与人之间矛盾关系和人的内心矛盾的特殊艺术形式，同时也是剧作中矛盾产生、发展、解决的过程。从剧作冲突中，我们可以感受到人物的性格与剧本的立意。

人物性格要按照矛盾冲突的不断发展而逐步明朗化。我们还可以通过矛盾冲突来塑造人物的个性、人物性格特征，并表现其发展，从而表达出作品的主题。

02 >>>>

20 世纪 40 年代的女性，很多过着都市少妇的生活，怡然自得地栖息在温暖的家庭里。张爱玲说她们“受过新式教育，经历过思想解放的洗礼，烫卷发，穿旗袍，踩高跟鞋，生活方式非常时髦”，她们不需要为生计着想，甘愿做丈夫面前的金丝雀。

由此可见，“太太”这个词，多少带着嘲笑的意味。

《太太万岁》中的女主人公陈思珍，表现出了精明的为人之道和高明的办事能力。虽然电影的主题是“太太”在家庭中有着“一人之下，万人之上”的地位，但整部电影是带着讽刺意味并充满悲情的。

张爱玲的文笔一向是冷峻刻毒的，这从她存世的作品中就能看出来。

在《太太万岁》中，“太太”不再像温顺的绵羊那般仰望丈夫，而是站在较高的位置俯视他。设定了高度后，张爱玲就用敏锐的眼光、讽刺的手法，以调侃的方式来剖析当时社会中的女性，她们为了获得精神和身体的自由，表现出了无畏精神。

此外，张爱玲还毫不留情地揭露出剧中男性的虚伪不忠、懦弱贪婪的特性。陈思珍的弟弟陈思瑞，好说假话、大话，却在买菠萝时斤斤计较，没有绅士风度；她的父亲是个精于算计的老头儿，没有利益不肯助人，虽然年老，但改不了好色的毛病；她的丈夫是个“没出息的丈夫”，他因为陈思珍得到了丈人的经济资助，但他又要展现出男人的尊严，在得知真相后大发脾气。

陈思珍的丈夫是个虚伪的两面派，他在家对着太太是一套，在外对着情人又是一套。

他曾向太太保证：“我以后绝不像那个朋友一样在外头找女人。”可是桃花运一来，他的心也马上跟着变了。最后他的生意遭逢变故，还是太太出马，为他打发了情人的讹诈。

陈思珍在提出离婚的那一刻，人物形象似乎高大起来，这应该是张爱玲女性意识觉醒的一个表现。

在当时，应该还有很多像陈思珍的女性。她们接受了一定的教育，经历了几次女性解放运动，已获得相当高程度的“自由”。虽然女性的生存状态已经发生了变化，但这变化大多是生活形式的变化，一旦进入家庭伦理范畴，之前一切的新思想都显得苍白无力。

陈思珍尽职尽责，以“好太太”的标准来要求自己。这个标准，就是古代社会教导女性的伦理规范，如《女诫》《女论语》《列女传》等。譬如对婆婆，陈思珍毕恭毕敬，几乎到了卑顺的地步，即使是对方的错，也不说一个“不”字。她必须时刻让婆婆保持心情愉快。在婆婆寿宴那天，她要保证绝对不能打碎东西，因为那是“不吉利”的征兆。当丈夫出差要乘飞机时，她又要瞒着婆婆，说成是坐轮船。哪知，她的谎话还没圆场，轮船失事的消息反而让婆婆病倒了，陈思珍又要忙着安慰婆婆。

这就是旧社会里的婆媳关系，是一种上与下的不对等状态。

在旧式家庭里做太太，太中用与太不中用都是犯忌的。最合适的就是和丈夫平起平坐，但又永远比他低一点点，既可以衬托他，又不至于显得自己高攀不起。

张爱玲曾经很精辟地谈论过中国女人，她说：“中国女人向来是一结婚立刻由少女变为中年人，跳掉了少妇这一阶段。”

女性似乎专为家庭而生，她们面对的是一系列复杂的伦理关系，处理好家中大小事务就是她们的职责。像陈思珍这样的女性，其悲剧就在于，她在传统思想潜移默化地影响下，已经对“女性必须隐忍卑顺，围绕着家庭而转”的观念产生了自觉的认同。当传统的女性观点内化于思想时，她们甘愿忙碌在家庭之间，甘愿在家庭成员之间周旋着，丧失自己的诉求，只是一味地隐忍和牺牲。

张爱玲一眼就看透了女性的弱点，在《有女同车》中发出一声轻轻的喟叹：“女人一辈子讲的是男人，念的是男人，怨的是男人，永远永远。”

这真是一种带有宿命论的色彩，逃不脱的。

故事最后的大团圆，浪子回头金不换，夫妻双双把家还，却带着嘲讽的色彩。这大概和张爱玲所说的“女人一辈子讲的是男人”是同一回事。她在心中隐约觉得“家人”纵有缺点，还是要团团圆圆的，如此才算得上是圆满的。

03 >>>>

张爱玲将小市民的生活写得出神入化，电影《太太万岁》犹如活脱脱一幅旧都市的生活景观图。

这部《太太万岁》，是她和导演桑弧合作完成的经典电影。桑弧，原名李培林，原来在银行工作，后来偶然认识了著名导演朱石麟，试着写了一些电影剧本。后来，他的剧本《灵与肉》《洞房花烛夜》《人约黄昏后》都大获成功。于是，他索性辞去银行工作，专心搞电影。

他老实忠厚、性格拘谨，可能还对张爱玲有意。他曾经说过："张爱玲的小说或剧本，总是力求做到能为普遍读者或观众所容易接受……我认为，这是值得我们思考的一种观点。"

当时上海的电影界蓬勃兴起，《八千里路云和月》《一江春水向东流》和《小城之春》等作品正在热映。它们都以壮阔的历史为背景，描绘历史人物的传奇人生。而《太太万岁》却是反映普通人生活的轻松喜剧。

恰恰是这种反差，让《太太万岁》赢得了众多女性的关注。"在上海的弄堂里，一幢房子里就可以有好几个她"，单凭这一点，就把受众的群体给锁定了。

张爱玲以技巧代替传奇，创造了一种新的电影形态，用它来表述、解释人们已知的故事。十年后，她创作的剧本《情场如战场》等，写的都是普通人的平常生活，而非传奇人物的故事。

她说自己对电影的定位是"乱世中偷欢"，把目光与笔触投在了那些乱世男女的身上，特别是这些小人物注定要被冷酷现实所嘲弄的欲求。小人物的生活虽然平淡无奇，但许多家庭都在上演着"太太万岁"。

张爱玲一反当时观众对传统传奇人物的热衷，以诙谐幽默的喜剧风格，道尽当时女性的苦心。

公演之前，张爱玲在《大公报·戏剧与电影》上发表了一篇题记。她说："《太太万岁》是普通人的太太，上海的弄堂里，一幢房子可以有好几个'她'。她的生活情形有一种不幸的趋势，使人变得狭窄、小气、庸俗。”

张爱玲在《太太万岁》的题记中还写道：“家里上有老，下有小，然而她还得是一个安于寂寞的人，没有可交谈的人，而她也不见得有什么好朋友。她的顾忌太多了，对人难得有一句真心话。她不大出去，但是出去的时候也很像样：她穿上‘雨衣肩胛’的春大衣，手挽玻璃皮包，粉白脂红地笑着，替丈夫吹嘘，替娘家撑场面……”

张爱玲笔下的女性，要说悲哀，她绝不透着悲悯给你看；要说小女人对男人有着依赖，她却是那个时代下的独立女性。

她在题记中还表示：“我并没有把陈思珍这个人物加以肯定或有袒护之意，我只是提出过有这样的一个人就是了。出现在《太太万岁》里的一些人物，他们所经历的，都是注定要被遗忘的笑与泪。”

故事的最后，张爱玲用“浮世的悲欢”来形容“哀乐中年”，即欢乐里面永远夹杂着一丝辛酸，而悲哀也不是完全没有安慰。

在当时看来，《太太万岁》是一部不入流的电影。它的上映虽得到了观众的喜爱，同时也遭遇了媒体的抨击，引发了新一轮批判狂潮。无论高低新旧的媒体与作者，绝大多数是否定《太太万岁》的。

“可以把你捧上天的人，同时也可以把你砸下地狱。”这就是媒体的厉害之处，张爱玲在这场“论战”中，没有进行反驳。

张爱玲在《太太万岁》上遭遇抨击，又逢世事纷乱，便无心写作。没有了稿费支撑，她的经济状况自然不比从前。在 2012 年出版的《小团圆》中，张爱玲表示，好在那时候她还有“燕山”。在燕山身上，她“找补了初恋”。他很像她从前错过的一个男孩子，年纪比她略大，但看起来比她年轻。燕山陪伴着张爱玲度过了人生最低谷的时期，又给了她美好如初恋的感觉。有人猜测，燕山，就是导演桑弧。

第 23 堂：

“权势是一种春药”——

在世俗生活中寻找创作灵感

“英文有这话：‘权势是一种春药。’对不对，她不知道。她是完全被动的。又有这句谚语：‘到男人心里去的路通过胃。’是说男人好吃，碰上会做菜款待他们的女人，容易上钩……据说是民国初年精通英文的那位名学者说的，名字她叫不出，就晓得他替中国人多妻辩护的那句名言：‘只有一只茶壶几只茶杯，哪有一只茶壶一只茶杯的？’至于什么女人的心，她就不信名学者说得出那样下作的话。她也不相信那话。除非是说老了倒贴的风尘女人，或是风流寡妇。像她自己，不是本来讨厌梁闰生，只有更讨厌他？”

——《色·戒》（1950 年）

01 >>>>

1948 年继《太太万岁》公演，张爱玲与胡兰成离婚后，她在创作上一度处于低谷。当时全国运动正酣，她不仅失去了创作平台，也失去了创作激情。

由于无法发表作品，她和姑姑的生活过得更加拮据，最后不得不搬出赫德路公寓，辗转搬过两处房子，还在卡尔登公寓301室住过一阵子。她的父亲和后母，由于挥霍无度，只能搬到一间只有十四平方米的小屋——还是败尽家财后借来的。

当时张爱玲的弟弟还算稳定，去无锡的银行做工后又回到上海。

第二年，上海开始整顿小报，她就参与了桑弧的电影剧本《哀乐中年》的创作。《哀乐中年》在上海潮锋出版社刊印，被列入“文学者丛书”之中。

1950年，她开始写《色·戒》。这个时候，她早已经过了创作力最旺盛的阶段。

《色·戒》就是她运用纪实手法创作出的较为精彩的一部小说，写出了在世俗生活中寻找快乐的那些人的状态。不难看出，其中体现的情感和理性，是一种辩证的关系。

为什么张爱玲要将《色·戒》中的“色”和“戒”用分隔符重点分开呢？

“色”在字典里不仅解释为颜色，脸上表现出的神气，还指情欲。“色”也指拥有形、色、相的一切物质。换而言之，就是指一切物质的存在。如“色即是空”指的是一切物质的内在真实本性，是空无所有。

对于这篇小说的取名，张爱玲是有“双关”之意的。“戒”有防备、警惕之意，也有“戒除”的意思，可以通俗地理解为戒色、戒情。

“麻将桌上白天也开着强光灯，洗牌的时候，一只只钻戒光芒四射。”

小说一开场就是个物欲横流的场面。麻将是有钱、有闲人的娱乐活动，“白天开灯”，说明主人公也是个舍得浪费的主儿，“光芒四射的一只只钻戒”又从侧面告诉读者，聚在一起的人在财富上应该是旗鼓相当的。

一桌麻将牌，四个人才能玩得起来，“左右首两个太太穿着黑呢斗篷，翻领下露出一根沉重的金链条”，果然是物以类聚，几位太太在牌局上演着一出好戏。

从接下来的聊天中，可以看出这四位太太分别是佳芝、易太太、麦太太、马太太，她们聊天的内容从“手表西药香水丝袜”到“钻石黄金翡翠”。

色易守，情难防。在一场设计好的美人计中，王佳芝因为“这个人是真爱我的”，在最后的关键时刻选择了放弃，导致一切都功亏一篑，并搭上了性命。

懂得“戒”情的易先生与王佳芝不过是“逢场作戏”，他不过是把两人的交往当成艳遇。所以，易先生带她去买戒指，不过是“陪欢场女子买东西”。对此，“他是老手了”。

如果真的爱上了一个人，那么对方做的任何事，看着都会生出爱意来。王佳芝就是这样的人。她想：“再也不会想到她爱不爱他，而是——他不在看她，脸上微笑有点儿悲哀。本来以为想不到中午以后还有这样的奇遇，当然，也是权势的魔力。”

易先生心中得意的是，王佳芝爱上他，是因为他拥有权势。张爱玲把这种权势当成男人同女人谈恋爱的资本，所以她说：“英文有这话：‘权势是一种春药。’对不对，她不知道。她是最完全被动的。又有这句谚语：‘到男人心里去的路通过胃。’是说男人好吃，碰上会做菜款待他们的女人，容易上钩。”

张爱玲的笔，冷得不动声色。在男女争论上，她只谈本性，却不责怪对方的人，明知男女之间的爱情，不过是出于本性。然而在写王佳芝对易先生动情的那一瞬间时，她的笔突然地暖了起来。

“在她看来，是一种温柔怜惜的神气。这个人是真爱我的，她突然想，心下轰然一声，若有所失。太晚了。”

这段写的易先生眼中的温柔怜惜，正是王佳芝对自己的温柔和怜惜，是她自恋的投射，对自身价值的一种肯定。

张爱玲虽然笔触刻薄，但是也在小说最后，让易先生意识到对王佳芝的爱。这样一来，便赋予了这个男人柔情，两个人的爱，变成了一场伤感的爱情故事。

《色·戒》里的爱情是残缺的，尤其少有与爱情的结合。中国传统社会男女之间的爱情感受与爱情分离，足以成“痛”，足以为“苦”。

02 >>>>

张爱玲在《色·戒》的卷首语上写道：“这个小故事曾经让我震动，因而甘心一遍遍修改多年。爱，就是不问值得不值得。”

要在爱情里保持理性是件多么不容易的事，像王佳芝那样深情的女人，怎么做得到？

她不愿意相信易先生是不爱她的，或者说，就算他没有到为了她牺牲自己的地步，但她看到易先生“侧影迎着台灯，目光下视，睫毛像米色的蛾翅，歇落在瘦瘦的面颊上”这种温柔怜惜的神气时，心里顷刻间软塌塌的，突然冒出“这个人是真爱我的”这样的想法。

于是她说：“快走。”

这两个字一出口，便断送了好几条命，包括自己的。

被自己深爱的人下令枪决是多么心碎和屈辱的事，尤其是在自己以为有赢的可能的时候。子弹一颗颗穿过同伴的头颅，枪声渐近，她平静的脸上有些悲伤，但似乎又甘之如饴。

小说里的易先生，在解决了王佳芝后，禁不住喜气洋洋，面带三分春色。他不怕她恨他，甚至还期待她恨他，但他心里无不得意地明白，若自己不是这样的“无毒不丈夫”，王佳芝也不会这么爱他。

他早已为王佳芝的死想好了说辞——得一知己，死而无憾！而感情，感情是什么？他与王佳芝本就是原始的猎人与猎物，她为他而死，这才是“生是他的人，死是他的鬼”。

王佳芝即使结局凄凉，也比易先生要幸运。小说中没有写明王佳芝是如何死的，只是隐晦地写道：“马路阔，薄薄的洋铁皮似的铃声在半空中载沉载浮，不传过来，听上去很远。三轮车夫不服气，直踏到封锁线上才停止了，焦躁地把小风车拧了一下，拧得它又转动起来，回过头来向她笑笑……他一脱险马上一个电话打去，把那一带都封锁起来，一网打尽，不到晚上十点钟统统枪毙了。她临终一定恨他。不过，‘无毒不丈夫’。”

王佳芝为了自己爱着的易先生，放弃了杀死他的行动，转而在易先生的安排之下死了。这里的“枪毙”，没有枪声，也没有见到亮枪，却真真实实地让读者体会到了易先生杀人不眨眼的狠心。

最后，张爱玲写道：“（易先生）觉得她的影子会永远依傍着他、安慰他。虽然她恨他，她最后对他的感情强烈到是什么感情都不相干了，只是有感情。”

在这里可以共同讨论一个问题，在小说里，写反派人物，是否需要进入他们的内心？

如果张爱玲是站在王佳芝的立场上的，她当然希望自己能为了爱着的人而死。就算救的那人对她既冷血又无情，可她就是宁愿自欺欺人，告诉读者，那个男人心里还是内疚的，还是会想着她的。

这段结局，完全是融入了张爱玲自己的想象。她想收获一个让自己内心平衡的结果，却忽略了男人内心的感受——易先生在生活中是有易太太的，他再内疚，也不过一时而已。在文末，张爱玲还要让易先生说出“她这才生是他的人，死是他的鬼”这样的话来。

我理解，易先生的伤心应该是来自自己，因为懂得他的女人死了，这个世上不再有比王佳芝更懂得他的人存在了。于易先生来说，这是一种失去的伤心，而不是爱。

通篇文章写的都是“自爱”，每个人物都表现出了对自己和别人自私的爱。易先生和王佳芝之间也没有真正的爱，两人不过是互为己用。王佳芝为了完成任务而主动接近易先生，本来就有目的性，至于是否生出爱情来，不过是她善良的本性使然而已。

《色·戒》中既写了感性之爱不能结合的痛，又写了永无情爱的苦，此外还有大量的无情爱的悲。它给予人们的不仅是眼泪，更是一种无奈，甚至是绝望。

03 >>>>

小说似乎成了张爱玲对生活的理解和个人情感诠释的媒介。她创作的人物，多数是设定在特定历史背景之下的，并且她以接近纪实的手法揭示人物在所处环境中受到命运摆布时展露出来的百态。

《色·戒》的人性是晦涩的。凡是读过这部作品的，无不为王佳芝、易先生那种似是而非、若即若离，并不能称之为爱情，但又不能完全否定的两性关系困惑。

在这个小说中，张爱玲从感性和理性的角度出发，从特定历史条件下的人物与环境入手，通过对王佳芝和易先生的心理、思想进行揭露，让读者去思考人类本性的某一方面的本质。

《色·戒》从构思到写出来正式发表，经过了将近三十年。在这三十年里，张爱玲数次对它进行改写。其中甘苦以及缘由，张爱玲在她的书信等处，只道出了一点点。

这个故事，据说是由当时的“刺丁案”引发的。也有人将其创作的人物与张爱玲本身结合起来，这是对这部小说的不同解读。读者总是从自己的角度，对这部作品进行着个人主观式的解读。

在经历了世俗的洗礼后，张爱玲创作的作品可圈可点之处实在太多。在她的作品里，读者能找到强烈的精神共鸣。她的作品里不仅融入了她对上海的依恋和憎恨，还融入了与她相似的恋情。

张爱玲在世俗的生活中寻找着创作的灵感。张爱玲自己承认，她的每一部文学作品都是开放的，需要读者的阅读才能最终完成。有一千个读者，就会有一千种解读。她本身就是一个传奇，她和胡兰成的爱恨情仇也是一个传奇。这便会让很多人在面对《色·戒》的时候，自然而然地联想到她与胡兰成的故事。加上这篇小说从写作到发表隔了漫长的时间，且发表的时间又恰逢胡兰成出版《今生今世》之时，就更让人难以抵御一探究竟的诱惑，试图从字里行间找出蛛丝马迹。

通过《色·戒》这样一个极端的故事，张爱玲让人们看到了人性的复杂与难测。

后来，导演李安将这部小说改编拍摄成了电影，这个故事的影响力更为广泛。

李安在《谈〈色·戒〉的四大惊喜》一文中如此说道："我有好长一段时间活在张爱玲的故事圈套里，因为它里面有玄机。张爱玲花了十年写了二十八页，这不是等闲的作品，非常精致，可以说是小说里面的极品，我要去猜测，要加血加肉。"

编剧王蕙玲也说道："你只要细看张爱玲的文字，就发现其实她的一生都缩影在《色·戒》的小说之中，整个人的老辣和锐利都淹没在字里行间。她又是文字的精算师，有人说《色·戒》是张爱玲自己的故事，她却有本事把自己细细隐藏在文字之中，时而又呼之欲出。"

第 24 堂：

“十年八年都好像是指缝间的事”——

独语式个体语境的孤独和苍凉感

“他和曼桢认识，已经是多年前的事了。算起来倒已经有十四年了——真吓人一跳！马上使他连带地觉得自己老了许多。日子过得真快——尤其对于中年以后的人，十年八年都好像是指缝间的事。可是对于年青人，三年五载就可以是一生一世，他和曼桢从认识到分手，不过几年的工夫，这几年里面却经过这么许多事情，仿佛把生老病死一切的哀乐都经历到了。”

——《半生缘》(1951 年)

01 >>>>

1950 年 3 月，张爱玲开始用笔名“梁京”撰写长篇小说《十八春》，并在《亦报》上进行连载，全文一共十八个章节，将近一年才连载完毕。

在这部小说发表之前，《亦报》就开始推进专栏广告，让读者知道这部小说出于名家之手，所以一经推出这部小说就掀起了一阵波澜。不少读者抢读《亦报》，周作人也在自己的文章中多次提及这部小说，桑弧更是用笔名在该刊物上发表推荐《十八春》的文章，对其大加赞赏。

《十八春》讲述的是 20 世纪 30 年代发生在上海的一个凄惨的爱情故事。

在温婉、凄迷的旧上海，女主人公顾曼桢是一位家境贫寒、自幼丧父的姑娘。她的身世可怜，性格却温柔坚强，开朗活泼。她在一家工厂上班，她的姐姐曼璐为照料全家老少，在十七岁的时候就到外面挣钱。

由于姐姐曼璐的职业是舞女，所以家人并没有体谅她的辛苦，反而认为她有辱门风，害他们受人歧视。随着年龄增长，曼璐为了自己的后半生有所依靠，就嫁给了祝鸿才。接下来，她的生活主要围绕着维护“祝太太”这个身份而展开。

工厂里的年轻人叔惠与世钧是学工程的同学，毕业后又在同一个厂里工作。顾曼桢的办公桌与叔惠的办公桌相连，世钧去找叔惠时，就能看见顾曼桢。

“当你想要去爱上一个人的时候，其实你已经爱上他了。”

两人的爱情开始的时候，是在新年里面。

“也没有什么生意，一进门的一张桌子，却有一个少女朝外坐着，穿着件淡灰色的旧羊皮大衣，她面前只有一副杯箸，饭菜还没有拿上来，她仿佛等得很无聊似的，手上戴着红绒线手套，便顺着手指缓缓地往下抹着，一直抹到手丫里，两支手指夹住一只，只管轮流地抹着。”

在这段文字中，我们可以感受到“张爱玲式”的文笔和语境，细致入微处尽显悲凉。这是她一贯的语调，因为孤独的人无论看什么眼中都充满了孤独感。

在这次偶遇之中，曼桢与温和敦厚的世钧相爱了。

在那个混乱的时代，这些年轻人虽然相爱着，但背后是悬殊的家庭背景、个人才华的差距、同胞姐妹兄弟的嫉妒心机，还有命运时不时给人开的玩笑。

世钧说："感情这个东西很奇怪，只是三天没见面，却到了要谈婚论嫁的地步。其实我连她的手都没有碰过，她的家我也是第一次去。"

曼桢说："一个女人被人求婚，不管是答应还是不答应，女人都是快乐的，这是一生之中最可以决定自己的时候，但在决定之后，能自己改变的事情就不多了。"

然而，这段看似美满的姻缘，却遭到了世钧母亲的极力反对。她一直希望自己的儿子能与青梅竹马的南京名门之女石翠芝结合，可没想到，与世钧同来南京的叔惠却与石翠芝相爱了。由于石母的门第偏见，叔惠伤心之下便出国留学了。

曼桢的姐姐曼璐结婚后，丈夫祝鸿才原形毕露，整日过着花天酒地的生活。曼璐决定生一个孩子来留住祝鸿才，然而以往的多次堕胎让她有心无力。她觉察丈夫看上了自己的妹妹曼桢后，便策划出一条"姐妹共侍一夫"的计策来。顾母只想求得太平日子，竟然默许了曼璐的做法。趁世钧回南京之际，曼璐帮助祝鸿才强暴了曼桢。

世钧从南京回来后，知道了此事。于是，他愤然离开上海，与石翠芝结了婚。

备受凌辱的顾曼桢在生下一个男孩后逃出祝公馆，去了一个小地方，以教书为生。她的姐姐曼璐积郁成疾，最终去世了。曼桢被逼无奈，只得回到祝鸿才身边照顾自己的亲生骨肉，和平生最痛恨的男人同住一个屋檐下。

"他和曼桢认识，已经是多年前的事了。算起来已经有十八年了——

真吓人一跳，马上使他觉得自己老了许多。日子过得真快——尤其对于中年以后的人，十年八年都好像是指缝间的事。可是对于年轻人，三年五载就可以是一生一世，他和曼桢从认识到分手，不过几年的工夫，这几年里面却经过这么许多事情，仿佛把生老病死一切的哀乐都经历到了。”

张爱玲在小说开头的一句话，道出了世事沧桑。十八年过去了，世钧与曼桢又在上海重逢了，恍若隔世，两人都知道自己已经无法回到过去了，人生就是如此。张爱玲用了“十八年”来表达剧中人物的苍凉之感，就好像是在表达恍若隔世的无奈。

这几个平凡的男女——世钧、曼桢、叔惠、翠芝，不过是一群随处可见的都市年轻人。他们把那一点点并不离奇的痴爱怨情交织在一张翻不出去的网里。演了那么多年，他们也就不年轻了。

02 >>>>

张爱玲的文学作品，常常着重体现人生安稳的一面，而不取其争斗的一面。

她的作品有着独特的文化意识，像是一位忧世主义者，诉说着人生的悲凉。她写的这几个男女的故事，有些痴痴怨怨，爱是浓是浅，似乎都身不由己，让人看着，觉得这种无奈就像是命中注定的。

小说中的人物与人物之间互相猜疑，受到家庭的阻拦，与缘分就此擦肩而过，随便什么都可以毁掉这叫“爱”的软弱的东西，实际上，它也的确被毁掉了。

在《十八春》中，顾曼璐为了家人而去做“舞女”，这一点的确显示出了她的奉献精神。可是她又将自己受到的苦加在妹妹身上，协助自己的老公强暴妹妹。从这一点上可以看出，曼璐是自私的，仅是为了保全自己的“太太”的地位，便想出借妹妹的肚子生孩子的办法。顾曼璐是愚蠢的，自己得不到幸福，还要拖妹妹一起下水。由此两人的悲剧命运就被选定了。

妹妹顾曼桢是有自己想法的新女性，她追求自由和新的生活，无奈落入了自己姐姐的圈套。起先她纠结自己的爱情得不到世钧家庭的认可，直到失去自由，才知身不由己。等她被逼生下姐夫的孩子后，以为从此便能逃离苦海。但她不知道，那些千丝万缕的联系，其实是令她无法全身而退的。

姐姐临死时找到曼桢，希望她能回去照顾孩子。出于同情，她回到了姐夫身边。曼桢感悟道：“我以为能走出原来的生活，原来不过是重复着她的生活。”

沈世钧是一位较为传统的男性，对父母的话言听计从。他的性格并不是懦弱的，他有着顾大局的取舍。对自己的爱情，他也很执着，虽然有一段时间他因为无法确定曼桢对他的爱而产生过犹豫。他抛开家庭的压力，三番四次去找曼桢，但曼桢的姐姐曼璐却欺骗他，告诉他曼桢已嫁人。不知真相的世钧十分痛苦，以为自己的感情被曼桢玩弄了，回到南京就和石翠芝结了婚。这只不过是出于一时之气，因为他并不爱石翠芝。

石翠芝也是婚姻的牺牲品，她爱着世钧的同学叔惠，却同样因门户不对而遭到家庭反对，致使叔惠远渡重洋去“疗伤”，直到十几年后回来依然单身。从他和翠芝重逢后的交谈中可以了解到，两人之间的爱依然存在。

“多年不见的老朋友一旦相见，因为是极熟而又极生疏的人，说话好像深了又不是，浅了又不是，彼此都还在那里摸索着。这是一种异样的心情，然而也不减于它的愉快。三个人坐在那里说话，叔惠忽然想起曼桢来了。他们好像永远是三个人在一起，他和世钧，另外还有一个女性。他心里想，世钧不知道可有同样的感想。”

小说的女主人公顾曼桢的命运是值得同情的。她自身软弱无助，从成年开始，母亲就想着办法要把她嫁出去。她有性格刚强的一面，但仍然摆脱不了作为女人软弱的一面。

心软，其实就是因为她为人善良，也正因为善良，她才落入别人营造的圈套里，并且越陷越深。她想脱离却又离不开现实生活，她虽然为了孩子和姐夫结婚，可后来还是过着单身的生活。

在《十八春》中，张爱玲设计了很多伏笔。从开始的旧爱重逢，到后来的分手之后再次相遇，所有人物在所发生的事件中启承有序。

人的欲望可谓是无止境的，每个人都想要满足自己的欲望，就像曼璐为了系住丈夫的心，不惜赔上亲妹妹的终身幸福，结果不但拴不住鸿才，反而与自己的妹妹反目为仇。曼璐的丈夫费尽心机地得到曼桢后，却又觉得她索然无味，“就像一碗素虾仁”。

此时，张爱玲的写作功力已是炉火纯青，虽然小说中的地点忽而南京忽而上海，叙述主体更是如走马观灯般更换，却细针密缝，滴水不漏。有些小地方，她也凭着她那种独特的敏感而注意到，笔尖儿一点，气氛自然浮出来。这与她前期作品中的绚丽五彩、灵光四射相比，似乎已洗尽铅华，略带感伤。这个悲哀的故事里满含着一个个讽刺，就算是在结尾，张爱玲也并没有让“有情人终成眷属”，而让另一个人来延续曼桢对世钧的爱。

对于这样的安排，张爱玲是出于何种考虑？

一般看到最后，读者总想有个大团圆的结局，可为什么当世钧知道真相以后，依然没有放弃自己的家庭，去和曼桢一起生活？

这一点应该是张爱玲自己的想法。因为爱情是要归结到理想里面去的，而现实又要求每个人承担一定的社会责任，这就使纯真的爱情不能实现。结局不能圆满，在很大程度上是受制于社会现实。正如曼桢和世钧说的那样："我们回不去了。"

03 >>>>

试想，如果世钧与曼桢真的一帆风顺地结了婚，反而显得无趣。

张爱玲对都市男女的情感描写还是非常得心应手的。《十八春》的故事让人感动叹息的地方，就是他们爱情的悲剧性。

也许得不到的才最珍贵，如果仅是拥有平凡的感情，那无法让人生出同情，唯有将爱情化为悲剧，才能有赏鉴的价值。若不是爱到灵魂深处，又怎么有勇气想尽一切办法让这份爱修成正果?

张爱玲深谙大众的心理，让相爱的两个人彼此留住一点情，把它埋藏在心底，留作将来相见的余地。她用冷静的笔调，缓缓地叙述了一场漫长的不了情。

世钧不够坚强，所以才轻易放弃了继续寻找曼桢的决心，才会那么快与别人结了婚。他与曼桢的爱情，哪怕是要终结，也一定要亲自见面说明白才行的。

除此之外，他还有一个缺点，那就是小心眼。他吃曼桢好友的醋便可说明这一点。世钧是那个年代的大学毕业生，原本是个能成大事的人，却没有多少抱负，最后娶了个算是门当户对的老婆，生了几个孩子，成了最普通的市民。如果说十八年前的无奈是本身的软弱与社会的无情造成的，那他们别后重逢，也只能是情未尽，但缘已尽。

多年后重逢时，曼桢把两人分开后自己的遭遇，以及心中无限的苦，讲给世钧听。

“那时候她一直想着，有朝一日见到世钧，要把这些事情全告诉他，也曾经屡次在梦中告诉过他。做到那样的梦，每回都是哭醒了的，醒来还是呜呜咽咽地流眼泪。现在她真的在这儿讲给他听了，却是用最平淡的口吻，因为已经是那么些年前的事了。”

世钧默默地听着。“他们很久很久没有说话。这许多年来，让他们觉得困惑与痛苦的那些事情，现在终于知道了内中的真相，但是到了现在这时候……至少她现在知道，他那时候是一心一意爱着她的，他也知道，她对他是一心一意的，就也感到一种凄凉的满足。”

这里简直是人情的至高至纯境界了，张爱玲安排两人重逢的意义，并不是要让两人重新结合在一起，而仅是为了对曾经的承诺给予肯定。就好像是在说：“当年我们付出的感情是真实的，是纯真的，是没有欺骗的。”

真是一盆冷水浇在读者的心头，让人从头凉到脚。

张爱玲说：“你问我爱你值不值得，其实你应该知道，爱就是不问值得不值得。”但爱又总是被人拿来衡量，或许这就是爱的悖论。

《十八春》在一定程度上是具有时代灵感的作品，采用了独语式个体语境，营造了孤独感和苍凉感。张爱玲在这本小说里诉说的那些故事，读着让人内心哽咽，婚姻和现实的悲剧让人唏嘘，人性的关系让人深思。

本来张爱玲要把《十八春》改为《惘然记》，但从销路上考虑，她还是改了名字，即《半生缘》。1968 年，这部小说在台湾《皇冠》杂志连载，结尾就有了很大的不同。虽然她将《十八春》改为《半生缘》，但那份永恒的苍凉依然存在。

“我要你知道，在这个世界上总有一个人是等着你的，不管在什么时候，不管在什么地方，反正你知道，总有这么个人。”

用我一生情，换你半生缘。在《十八春》中，张爱玲用小说解读了她的爱情。

第 25 堂：

“恨来恨去，就是恨不到他本人身上”——

通过女性的视角反映当下社会

“这时候已经是辛亥革命以后，像席五老爷这样，以一个遗少的身份在民国时代出仕，一般人议论起来，已经要骂他变节了，何况他本身还做过清朝的官。大家都觉得他这时候再出去，很犯不着。但是五老爷一半也是由于负气，因为他挥霍得太厉害了，屡次闹亏空，总是由家里拿出钱来替他清了债务，弟兄们自然对他非常不满，他觉得他在家里很受歧视，他哪里受得了这个气，所以宁可出外另谋发展。五太太为了这缘故，一直恨着她那几个大伯。她一恨自己娘家，二恨她那婆婆不替她做主叫她跟着一块儿去，三恨他们兄弟们，都是他们那种冷淡的态度把他逼走了。也不知怎么，恨来恨去，就是恨不到他本人身上。”

——《小艾》(1951 年)

01 >>>>

1950年的7月底，张爱玲在夏衍的关照下，应邀出席上海第一届文艺代表大会。

与会的代表约五百人，大家都穿着灰蓝中山装，而张爱玲穿着网眼白绒线衫罩着的旗袍，坐在最后一排，显得非常突兀。她与在场的文艺家们有了一种难以逾越的距离。当时她想，或许苏青也穿着这样的衣服，实在是难以融入其中。

大会开了六天，会议内容也出乎张爱玲的意料。她发现时代变了，而自己却没有变。这次大会给了张爱玲很大的触动，兴许这是促使她离开上海的另一个诱因。

次年，张爱玲得知香港大学已复学，她写信申请继续学业，得到许可后，她持着港大的证明，从广州坐车经深圳赴香港。

《小艾》于1951年11月发表在《亦报》第三版，而且是连载。

这是张爱玲的一部转型作品。她摒弃了一贯冷嘲热讽的写法，通过女性的视角描写周遭的一切，同时充满了同情。

故事从一个贫困家庭写起。小艾被卖到席家当仆人，与冷酷自私的席家五老爷，还有阴暗懦弱的五太太，以及心计重的姨太太等人经历了一系列的事情。

《小艾》的开篇第一段写道："下午的阳光照到一座红砖老式洋楼上。一只黄蜂被太阳照成金黄色，在那黑洞洞的窗前飞过。一切寂静无声。"在倒数第二段中，张爱玲写道："从阁楼望下去，可以看见金槐。他在窗口搁着张桌子，埋着头在那里拿着个钳子在拣错字。一直低垂的灯泡正对着他的脸，那强烈的电灯光静静地照在他脸上，窗外却是黑沉沉的……”

这段话很容易让人看出，开头提起的“老洋楼”和末尾提到的“阁楼”，是有一定的联系的。

这也是张爱玲善用的一种写作技巧——前呼后应。这种写法虽然有点儿俗套，但是她应用起来，就能给人以完整的想象空间，令人回味无穷。

小说中首先出场的是五太太。她靠窗而坐，桌上支着一面腰圆大镜，她对着镜子在那里剪刘海。这位将近三十的女人在剪刘海的时候，对自己的人生产生了思考。

她端详着镜子里的自己，说：“都说她有福相，也还有人说她长得很恬静。无论如何，是一点也不带薄命相，然而……却生就了很奇异的命运。”

接下来，张爱玲就很自然地介绍起五太太的身世来，同时把故事所处的背景一并交代清楚了。

“她是填房，前面那太太死得很早，遗下一子一女。五老爷年纪轻轻的，倒已经有了三房妾氏，后来因为要续弦，把她们都打发了，单留下一个三姨太太……他出去做过两任官，很会弄钱，可惜更会花钱……三姨太太这几年在北方独当一面……另外租了房子住在外面，对老太太只说她留在北京没有一同回来。老太太装糊涂，也不去深究。五老爷也住在外面，有时候到老公馆里来一趟，也只在书房里坐坐，在老太太房里坐坐。时间一年年地过去，在这家庭里面，五太太又像弃妇又像寡妇的一种很不确定的身份已经确定了。”

经张爱玲描写后，五太太的人物形象立刻鲜活起来——她是一个有丈夫却要守活寡的可怜女人。她要承受夫家的闲言闲语，别人都说她没用。因为她管不住丈夫，所以她的丈夫才不回家，好像她的丈夫不回家完全要怪罪于她一样。她住在夫家，得不到丈夫的爱，甚至她的丈夫都不愿多看她一眼，一直和小妾住在外面。还好她擅长交际，也会笼络人心，因此在夫家还能生活下去，如果她是一个沉默寡言的弱女子，那么她更是有罪受了。

可见，五太太心里是有恨意的，她恨自己的丈夫，连带恨起夫家的人和让她嫁过来的娘家人。但她的恨是放在心里的，随着时间流逝，她只是默然接受这个现实。

小艾是一个不受重视的太太房里的仆人，由于五太太对自己的现实生活不满，所以就将怨气出在小艾身上。小艾当然更受人歧视，更没有人会重视她了，就连与她命运一样的下人、老妈子也要欺负她。

小艾比五太太可怜多了。她在很小的年纪就被父母卖了，给人做仆人。在家里，她承担着繁重的家务，只求有口饭吃。她时常遭到五太太、小妾以及其他人的毒打，承受着她们内心变态的情绪。

张爱玲以女性的角度来写女性，更加体现出她在人物塑造上的细腻。作为一名女性，张爱玲是无比同情女性的，因为她有切身的体会。同时她的内心里也有一种恨，她将自己对旧家庭的禁锢、父亲母亲婚姻观念的不同、恋爱失败的痛苦的感受，融合于文学作品中。她塑造了一个充满悲剧色彩的女性形象，就像是小艾悲惨凄凉的一生。

02 >>>>

张爱玲的痛苦就是小说主人公受的痛苦，她还不断地让主人公的痛苦升级，以引发读者的同情。

五老爷横躺在灯影里，青白色的脸上微微浮着一层油光，他张着黑洞洞的嘴，在那里剔起牙来。

“一双眼睛只管盯着她看着。小艾觉得他那眼睛里的神气很奇怪，不由得心里突突地跳了起来，跟着就涨红了脸。可是她一方面又觉得她这种模糊的恐惧是没有理由的，她从来也不想着自己长得好看，从来也没有人跟她说过。而且老爷是一向对她很凶的，今天下午也还打过她。”

张爱玲没有直接描写小艾是怎样被五老爷奸污的，只是写了当时的环境：“她在惊惶和混乱中，仍旧不能忘记这是专门给老爷喝茶的一只外国瓷茶杯，砸了简直不得了。她两只手都去护着那茶杯，一面和他挣扎着。景藩气咻咻地痴痴笑了起来。灯光是黯淡的红黄色。”

接着就是陶妈看见五老爷睡在五太太的床上，又听到了小艾在自己厢房里的哭声。过了些天，陶妈又撞见小艾从五老爷睡的房里冲出来，刘妈也说起小艾的反常。由此，读者便有了开放的想象，猜测五老爷是对小艾做了过分的事。

果然，五太太发现了。她心里有着自己的盘算。

“五太太也正是为这桩事情有些委决不下，因为盘问小艾，知道她有喜了。无论如何，总是老爷的一点骨血……五太太甚至于想，自己一直想要一个小孩子，只是不能如愿，他前妻生的一儿一女是和她没有什么感情的，这一个小孩子，要是一生下来就由她抚养，总该两样些吧？但是这孩子生下来以后，却把小艾怎样处置呢？要是留下她，那是越发应了人家说的那话，说这件事情全是我的主谋，诚心地叫自己的丫头去笼络老爷。要是把她打发了呢，倒又不知道老爷到底是一个什么态度。”

五太太在心里斟酌着，不免左右为难起来。小艾受到如此折磨，还是不能解太太们的气，五太太用绣花鞋打她，姨太太用皮鞋踢她。被痛打之后，小艾已经小产了。陶妈告诉五太太，还是一个男孩子。

“五太太听了，不由得有一种莫名其妙的惋惜的感觉。忆妃听见这话，却是觉得侥幸，幸而被她打掉了。”

从南京回到上海后，陶妈的儿子有根喜欢上了小艾，可陶妈不愿意。

后来，小艾喜欢上了对门在印刷厂里工作的青年金槐，陶妈便促成小艾和金槐的婚事。两人幸福了一段时间，最后小艾生病了。医院诊断结果是，小艾的病是子宫炎，需要很多钱动手术，切除子宫。

祸不单行，金槐工作的印刷厂搬迁，小艾与丈夫被迫分离。他的哥哥弟弟及其他家人由于战乱搬了过来，小艾为了维持生计只好去做工。可她身体不好，卧病一年后，金槐回来了，生活眼看着好转起来。

在看似平庸的结尾中，张爱玲赋予了小艾生活下去的希望。

“她知道她不会一辈子住在阁楼上的，也不会老在这局促的地方工作。新的设备和完美的工厂就会建造起来，宽敞舒适的工人宿舍也会造起来，那美丽的远景其实也不很远了。她现在通过学习，把眼界也放大了，而且明白了许多事情。”

前段都符合张爱玲的文笔，就是后面结束得过于仓促，转折较大。张爱玲的文章一般是比较悲的，这篇里的小艾经历这么多悲惨的事情，却有了一个算是比较好的结局。

小艾的一生，是一个平凡女人的悲剧的一生。小说中的时间和空间是被割裂的，人们生活在自己的世界中，根本无暇顾及他人，即使对面相逢，也只是自顾自地走过。

张爱玲给小艾塑造了一个美好的结局，也算是给予了她一丝怜悯之情。

03 >>>>

《小艾》是张爱玲构思多时，一气呵成后才交《亦报》出版的。之前她发现《十八春》写到后来有了漏洞，却无法修补，所以《小艾》一文，她非要待全文写完后，才拿出来出版。

张爱玲在文中写的都是普通人，特别是写了女性在历史和命运面前的无奈与顺从。不管这种变化是否有利，也许小艾死了，就只有金槐会伤心。

小说中的意象描写是理解作品的一个重要切入点，在《小艾》中我们可以发现“镜子”意象的运用和发挥作用。比如五太太对着一面腰圆大镜剪刘海，在镜子中发现了自己的“奇异的命运”，此处张爱玲将镜子赋予了多重意义。在小艾回家时，她的一面腰圆镜子被小孩砸破了。她用一根红绒绳将镜子缚起来，勉强使用着，镜面上横切着一道裂痕。这象征着“破镜重圆”，小艾正是担心镜子破碎，不能让自己远在千里的丈夫回到身边。在金槐离去时，小艾叫他把一只热水瓶带去。热水瓶像镜子一样，也是玻璃做成的，这象征了小艾与金槐的爱情与婚姻的脆弱。在当时的动荡年代，男女之间、夫妻之间的感情，是脆弱的。

还有一点，便是张爱玲在作品中常用的意象，即服饰。在《小艾》中，我们也能看到这样的笔风：“那屋顶上斜搭着一根竹竿，晾着几件衫裤，里面却有一件女人的衣服，一件紫红色鱼鳞花纹旗袍。她忽然想起，前些时有一次看见两辆黄包车拉到八号门口，黄包车上堆着红红绿绿的棉被和衣服……”

这些具有象征意味的服饰，也是有多重意义的“红红绿绿”的颜色，使人视觉上受到猛烈的冲击，引出无边的联想。紫色、红色本来代表的是高贵的色彩，张爱玲喜欢用这些色彩浓艳的词语来描绘服饰，让人觉得，再美的色彩都是凄凉和了无生气的，抑或是让人产生一股子喘不过气的压抑和恐惧之感。

张爱玲曾经说过：“对于不会说话的人来说，衣服是一种言语，是随身携带的一种袖珍戏剧。”

在小说《小艾》里，她同样通过绚丽色彩突出她所表达的主题，让人感悟她所要表达的东西。在张爱玲的笔下几乎看不到纯粹的喜剧。在《小艾》里，张爱玲却将小艾和金槐的感情设计成真情，并给了小艾幸福。这里流露出了张爱玲在其他文章中少有的温情。

小艾的婚姻，虽然有爱情，但她一定比五太太幸福吗？新婚过后，两个人要过的就是漫长而琐碎的生活。常言道："贫贱夫妻百事哀。"小艾经历艰难的生活、混乱的世界、病痛的折磨——这一切都让人感到悲哀。结尾，小艾领养了一个小女孩，她想："现在什么事情都变得这样快，将来她长大的时候，不知道是怎样一个幸福的世界，要是听见她母亲从前悲惨的遭遇，简直不大能想象了吧？"

幸好，张爱玲给了小艾一个充满希望的结局。

第 26 堂：
“现在这时世不兴害臊了”——

以冷峻的态度构建激烈的故事

“极窄的一条石子路，对街拦着一道碎石矮墙，墙外望出去什么也没有，因为外面就是陡地削落下去的危坡。这边一爿店里走出一个女人，捧着个大红洋瓷脸盆，过了街，把一盆脏水往矮墙外面一倒。不知为什么，这举动有点儿使女人吃惊，像是把一盆污水漏出天涯海角，世界的尽头。差不多每一爿店里都有一个杀气腾腾的老板娘坐镇着，人很瘦，一张焦黄的脸，头发直披下来，垂到肩上；齐眉戴着一顶粉紫绒线帽，左耳边更缀着一颗孔雀蓝大绒毬——也不知道是什么时候兴出来的这样的打扮，倒有点儿像戏台上武生扮的绿林大盗，使过往行人看了很感不安。”

——《秧歌》(1957 年)

01 >>>>

张爱玲到香港是出于多重考虑的，她与姑姑相约互不通信，因为她担心别人得知其去向后对自己不利。所以当她的弟弟张子静去探望姐姐时，张茂渊只是开了一条门缝，说了一句“你姐姐已经走了”，之后便关上了门。

显然，张爱玲是想和过去做诀别。

当她又重新回到香港大学后，那些留在记忆里的青春岁月又如梦般展现在她眼前，学校里的一砖一瓦都让她有久别重逢之感。

但张爱玲还没来得及抒发自己的情感，现实的生存问题就摆在了面前。由于没有经济来源，她向复读的香港大学申请了补助金。但区区一千元无法维持她的日常开支，最后她还是不得不中途辍学。

在香港这个充满物欲的城市里，张爱玲只想尽快找一个可以谋生的工作。

这时，她看见了一则为海明威的小说《老人与海》挑选翻译者的广告，便立即来了兴趣，寄去了报名表。接到张爱玲报名表的是红学家宋淇，他当时是驻香港办事处的行政助理。

当“张爱玲”这三个字出现在眼前时，宋淇不敢相信这是真的张爱玲。他起初以为是有人同名同姓，等约见后才恍然大悟，原来她真的是鼎鼎大名的女作家张爱玲。

百感交集的宋淇没有再选择别人，而是直接将翻译任务交给了张爱玲。两人后来又有多部作品的合作。在翻译欧文的小说时，张爱玲实在不喜欢这本书，就像她与极不喜欢的人对话那般无可奈何，但还是要继续下去。

她整天躲在宿舍里翻译作品，基本上足不出户，只有宋淇和邝文美去看过她。在翻译作品的同时，张爱玲也创作了一些小说，《秧歌》就是值得一提的作品。

从书名上看，《秧歌》是张爱玲转型的代表作品，描写的是1950年到1952年之间的江南的农村生活，场景围绕上海周边的那些村落展开。那里有水路和铁路连接着上海，与繁华的上海滩相比，简直就是人间地狱，一脚踏进小镇就能闻到露天茅厕散发的臭气。

“都是迎面一个木板照壁，架在大石头上，半遮着里面背对背的两个坑位。接连不断的十几个小茅棚，里面一个人也没有。但是有时候一阵风吹过来，微微发出臭气。下午的阳光淡淡地晒在屋顶上白苍苍的茅草上。差不多每一爿店里都有一个杀气腾腾的老板娘坐镇着，人很瘦，一张焦黄的脸，头发直披下来，垂到肩上；齐眉戴着一顶粉紫绒线帽，左耳边更缀着一颗孔雀蓝大绒毬——也不知道是什么时候兴出来的这样的打扮，倒有点儿像戏台上武生扮的绿林大盗，使过往行人看了很感不安。”

初次登场的两个“老太婆”和“小贩”互相认识，为了买糖和送糖产生了一系列的心理变化——张爱玲的文字功力，仅从一小段表情上就见了分晓。

“两人推来让去好一会儿，那两根亮莹莹的白花点子小黑棒渐渐溶化了，粘在小贩手上。他虽然面带笑容，脸上渐渐泛出红色，有点儿不耐烦的样子。费尽唇舌，那老太太终于勉强接受了，满腔委屈地辞别了他，蹒跚地走开去。她这一转背，小贩脸上的笑容顿时移转地盘，在老太婆的脸上出现。他板着脸挑着担子走了，她却是笑吟吟的，小脚一拐一拐的，走过那一排店铺与茅厕，出了市镇，向官塘大路上那座白粉墙的亭子走去。”

老太婆没出钱拿了糖，却像是“满腔委屈”，而卖糖的小贩笑着脸送糖之后才板着脸，两个人转身的瞬间心情大变。两个人“人前一套，背后一套”，反映出人性在利己和利人之间微妙的变化。人性总有虚伪的一面，占了便宜的要当面表现出硬塞的委屈，心里却是满心欢喜。

02 >>>>

《秧歌》侧重讲的还是女人的故事，叙事也是用女性视角来叙述的，这是她的强项。

女主人公叫月香，她不过是个普通的农民，在上海帮佣。但她的生与死、爱与恨却是农民世界中的一则传奇。

对于月香的相貌，张爱玲没多描写，仅用“漂亮”“美丽”之类的形容词笼统说明。在这里，张爱玲用旁观人和爱慕者的视角来表现出月香的美貌。

“她到了夏天，脱了棉袄，不知是什么样子？”

读到这里，读者们自然而然地就会想到，月香在夏天的时候应该比现在更加美丽动人。

“她把那美丽的身体斜倚在桌上……这是夏天，她不穿棉袄，而是穿一条柳条布短衫。衣服尽管宽大，那直条子很能表现出曲线来。”

这些美好的想象，张爱玲是通过顾冈的心理想法表达的。顾冈是从上海城里来的，他住在月香的家里，答应替月香和她的丈夫在上海找工作。月香并不讨厌这个城里人，甚至有的时候还要和他调调情。好像农村的月香从顾冈那里能更接受城里一般，村里没有人能比得上他。

月香想巴结这个城里人，冬天的晚上，她给顾冈送上几块炽炭。也许这仅是农村妇女的善良。可当顾冈偷偷买回干红枣和茶叶蛋自己吃却被月香发现后，她又开始讨厌起这个城里人来。这是从主动示好到蔑视的过程。

金根是月香的丈夫，他对妻子既爱又恨。月香在上海帮佣的时候他总盼着她回来，但回来以后他又觉得妻子像半个城里人，与他这个农村人有了隔阂。

月香为人精明，在家人受到委屈时表现得很泼辣，虽然和丈夫有些不和，但当有人言语冒犯金根时，她会毫不犹豫地维护自己的丈夫。

“她说这样的话是真心护卫她，但是她非常不爱听这样的话，就像是人家都觉得金根偏向着他妹妹，都替她抱不平。”

“一个做长辈的也不像个长辈！年纪都活到狗身上!”

可从城里回到了农村家里的月香并没有多少喜悦，毕竟她不是心甘情愿的。

她看见村里到处蔓延着无边无际的“饥饿”，尽管长辈谭老大、谭大娘还小心翼翼地竭力掩饰，并说一些口号和标语式的话，但月香已经看破玄机了，她开始后悔。

家人每日只能以“只见水不见米的米汤”配青草果腹，同村的村民都在饥饿中煎熬着。她疼爱的女儿阿招在嚷着肚子饿，只要家里有一点儿食物，丈夫金根都会毫不犹豫地给阿招。这时，金根的妹妹金花要嫁到邻村去，也是被贫困与饥饿逼迫的。

从城里回来的月香被借债的乡亲们包围住了，连她的亲娘和亲戚谭老大也来借钱。显然，月香微薄的钱很难让所有人满意，尽管他们开借的仅仅是城里一副油条早点的数字。

年关到了，饥饿已经让人们到了悬崖边沿了，山村笼罩着一股死亡的气息，却还要“每家摊派半只猪，四十斤年糕，上面挂着红绿彩绸，由秧歌队带领，吹吹打打送上门去”。月香为了息事宁人，就将自己仅有的一点儿钱拿了出来。金根被月香的妥协激怒了，对自己深爱的月香大打出手。

村民为了一口粮食，在金根的带领下闹了起来。金根怕连累月香，就自沉于冰冷的水底自杀了。月香发现时，金根已杳无踪迹。最后，她悲愤地回到村里，把自己的满腔怒火当作火种，烧掉了屯着粮食和蚕丝的粮仓，自己也化为灰烬。

在《秧歌》这部小说里，月香和金根之间的爱情虽然是含蓄的，但在大难临头的时候却又显示出浓烈的感情来。这是一部让人落泪的小说。

在特殊的历史时期，爱情表现得较为朴素。

张爱玲将这悲凉、哀伤又无奈的故事讲得很是平淡，但越是平淡越是震撼人，淡淡的字里行间弥漫出来的饥饿、恐惧的痛苦，更是让人不忍直视。

03 >>>>

张爱玲在《秧歌》里运用了电影镜头的写作手法，逐一扫过村落小镇的街道，以确定和预设要描述的故事的悲剧性基调，让“秧歌”的喜庆喧嚣成为一种冷峻的嘲笑。

在小说《跋》的最后一句，她这样写道：“这些片段的故事都使我无法忘记的，放在心里带东带西的，已经有好几年了。现在总算写了出来，或者可以让许多人来分担这沉重的心情。”

对于人物逆来顺受的悲惨命运，张爱玲心中是充满悲悯的，但作为一个作家，她能够做到的，只是将它平淡地写出来。

整部《秧歌》的叙事结构也是饶有意味的：一条叙事线是村民如“饿

鬼”般的挣扎，写实性较强；另一条叙事线是虚无缥缈的，用心理活动和回忆呈现出另外两位人物，即王霖和顾冈。

张爱玲运用嫁接式构思和全知视角，从高处审视着作品中人物的灵魂，充当着审判员，以冷峻的面目构建出结局。

除小说《秧歌》以外，有一部同题材的小说，那就是《赤地之恋》。它讲述了一个青年对祖国的眷恋之情，充分表露了主人公圣徒般的爱国心和牺牲精神，寄托了张爱玲自己的感情和愿望。她对人性其实有一种深刻的洞察力。对暴力的憎恶也使她难以对现实生活无动于衷。

《赤地之恋》就是她三年观察与体会的结果。她以细腻的笔触复制了20世纪50年代初期的真实气氛，揭露了城乡生活中的虚伪和残暴，也鲜明地表达了一个爱国者的立场和感情。

在1955年的秋天，张爱玲在友人的帮助下，以“难民”的身份获得了去美国的签证。1952年到1955年期间，她的小说《秧歌》和《赤地之恋》先后在《今日世界》连载，同时在纽约以英文形式出版。

离开香港的时候，张爱玲依旧穿着她心爱的旗袍，有着流苏的披肩在维多利亚港的海风下徐徐晃动。她把最美好的时光留在了香港。伫立在码头上的她，无比怅然。已经三十五岁的张爱玲回望了一眼，对着香港这座令她挂念却又无法继续留下来的城市轻叹了一声。如果没有战争，想必她的生活又是另一番景象，然而个人的力量总归抵挡不住时代的步伐。

仅是那么一瞬间的情绪，张爱玲就已泪眼婆娑。她登上即将远航的“克利夫兰总统号”轮船，并向岸上的宋淇和几位友人挥手。她要离开这里了，将再一次离别，再一次飘零。

第 27 堂：

“对别人太好了，就会忘了自己”——

如何将一部小说改写成电影剧本

“一位中年的中学教师丧妻后，为了儿女一直未续弦。他的女儿非常懂事，在家中担起母职，照顾父亲和两个弟弟，对自己男友的多次求婚都未应允。父亲在学校里有一位非常谈得来的女同事，多年交往，感情渐深，至论及婚嫁时，他把这情况告诉女儿。女儿见林家的后母虐待前妻所生之女，怕自己的后娘虐待两个幼弟，心中很不乐意。而两个弟弟得知爸爸要娶后娘，竟然离家出走。父亲和他的女教师朋友，女儿和他的男友，一起四处寻找他俩。终于他俩在母亲的坟前被女教师找到。看到父亲将给他们带来的是一个善良的妈妈，他们终于将她迎进了自己的家。”

——电影《小儿女》（1963 年）

01 >>>>

张爱玲从小说走到荧屏，这种转变，是偶然中的必然。

小说改编一直是影视剧本创作的重要途径，并且由此产生了一大批经典作品。面对一部内容丰富的小说，是如何改编成剧本呢？

首先，要从小说的几个特点入手。小说有主题多议性，人物众多性，情节枝繁叶茂性，环境气氛描写抒情化等特点。常见的方法，是从原著中节选出相对完整的部分，加以改编。

改编剧本，需要提炼小说中的主要情节、主题、风格、人物性格特征，并按照原著的前后发展将其用电影叙事语言罗列出来。将原著中同一类型的人物加以合并，按情节选取的需要选择能表现人物性格特征的情节以及能推进剧情发展的内容。

张爱玲就喜欢将自己的小说改编成剧本，或是将自己的剧本改写成小说。

她的小说，着眼于人性的复杂性，写出了人在特定环境中的超出常理的表现，故事细致而意象丰富，极富电影感。这就是张爱玲的小说受导演们喜欢的原因之一。

她喜欢电影。张爱玲的电影剧本的高产时期是在离开香港之后。

1955 年 1 月 25 日，在纽约曼哈顿区八十街一座普通的公寓内，胡适在这个全球最富庶的城市非常仔细地读着一本关于饥饿的故事的书，那本书就是张爱玲的《秧歌》。这是几个月前张爱玲寄给他的。

在当天的日记里，胡适真诚地写道：“我读了这本小说，觉得很好。后来又读了一遍，更觉得已能做到‘平淡而近自然’的境界。近年所出中国小说，这本小说可算是最好的了。”

情绪激动的胡适给张爱玲写了一封信，信中说：“如果我提倡这两部小说的效果单只产生了你这一本《秧歌》，我也应该十分满意了。”

张爱玲在前往美国前，就遵照胡适的意思，寄上了小说《秧歌》和小说集《传奇》《流言》，还有《赤地之恋》的英文本。

1955年的秋天，到了纽约后的张爱玲，迫不及待地和炎樱前往胡适寓所进行拜访。

她在《忆胡适之》中回忆了当时的景象：“那条街上一排白色水泥方块房子，门洞里现出楼梯，完全是港式公寓房子，那天下午晒着太阳，我都有点儿恍惚起来，仿佛还在香港。上了楼，室内陈设也看着眼熟得很。”

在胡适公寓的客厅里，张爱玲似乎有一种拒人于千里之外的高贵气质。她寡言多思，还好炎樱活泼，不至于让聊天陷入沉闷之中。

见到张爱玲后，胡适有了一个发现，并记录在自己的日记中：“幼樵（佩纶）在光绪七年（1881）作书介绍先父（胡传，字铁花）去见吴愙斋。此是先父后来事功的开始。”

胡适告诉张爱玲，在不久以前，他在书摊上看到张爱玲祖父的全集，因没有买而感到遗憾。张爱玲的祖父张佩纶写过《涧于集》和《涧于日记》，胡适称的全集应该是这两本。

然而，对于胡适所讲的张佩纶，张爱玲却印象模糊，因为张爱玲的祖父过世得早，当时她的姑姑都还未记事，家中的人也很少提起张佩纶。偶尔她父亲的朋友来访时，她才会听到一两句，开头便是：“我们老太爷……”

对于祖父的故事，张爱玲也是后来看了小说《孽海花》才隐隐了解到一些。

这是一场愉快的拜访，虽然张爱玲不善言辞，但胡适十分通人情，在张爱玲接不上话的时候，总会转换话题。他对这位年轻有才气的女作家，表现出无与伦比的惜才之心。

到纽约的第一个感恩节，张爱玲和炎樱受到了当地人的邀请，前去参加家庭聚餐，“一顿烤鸭子吃到天黑”。这是张爱玲在《忆胡适之》中提到的让她记忆犹新的事。她在吃过鸭子后，就肠胃犯病呕吐不止。

恰巧在这个时候，胡适打电话来，约张爱玲去中国馆子吃饭。

张爱玲不好意思地告诉他：“刚吃了，回来吐了。”

胡适听后让张爱玲保重身体。他也没有特别要过节的意思，只是担心她初到异邦在节日时触景生情。

出于礼节，胡适又在 11 月 10 日回访了住在职业女子宿舍的张爱玲。这是救济贫民的宿舍。张爱玲请胡适到客厅去坐，里面黑洞洞的，足有学校礼堂那么大，还有讲台和钢琴。

张爱玲也是第一次到这里的客厅来，看着空空落落的客厅仅放着几张旧沙发，无可奈何地笑了笑。

胡适却觉得很好，坐了一会儿出来，他一路四面看着，仍旧觉得挺好。临走的时候，张爱玲送胡适到大门外，两人站在台阶上，又说了一会儿话，依依难舍。

张爱玲在《忆胡适之》中记载道：“适之先生望着街口露出的一角空磅的灰色河面，河上有雾，不知道怎么笑眯眯的老是望着……我也跟着向河上望过去微笑着，可是仿佛有一阵悲风，隔着十万八千里从时代的深处吹出来，吹得眼睛都睁不开。”

这里的意思有好几层，特别是“十万八千里从时代的深处吹出来”是有所暗指的，她对于“时代的风”，眼睛都睁不开。似乎是她不想睁开，或是睁着看不清，就像是在拒绝这股风。

她记起自己的姑姑曾经是那么喜欢胡适，珍藏着一本《胡适文存》。

这本书还是张爱玲的父亲借给姑姑看的，有一阵子，兄妹闹翻脸不相往来，张爱玲的父亲还提及姑姑有两本书借了没还给他，姑姑也是不好意思地说："他这套书倒是好的。"

张爱玲的母亲与胡适一同打过牌，对胡适儒雅的风度大加赞赏。有一次偶然看到报刊上刊登的胡适照片，胡适打着大圆点的蝴蝶式领结，笑得像个孩子，她还说："适之这样年轻。"

这次胡适的拜访，也是张爱玲最后一次见到他。

1962 年的 2 月 24 日，胡适在主持一场酒会时突然面色大变，摔倒在地，在场的人都手足无措。直到有人打电话报警，向医院求救。医生赶到后立即实施抢救，但是胡适始终没有苏醒过来，于晚上 7 点 10 分，心脏永远停止了跳动。

02 >>>>

在海外的这几年里，张爱玲一直笔耕不辍，将小说创作的主要精力放在了编写剧本上，先后写了《情场如战场》《人财两得》《桃花运》《六月新娘》《南北一家亲》《一曲难忘》等多部剧作。

《小儿女》是王天林执导、张爱玲编剧的电影。男主角王鸿琛是一名教师，他的妻子早年过世，留下一个女儿景慧和两个儿子景方、景诚。

电影中充满了张爱玲对上海市井之情的留恋，她将这种感情移植到了香港，特别是剧中反复出现的"螃蟹"，体现了她对故乡风物的惦念。

故事从一辆公交车上开始，景慧和中学同学孙川因为一场误会而互生好感。

两人多次约会后，感情突飞猛进，这让她父亲心头略宽，有了续弦的意思。父亲王鸿琛和他的女同事李秋怀交往甚多，这自然引起了女儿景慧的不满。因为她家对门住着一户续弦的人家，那继母整日无理地打骂孩子。这极大影响了景慧，她对家庭中的后母有反感情绪。她怕将来后母会刻薄两个幼弟，经过思量，她向孙川提出分手，打算外出求职，赚钱后独立抚养幼弟。

景慧故意乔装打扮后，来到李秋怀的学校应征教员。她本来想通过自己的了解，怀有敌意地揭露李秋怀的缺点，不料却被李秋怀的善良感动。

孙川放不下景慧，重又回到了王家，让景慧感到无比温暖。两个弟弟看着姐姐和孙川似乎要结婚的样子，想到父亲还要娶个后母，觉得他俩就要被遗弃了。景方和景诚跑到生母的墓前哭诉，结果在狂风暴雨中受困于坟场。

天黑后，兄弟俩依旧迟迟未回家，家人都担心不已。得到消息后，李秋怀也同样很着急。她四处打探都未找到兄弟俩，忽然她想到王鸿琛带她去过前妻的墓地。

李秋怀一路小跑来到坟场，果然找到了兄弟俩。由于坟场铁门紧锁，两个孩子无法脱身，她冒着暴雨找到坟场管理员，给两个孩子解了围。看见李秋怀带着自己的两个弟弟回来，景慧对李秋怀的误解也彻底消除了。

《小儿女》的剧情并不复杂，只是讲了一个家庭遭遇变故后如何在重建家庭前消除顾虑的故事。

这是个通俗电影，张爱玲在编剧时，对场面里的细节处理得相当好，人物的对白也恰到好处，没有一点儿啰唆，象征的手法运用得很到位。

在公交车上，景慧被螃蟹夹住衣裙，这就预示着男女关系纠缠不清的困境；之后，王家两个弟弟被困坟场，欲跨越铁栏而缺乏气力，整个喻象就像是张爱玲童年经历的投射。

这样的情景，在这部《小儿女》中随处可见，特别是景慧对后母的那份担忧，就有具象的故意表现。此剧分场清晰、层次分明，后段采用多线发展，收束有力，亦显出张爱玲把握情节剧的功力不同寻常。

03 >>>>

张爱玲在《小儿女》中塑造了两个了不起的女性角色，一个是王家女儿景慧，一个是人到中年的秋怀。景慧为了照顾父亲和两个弟弟，年纪轻轻就变成了操持一家人生活的“代理妈妈”。秋怀是个孤儿，一手带大了弟弟妹妹们，结果错过青春，过着单身的日子。

这两位女性不仅对家人展现着无私的爱，面对爱人，同样坚贞不渝，舍己为人。

景慧怕耽误了孙川的未来与前途，佯装喜欢上了有钱的医生，其实是去找了个清苦的工作。秋怀不想破坏王家其乐融融的家庭生活，宁愿自己忍受寂寞和误解。

她们对待爱情的出发点很高，很难得。两人在学校相遇后产生了一种“惺惺相惜”的感情。也许是因为她们在对方身上看到了自己的那一点牺牲，却又忍不住提醒对方，不要牺牲自己过了头。

善良的人总是这样，对别人很好，却忘了自己。

《小儿女》从女儿的视角描述了中年父亲丧偶后再娶给孩子们带来心理负担的阴影，以及如何逃脱这一阴影的故事。开明的景慧默默承受，处处谨慎，并受到秋怀乐观的感染，采取行动去调和、化解两代人之间的矛盾。

影片既不强调女性的柔顺美德，也不标榜开明，而是淡淡地描写人性与人伦。在弟弟失踪后，景慧对男友说：“如果他们出了事，我一辈子也不会原谅我自己。”这一句话绝对源于张爱玲的自身感想，女性才会有那种自责与愧疚。

另一个镜头，秋怀在与王鸿琛一同扫墓的时候说：“我没法儿和回忆竞争。”

短短九个字，瞬间就道出了沧桑。只有经历过的人，才能说出这样的话，也只有过来人，才能懂得这样的痛。那一层被岁月雕琢过的心境，在秋怀身上显得既高贵，又悲伤。落日黄昏般的美貌逐渐消沉，取而代之的是在进与退之间的徘徊。

王鸿琛回应她一句：“我也不能靠回忆过日子啊。”

这是“张爱玲式”的小说——你说女人有多痴，她宁愿和回忆去竞争；你说男人有多痴，他宁愿抛下回忆以守住今夕。

而大团圆的结局，说是有意为之也罢，顺水推舟也罢，终究是张爱玲的心意。既然说的是小儿女，那么就应当是大团圆。

张爱玲的人生阅历告诉她人情冷暖的道理。母亲的爱是无人能够取代的，电影里也几次提到亲妈和后妈的对比，这是张爱玲无法避开的话题。当时的她已经收敛了骨子里的锐利，转而去向一种更加舒坦的境地里走去。这种变化体现在电影里，就是她的妥协与改良，她的谦卑与功利。

在此不得不提，1956 年在纽约的张爱玲和赖雅结婚，她继女的年纪和她一般大。拍《小儿女》的时候，张爱玲就感受到了当后妈的那种纠结、悲悯的情感。

第 28 堂：

“时间将他们的关系冻成化石”——

场景细节描写与小说可信度

“小店都上了排门，石子路上只有他一个人踉踉跄跄走着，逍遥自在，从街这边穿到那边，哼着京戏，时而夹着个‘梯格隆地咚’，代表胡琴。天热，把辫子盘在头顶上，短衫一路敞开到底，裸露着胸脯，带着把芭蕉扇，刮喇刮喇在衣衫下面搧着背脊。走过一家店家，板门上留着个方洞没关上，天气太热，需要通风，洞里只看见一把芭蕉扇在黄色的灯光中摇来摇去。看着头晕，紧靠着墙走，在黑暗中忽然有一条长而凉的东西在他背上游下去，他直跳起来。第二次跳得更高，想把它抖掉，又扭过去拿扇子撣。他终于明白过来，是辫子滑落下来。”

——《怨女》(1965 年)

01 >>>>

1956 年 8 月，张爱玲和赖雅结婚了，无论是否幸福，他们决定在一起。

他们举行了简单的婚礼，携手游遍了纽约，只当是一次蜜月旅行。张爱玲把这个消息告诉了远在伦敦的母亲，母亲很是高兴。在她看来，赖雅虽然年长自己女儿三十多岁，有些配不上女儿，但是女儿总算有了一个依靠，不至于孤苦伶仃了。

这位一生漂泊的母亲，就在女儿婚后的第二年病逝于英国。母亲去世前，张爱玲给她寄去了一百美元和一封信。母亲的遗物——一个装有古董瓷器的大木箱，也漂洋过海运到张爱玲那里。直到见着母亲的遗物，张爱玲才号啕大哭起来。

关于黄素琼晚年的生活，文字记载得很少。当年她的友人邢广生回忆道："不曾从黄素琼口中听闻其身世背景。"

母女两人互不往来，在黄素琼死后，张爱玲的心中却感到了一丝母亲的温情，其实在母亲离世之前，她曾收到过母亲发来的电报，但她没有理会。张爱玲与母亲的隔阂，如一座座重山那般，直到母亲的弥留之际，她也无法原谅母亲。黄素琼的一生，也是让人同情的。

其实，回过头来看张爱玲，她也是被原生家庭折磨得苦不堪言的。

再婚后仅过了两个月，赖雅便中了风。赖雅虽然挺过来了，但在生活上完全依靠张爱玲。他们居无定所，靠张爱玲的稿费为生，常常为夜宿何处悲哀，甚至为一顿饭发愁。他们唯一的安慰就是彼此在一起，只是当初相见恨晚的惊喜，已经被岁月消磨得荡然无存了。

或许这就是张爱玲不可逃脱的情劫。当年她为胡兰成芳华落尽，如今又要为赖雅艰辛耕耘。她是一个女人，却一生未享受过女人该拥有的幸福。

1958 年 12 月，当时住在加州的张爱玲意外收到了胡兰成的《今生今世》，由月刊新闻社出版。这本书是一本自传体的随笔，写了胡兰成及与其暧昧的女人，其中便包括张爱玲。

“我与爱玲亦只是男女相悦。子夜歌里称‘欢’，实在比称爱人好……我们虽结了婚，亦仍像是没有结过婚。我不肯使她的生活有一点因我之故而改变。两人怎样亦做不像夫妻的样子，却依然一个是金童，一个是玉女。”

这是胡兰成的原话。猜不出，几经坎坷的张爱玲，陪伴在赖雅身边，看到前夫如此这般的表述，心中是否再有涟漪？答案应该是不容置疑的，因为后来她以《小团圆》来回复对胡兰成爱的期待，并希望远在异邦的他能看到。

第二年的五月，张爱玲前往旧金山，住在布什街的公寓里。不久，她收到了美国入籍通知书，随后加入了美国国籍。这一时期的张爱玲以创作剧本为主，同时翻译了一些海外的著作，如辛克莱·路易士、欧纳斯特·海明威以及托马斯·沃尔夫三位作家的作品。

《怨女》这部长篇小说其实是根据短篇小说《金锁记》改写而成的。两者篇幅不同，又受写作的时间和地点的影响，存在差异性是必然的。张爱玲在《怨女》中添加了一些情节和主观性的文字，于是两部小说的风格显得更加不同。

1956 年，张爱玲凭着英文版改写的《金锁记》，获得了爱德华·麦克道威尔写作奖金。这本书起先叫《粉泪》（*Pink Tears*）。让张爱玲没有想到的是，1957 年 5 月，小说《粉泪》被司克利伯纳公司退稿。出版受挫，张爱玲沮丧病倒，情绪极为低落。小说《粉泪》后来又改名《北地胭脂》（*Rouge of the North*），于 1967 年在英国凯塞尔出版社出版。

1965 年，《怨女》在台北出版。张爱玲将《北地胭脂》译回中文，重新取书名为《怨女》。

02 >>>>

张爱玲的小说注重场景的现实感，她将细节精确化，给作品增加了可信度。

小说《怨女》以主人公柴银娣的故事为主线，细致入微地刻画了一个纯真的少女走向堕落的过程。人物形象塑造所显示的心理上的“空白”，主要体现于柴银娣在爱情与金钱方面的矛盾心理。通过对她内心的情感世界的描写，张爱玲写出了其一生悲惨的命运，同时揭示了当时社会堕落的现实问题。

可以说，柴银娣并非仅仅出现在文学作品之中，她存在于当时社会的每一个角落。可以说，她们的悲剧命运，是黑暗的社会环境导致的。

在父母的催婚下，子女迅速结婚，以求得“稳定”的家庭。结果，三代人都没有稳定下来。刚开始，子女对祖辈的这种想法感到反感，到最后竟然认同并生活在不幸之中。

张爱玲也说：“人家一定说她嫁得不好，她长得再丑些也不过如此。终身大事，一经决定再也无法挽回，尤其是女孩子，尤其是美丽的女孩子。越美丽，到了这时候越悲哀，不但她自己，就连旁边看着的人，往往都有种说不出来的惋惜。漂亮的女孩子不论出身高低，总是前途不可限量，或者应当说不可测，她本身具有命运的神秘性。”

她的伏笔暗示着女性的命运，越美丽的越悲哀，几乎无法控制自己的命运，一旦结婚后，就有了各种惋惜。当时在那个年代，婚姻是由长辈来决定的。

柴银娣没有父母，她的终身大事自然由兄嫂来张罗。柴银娣钟情于对面药店的伙计小刘，尽管外婆看中了小刘的人品，相信银娣和小刘结婚后会生活得很安稳，但兄嫂为柴银娣选择了当地的乡绅姚家二公子。银娣希望和小刘一起生活，但考虑到姚家的实力，最终还是同意了这门亲事。

吴婶第一次来到时，欲将柴银娣许给姚家二少做姨太太，柴银娣的第一反应是拒绝。

“银娣又哭又闹，哭她的爹娘，闹着要寻死，这才不提了。”

当吴家婶婶再次来到时，银娣的嫂子问银娣是否愿意，银娣一个害羞的“讨厌”昭示了所有。

在新婚当天，银娣才发现自己要嫁的这个男人患有软骨病，同时伴有哮喘和眼疾，生活几乎无法自理。兄嫂对此事也颇感内疚，但木已成舟，只得劝慰银娣好好伺候丈夫和孝敬公婆。

银娣瞬间从乡野村姑转变为姚家二少奶奶，衣着、环境等都发生了翻天覆地的变化。她很珍惜这个“脱离苦海”的机会，尽管婆婆和妯娌都对她不太友好，但她还是尽量避免和别人发生冲突，做好分内的事情。

小说是以“世家”的家族式为背景的，大老爷过世后，家里的老太太就成了做主的人，整个家族就形成了一个隐性自闭的小世界。

柴银娣是小户人家的闺女，嫁给了大户人家又瞎又弱的老二，后来生了一个儿子，也是没什么出息，为了节省开支，把女佣人收了房。

这家的老大求官，风光一时，“因朝中无人”，也就栽了；孱弱的老二逆来顺受，天生残疾，每天躺在病床之上；老三风流成性，有女人缘，爱女人，靠吃女人过活一辈子。大老爷在五十三岁时死了，留下两个姨太太为他守节。柴银娣忍受着妯娌的冷嘲热讽，哥嫂的阿谀奉承。等到丈夫死了，儿子大了，她终于拿起了“主宰”这把剑，却日复一日地麻木和肆意着。

在《怨女》中，张爱玲将焦点放在了银娣一人身上，将素材定位于最平常、琐碎的无聊生活中，揭示出主人公在这一环境下的无奈、心机和压力。最终，这部小说成了人们眼中的毫无灵魂的人性作品。

人物形象塑造的心理“空白”，让读者看到一个涉世未深的小姑娘的无奈与苦楚，她不知道自己嫁的丈夫长什么样，只知道金钱决定一切，金钱是万能的。

在爱情与金钱上，柴银娣选择了金钱。她也只是平凡世界中的一位，她是钱的奴隶。此处人物心理描写的“空白”，为后文的拜金女形象奠定了基础。

如果此时她犹豫再三，反复琢磨，也许会减少人物形象的可塑性。

03 >>>>

在《怨女》中，张爱玲开始用平淡自如、缓慢的写作节奏来描述，回顾了传统古典小说的创作。

在原故事情节的基础上，她进行了大量的细节描写，对行将没落的封建大家族的日常生活进行了细致描写和还原，从而使身处家族之中的主人公银娣在人际交往圈内的处境更加清晰地呈现出来。尤其是在表述银娣的内心活动时，张爱玲用大量细致绵长的视角来表达故事，以主人公的内心来引导读者对故事的感知和理解。

银娣由于长期的物质缺乏而没有安全感，这种安全感的缺失使其最终选择放弃内心的真实情感，并且选择了一条看似更加稳妥奢华的婚姻道路。这也注定了其悲剧的一生。

对物质的渴望使银娣选择了一个残疾但有钱的少爷，她企图改变自己的命运和社会地位。传统思想将女性置于男性的掌控下，置于权力与欲望的最底层。但她嫁的姚二爷带有哮喘病，人缩成一团。

丈夫的缺陷让柴银娣开始陷入狂热的欲望之中——对身体的欲望、对金钱的欲望、对爱情的欲望。丈夫的软弱无能与得过且过的生活态度以及对金钱有限的使用权，均满足不了她的愿望，于是银娣开始走上疯癫的道路。

为了给姚家生下子嗣，她与三少爷调情。姚三爷成了柴银娣爱情中的替代品。需要男人的她，与姚三爷在感情上有了质的飞跃，而这质的飞跃经不住现实与金钱的考验。想要把爱情握在手中的柴银娣却似握住了流沙，爱情并没有被抓住。

三少奶奶早已发现了三少爷和银娣之间不可告人的秘密，却始终是敢怒不敢言。银娣生下男孩玉熹，婆婆转变了对银娣的态度，这使她在姚家有机会挺直腰板。大量孩子过满月时，按照习俗，娘家要送满月礼，但银娣的兄嫂无法像姚家那样出手阔绰，于是伸手向银娣借钱。二少爷因病重去世，很快婆婆也撒手人寰，姚家上下吵着要分家。

银娣和儿子玉熹分得部分家产和一处房产，离开大家庭单独住。

春节时，三少爷到银娣家骗着向她借钱，银娣第一次心甘情愿地借给了他；第二次三少爷再来时，虽然彼此都没有挑明，可两个人对坐在黑暗的屋子里，渴望爱情的银娣，觉得这也是一种满足。

“在半黑暗中的沉默，并不觉得僵，反而有滋味……他也在留恋过去，从他的声音里可以听出来。在黑暗中他们的声音里有一种会心的笑。”

等银娣想去开灯时，三爷阻止了她。

“她诧异地笑着，又坐了下来，心里说不出的高兴。”

银娣高兴的是什么？高兴的是他们俩到现在还是心有灵犀的，她是爱着他的。可是没想到，三少爷是为了金钱才来找银娣的，并不是为了续旧情。银娣将三少爷赶出家门，三少爷为此十分恼怒，从此不再登门，却在暗地里带着玉熹花天酒地，只为了报复银娣。

柴银娣对儿子变态的禁锢，更是暴露了她的本性。为了把儿子留在身边，她主张给儿子娶媳妇。媳妇娶回来后，她却又一点点地将媳妇折磨致死。占有的欲望使她失去了人性。

在《怨女》中，张爱玲把柴银娣的悲剧嫁接给柴银娣的下一辈女性，正如柴银娣的婆婆对待柴银娣一样。由点及面，整个封建社会里的女性，都或多或少地生活在这种不可抗拒的悲剧命运里。

她为儿子挑选了一个大户人家的女儿，寿芝。但在掀开盖头的那一刻，银娣和玉熹才发现寿芝的真实面容比照片差了很多。银娣仿佛体会到自己出嫁时的沮丧和懊恼，于是经常对寿芝冷言冷语，甚至破口大骂。婚后不久，寿芝便患上了痨病，银娣更是找到了为儿子娶二房的借口，于是把贴身丫鬟冬梅嫁给了玉熹。经不住丈夫的冷漠和婆婆的虐待，寿芝终于含恨而亡。

冬梅为玉熹生下了一儿一女，银娣很是开心。但连年的战乱让这个家不知道还能再支撑多久，银娣和玉熹每日也只能靠鸦片来消磨时间、麻痹自己，等待命运的安排。

《怨女》的开篇，以木匠调戏少女银娣开始，一个活泼耿直的小家碧玉的形象活脱脱展现在读者面前。故事的结尾，以银娣似乎听见有人在门外叫她“大姑娘”结束，给人一种似乎是做了一场长长的梦的错觉。一觉醒来，柴银娣还是麻油店那个泼辣的大姑娘，所有的错误都还可以弥补，所有的爱恨都未曾开始。

《怨女》是正剧，却有悲剧意境。主人公柴银娣的个性并不明显和极端，她可以是我们这芸芸众生中的任何人，或许就是你我，或者你我身上都有她的影子。

步入知命之年的张爱玲创作了《怨女》。较她之前的作品，《怨女》更加成熟，无论是人物刻画、情节设置，还是行文语言都更自然。她在后期想企及的“平淡近自然”的状态，在这部小说中是完全做到了的，而且她还加入了“意识流”，比如在描写女主角的心理活动时，这种写法使得作品读起来更顺畅。

正如王德威所述的：“当银娣最终加入礼教吃人的行列，她所经历过的挣扎，未必亚于一个新女性冲破网罗的壮举。”

《怨女》是张爱玲文学创作的一个进步。她对苍凉主题的执着追求，她对凡人价值的进一步肯定，她对类似题材、不同表达的尝试，都表现了她的“不甘死灭”，表现出她的社会生命力和艺术顽强性。

第29堂：

“宁愿天天下雨，以为你是因为下雨不来”——

用写实风格来处理题材

“九莉快三十岁的时候在笔记簿上写道：‘雨声潺潺，像住在溪边。宁愿天天下雨，以为你是因为下雨不来。’过三十岁生日那天，夜里在床上看见阳台上的月光，水泥栏杆像倒塌了的石碑横卧在那里，浴在晚唐的蓝色的月光中。一千多年前的月色，但是在她三十年已经太多了，墓碑一样沉重地压在心上。但是她常想着，老了至少有一样好处，用不着考试了，不过仍旧一直做梦梦见大考，总是噩梦。闹钟都已经闹过了，抽水马桶远远近近隆隆作声，比比与同班生隔着板壁，在枕上一问一答，互相口试，发问的声音很自然，但是一轮到自己回答，马上变成单薄悲哀的小嗓子，逐一报出骨头的名字，惨不忍闻。”

——《小团圆》(1975年)

01 >>>>

小说中的写实风格是用来传达社会现状的，不遵照常规的叙事模式，或者经典的小说结构。故事走向是对社会现状进行折射或者批判，而不是造梦。

写实小说在描写现实生活本身即生存过程中得到了进一步渲染，冷静地展示着下层社会人们的庸常生态，注重叙写世俗人生，含蓄地表达了对人的生存状态和生活意味的思考。

还原本相，真实地再现小人物平庸普通的生活，对生活琐事进行关注，强调生活的真实性，使写实小说读来真实亲切、生动感人。

张爱玲是生活在传统与现实夹缝中的人，她的作品内容几乎都是来自她的生活。

1967 年，张爱玲极其瘦弱，她带着身患重病的赖雅辗转了几处地方。几乎陷入生活困境的她，申请成为俄亥俄州牛津的迈阿密大学的驻校作家。在写作与照顾赖雅的同时，她又接受了洛克菲勒基金会的资助。

这一年 10 月，在文学创作和婚姻之路上陪伴着张爱玲的赖雅在波士顿病逝。张爱玲放弃了对这个世界的念想——外物、奢念与浮名，她竭力让自己成为一座孤岛。

直到 1975 年，她埋头创作了一部重要的作品——《小团圆》。这是她的束心入笔，是她对胡兰成的隔空回答。

1975 年 7 月 18 日，邝文美、宋淇夫妇接到了张爱玲的信。

“这两个月我一直在忙着写长篇小说《小团圆》，从前的稿子完全不能用。现在写了一半。这篇没有碍语……我在《小团圆》里讲到自己也很不客气，这种地方总是自己揭发好。当然，也并不是否定自己。”

张爱玲在信中，说自己正在写长篇小说《小团圆》，而且这部小说的触因与胡兰成的《今生今世》不无渊源。仅仅隔了几个月，十八万字的《小团圆》的成稿就被寄到了宋家。

邝文美、宋淇夫妇自然是马上拜读，且在十分认真地读完后，给张爱玲写了一封长达六页的信。宋淇担忧此书的自传色彩太过明显，出版困难。

张爱玲听从他的劝告，放弃了急于出版《小团圆》的念头，将之留在身边反复修改，这一改就是二十年。直到她离世的前两年，她还在书信中与宋淇商量《小团圆》的修改事宜。《小团圆》似乎耗费了张爱玲太多的心力。

《小团圆》是张爱玲以自己的身世为蓝本的自传体小说，也是浓缩了张爱玲一生心血的巅峰之作。她以一贯嘲讽的细腻工笔刻画出了最深知的人生素材，那些在她人生中过往来去的辛酸往事、现实人物在此处实现了团圆。

这部《小团圆》被认为是张爱玲最神秘的小说。主人公九莉与张爱玲身世相仿，而她与有妇之夫邵之雍的情感纠葛，像极了张爱玲与胡兰成的过往。因此，这部小说非常引人注目。

小说以最大篇幅写了九莉和她二婶，也就是她生母之间的纠葛。

在封建观念的大家族中，这种过继的事情应该比较多，而这么多年来，九莉想要母爱却无法得到，直至最后母亲与她化解隔阂，九莉的亲情瞬间圆满了——这和小团圆之名有莫大联系。这是内外呼应的写法，故事结尾的地方写了九莉做的一个梦：“青山上红棕色的小木屋，映着碧蓝的天，阳光下满地树影摇晃着，有好几个小孩在松林中出没，都是她的。之雍出现了，微笑着把她往木屋里拉。非常可笑，她忽然羞涩起来，两人的手臂拉成一条直线，就在这时候醒了。二十年前的影片，十年前的人，她醒来快乐了很久很久。”

在《小团圆》的故事中，九莉还是记着邵之雍的。对于燕山，她没后悔过；可是对于邵之雍，她有过最初爱的期待，可惜现实总是催人落泪。

张爱玲就是这么高傲的人，梦只是梦，仅是体现出她是个倔强的人。文章乱中有序，要理解个中深意并不容易。最后，其实她已经脱离了故事，文中涉及的人物已逐个离世。这让人读《小团圆》时有一番伤感。

仅就文学作品而言，《小团圆》与张爱玲早期的作品风格已大不相同，故事本身囊括了历史、政治、爱情、文学等各个方面。

02 >>>>

这部带有自传性质的长篇小说得以出版，与宋淇之子宋以朗关联颇大。有人开玩笑说，正是因为有了宋以朗，才有了张爱玲的作品再一次和大家“团圆”。

宋淇夫妇是张爱玲为数不多的朋友，她大部分著作都是通过宋淇在皇冠出版。他们也见证了《小团圆》的诞生过程，改写了张爱玲的这部自传体小说的命运。

宋以朗对张爱玲的《小团圆》有这样的评价：“有时候她很固执，做出的决定不容他人更改。《小团圆》与其他的小说不同，这是她自己的故事。在她心中，这段历史深埋太久。一旦动笔，恰如洪水决堤，无法再停笔下来。所以，当我父亲建议她做主角设定上的改动时，她宁可不出版，也坚决不改动。”

在这之后，张爱玲也担心人们对“张胡之恋”的兴趣会冲淡作品本身的文学价值，考虑要销毁这部小说，但迟迟不忍心动手。

宋以朗在《小团圆》的前言中说："于是我总会问我那些听众，究竟是否要尊重张爱玲本人的要求，把手稿付之一炬呢？他们亦总是异口同声地反对……张爱玲既然没要求立刻销毁《小团圆》，反而说稍后再详细讨论，证明了不是毫无转圜余地的。"

张爱玲自述《小团圆》时说："这是一个热情的故事，而我想表达出爱情的万转千回完全幻灭了之后，也还有点儿什么东西在。"

"九莉快三十岁的时候在笔记簿上写道：'雨声潺潺，像住在溪边。宁愿天天下雨，以为你是因为下雨不来。'过三十岁生日那天，夜里在床上看见阳台上的月光，水泥栏杆像倒塌了的石碑横卧在那里，浴在晚唐的蓝色的月光中。一千多年前的月色，但是在她三十年已经太多了，墓碑一样沉重地压在心上。但是她常想着，老了至少有一样好处，用不着考试了，不过仍旧一直做梦梦见大考，总是噩梦。"

《小团圆》的开头就为主人公九莉定下了基调——她从小早熟早慧。同时，她有着典型的悲剧性格，甚至给人病态的感觉。

九莉从小被过继给大爷家，因此喊自己父母为"二叔""二婶"。《小团圆》的前两章都是在对家族进行描写，人物名字繁多，辈分错杂，让人怀疑张爱玲怎么会写出如此杂乱无章的小说。《小团圆》同她其他作品有很大不同，小说中运用了大量倒叙、插叙和意识流的写法。书有一半内容都是在写她自己的成长环境、她的家人和亲戚间的琐事，后面才写到九莉和邵之雍的恋情，他们第一次相见就聊了近五个小时。

邵之雍非常欣赏九莉的文学才华，对其可谓一见倾心。

九莉是一个出身于贵族家庭的内敛女孩儿，曾亲眼看见父亲和姨太太一起抽大烟。这也造成了她的心理阴影。由于从小缺乏父母关爱，她的安全感严重缺失。

同时，她又是个既传统又大胆的女孩儿，很快和邵之雍拥抱接吻发生关系。

在《小团圆》里有段情节是这么说的："邵之雍问九莉，你怎么像很有经验？"

九莉回答："都是跟电影上学的。"

她母亲和姑姑都有着新时代女性的思想，爱自由独立。

九莉二十二岁时已写过无数爱情故事，但还没有谈过恋爱，她觉得叫人知道了不好。就在这样的状态下，邵之雍闯入了她的生活。九莉性格内向，爱离群索居，不轻易见人。

一场倾世之恋就这样拉开了序幕，只是好景不长，邵之雍又开始花心了。一年里，他和两个不同的人发生感情和肉体关系，并毫不掩饰地在九莉面前炫耀，以此显示自己的魅力。他不放过生命中出现的任何可以靠近的女性，一生风流。他爱时也是真的爱了，但不会长情于一个女人。

爱情于她是情劫，是灾难，总是以多情开始，以薄情结束。

邵之雍为了与九莉在一起，登报与两任妻子离婚。九莉当时的心情是狂喜的，她认为他对她有爱、有承诺、有行动，最主要还有懂得。从小缺爱的人容易喜欢上年长的，九莉就这样掉入了邵之雍的温柔陷阱里。

03 >>>>

张爱玲的名门出身，她的悲剧性格，她和胡兰成那场轰轰烈烈的恋情，成就了她的传奇人生、文学才华，让她留名于世。但是她完全可以对自己宽容点儿，不让自己终生陷入痛苦的境地。

在《小团圆》里，张爱玲还写道："我是不会要孩子的，哪怕是有钱、有人照料，我怕我会报复孩子。”

看到这样的话，真是让人毛骨悚然。

她母亲和姑姑出国时，把张爱玲丢在了家里。母亲在国外时不断寄钱、写信给她，鼓励她读书，一心栽培她。张爱玲享受了最好的教育，学习钢琴、绘画，取得的成就都离不开她母亲的栽培。

九莉对生她、供她读书的二婶——母亲——是这样评价的：“只是这样说，我是她的感情投资，她只不过是老了想有个依靠。”

九莉出书赚钱后，给了她母亲二两黄金，表示从此两不相欠。她母亲伤心得直抹泪，九莉却很坦然。

在《小团圆》这部小说里，张爱玲写了大量的家庭琐事，甚至还有不伦之恋。如果当初好友宋淇夫妇没有对她进行劝说，这本书早在1976年就已出版，而她很多亲人的隐私就会公布于世，那时他们都还活着——张爱玲真的是个心狠的人。

《小团圆》里还写到，九莉打掉一个四个多月的男婴。而现实中的张爱玲一生无子女，这种凄凉，不能不说是“自找”的。

假如，她最先遇上的恋人是燕山，两人一位是导演，一位是小说编剧，多好。

燕山比九莉只大几岁，看起来甚至更年轻。如果他们俩在一起，那么九莉的情感路要顺利得多，至少不会有这么大的伤害。

燕山曾对九莉说：“邵之雍有支配你的能力，你好像喜欢年老的。”

他有时会听不懂九莉说的话，觉得九莉高深莫测。九莉更无法像爱邵之雍那样爱他。燕山知道九莉子宫受损的事情，还面临着来自家庭的压力，最终选择和另一位女孩儿结婚。

“燕山的事她从来没懊悔过，因为那时候幸亏有他。她从来不想起之雍，不过有时候无缘无故那痛苦又来了……有时候也正是在洗澡，也许是泡在热水里的联想，浴缸里又没有书看，脑子里又不在想什么，所以乘虚而入。这时候也都不想起之雍的名字，只认识那感觉，五中如沸，浑身火烧火辣烫伤了一样，潮水一样地淹上来，总要淹个两三次才退。”

九莉并不后悔与燕山那段短暂的恋情，如果不是燕山，她不知道自己怎么度过那段离婚后的悲伤日子。可能是性格决定命运，她的性格中放不下的情感太多，孤独又让她自恋自爱，不可否认，她的“执念太深”，最终导致了她那孤寂的人生。

在《小团圆》的结局，九莉做了一个梦。梦见她和邵之雍在一起，还有了好几个孩子。

这可能是张爱玲内心的渴望，也是她不死的梦。

她的一生都没有以其他形式获得过收入，编剧也算是一种变相写作。在这个前提下，她的产量可谓非常之低。

在《小团圆》里，她是一个贪财的人，或者说是穷怕了的人。她写作产量低，只能理解为她对作品质量有着近乎变态的自我要求。但是这个“要求”并不是闭门造车，而是对作品一改再改、精益求精，用“食不厌精”来形容，好像更准确。

第30堂：

“偶遇拂逆，事无大小”——

直面人生观的非虚构写作

“小时候看《红楼梦》看到八十回后，一个个人物都语言无味，面目可憎起来，我只抱怨‘怎么后来不好看了？’仍旧每隔几年又从头看一遍，每次印象稍有点不同，跟着生命的历程在变。但是反应都是所谓‘撳钮反应’，一撳电钮马上有，而且永远相同。很久以后才听见说后四十回是有一个高鹗续的。怪不得！也没深究。直到一九五四年左右，才在香港看见根据脂批研究八十回后事的书，在我实在是个感情上的经验，石破天惊，惊喜交集，这些熟人多年不知下落，早已死了心，又有了消息。迄今看见有关的近著，总是等不及的看。”

——《红楼梦魇》（1977年）

01 >>>>

张爱玲运用非虚构性写作手法，直接切入和反映她的人生观。

《红楼梦魇》是张爱玲的一部重要作品，见证了她从作家向学者身份过渡，从写小说转向研究小说。

她用尽一生时间，在这部小说中徘徊。由此可见她对《红楼梦》的痴迷。

张爱玲十二三岁开始捧读石印本《红楼梦》，已将这本书翻来覆去熟读了无数遍。对于这本中国文学经典巨著，她一直怀着郑重的景仰之心。

在上学的时候，她曾创作《摩登红楼梦》。那是个章回体小说，一共五回，回目拟得像模像样的："沧桑变幻宝黛住层楼，鸡犬升天贾琏膺景命""弭讼端覆雨翻云，赛时装嗔莺叱燕""收放心浪子别闺闱，假虔诚情郎参教典"等。

当时，张爱玲的父亲对于女儿展露出的写作天分是十分得意的。

有一段时期，张爱玲和胡兰成相处时，胡兰成学着张爱玲的样子，写的文学也妩媚多姿起来，他想发出不落俗常的见解，大胆地说着《红楼梦》胜过了《战争与和平》。不想张爱玲轻描淡写地应了一声："当然是《红楼梦》好。"

神色之淡然，让胡兰成不免心生惭愧。

1961年，张爱玲想把《红楼梦》改写成剧本。当时她住在宋淇家中，忽患眼疾。在病痛中她完成了剧本，可电影公司并不满意，他们希望将电影《红楼梦》写成一部少男少女的言情戏。

张爱玲写过迎合大众口味的电影剧本，可对于自己奉为“经典”的《红楼梦》，她却不肯亵渎。不得已，她按照香港电影懋业有限公司的要求，赶写了另外两个电影剧本。

1954 年，在香港读到根据脂评研究八十回后“红楼事”的书，她产生了石破天惊之感，仿佛与死而复生的老熟人久别重逢一样。

她对《红楼梦》的不同版本，已经熟悉到不用特别留意，“稍微眼生点的字自会跳出来”。但是，张爱玲一直站在红学的研究潮流之外。

张爱玲按照自己的思路，从源头开始追溯，收集民间存留下来的一个个《红楼梦》修改版本，试图从考据入手，在推敲猜想中还原曹雪芹写作的初衷。

她想在剥离时光附在《红楼梦》上的遮覆之后，还读者一个清晰如初的《红楼梦》。

特别是在哈佛图书馆看了《红楼梦》许多不同版本和有关的研究著作之后，她加强了研究《红楼梦》的决心。

这份研究工作延续了十多年，将属于她的孤寂时光一点一点填满。

她写惯了散文、小说，无法做到考证周全严谨、推论井然有序。她以自己擅长的独辟蹊径的巧言妙语，在读者不经意处点染出新意妙解。

她沉浸在自己心仪的干净世界里，并不在意外界的诧异目光，也唯恐过多地惊动他人，我行我素，竭力活成一个真实的自己。

张爱玲说：“十年一觉迷考据，赢得红楼梦魇名。”

02 >>>>

尽管来到美国后她还在写作，可作品一直没能得到认可，在港台发表的几部作品较以前厚重广博，但失去了她初涉写作时的灵动炫异之才气。

颠沛多舛的生活加深了她对生活与人事的理解，也消磨掉了她内心的幻美诗意，以及对写作的纯粹、高热度的激情。她转向了更加沉稳，也更需要内力的《红楼梦》研究。

《红楼梦魇》是张爱玲到美国以后针对《红楼梦》做的考据工作集锦，是其晚年多年研究的结晶。书中收录了她的七篇研究文章，包括《〈红楼梦〉未完》《〈红楼梦〉插曲之一》《初详〈红楼梦〉》《二详〈红楼梦〉》《三详〈红楼梦〉》《四详〈红楼梦〉》《五详〈红楼梦〉》。

在书中张爱玲说："三大恨事是'一恨鲥鱼多刺，二恨海棠无香'，第三件不记得了，也许因为我下意识地觉得应当是'三恨红楼梦未完'。"

对于小时候看《红楼梦》，她这样评价："看到八十回后，一个个人物都语言无味，面目可憎起来。虽抱怨怎么不好看，但仍旧每隔几年就要从头看一遍。"

《红楼梦》对她的文学创作，起到了一定的影响作用。从张爱玲的多篇小说中就可以看出，她的环境设置以大家族里发生的悲剧为主。

家族里的故事，如《怨女》《沉香屑》《色·戒》里的人物，张爱玲直接或间接地体验过。写出自己熟悉的环境，对张爱玲来说，就像是熟悉的邻居在说家长里短那般，自然流畅。

"梦魇"一词指在睡梦中被噩梦惊醒，老话常把人失常的情景称为"魇住了"，意思类似灵或鬼上身。张爱玲一贯对小说及书的名字非常讲究，对文字的意象在历史中的流传非常注目，《流言》《小团圆》《色·戒》《余韵》等词大有说法。

把"梦魇"作为这一系列工作的标题，表达出张爱玲对《红楼梦》的痴迷、上瘾达到了疯狂的状态，含义激烈而富于感情。而最近出版的《红楼梦魇》又改为《张看红楼》，可能是出版社不同的缘故。

张爱玲的《红楼梦魇》像迷宫和读者玩拼图游戏，偶遇拂逆，事无大小，只要“详”一会儿《红楼梦》就好了。收在这集子里的除了《三详》通篇改写过，其他一路写了下去。

周汝昌说：“只有张爱玲，才堪称雪芹知己，我现今对她非常敬佩，认为她是‘红学史’上一大怪杰，常流难以企及。张爱玲之奇才，心极细而记忆力又极强，万难企及。”

张爱玲的小说以意象绵密著称，细节丰沛，善用比喻，甚至一而二，二而三，生发不断。她的散文不摹写情绪，是非虚构的内心真实独白，用独特的观照乱世的心理方式进行叙述。

她的散文不仅表示她在不同时期的心境与眼光，也常常展示了她独特的文学意见。她在对书画、音乐、服装、电影等其他形式的创作进行评价时，语言犀利，结构清晰。

她的散文的主要观点鲜明，因为她在许多史料的基础上进行分析，加以联系，得到结论。她的精品之作，皆在写序跋之上。她就是个极讲究封面设计与序跋写作的作家，她不以记录成书的背景，或作品的自我评价为满足。

她反而站在一个文学的高点总览全书，有时会很谦虚，但总要构筑一幅开阔、宏丽的图像和全景，并以此为满足。她的散文的文学性极高，不仅格局大，格调也高，常见深思会见，其文字更是铿锵有力，显现大家气度。

03 >>>>

《红楼梦魇》系列文章是张爱玲的散文的一个例外，如同随笔漫谈的读书笔记，没有固定的结构章法，而是让思维自然流淌，迸发出艺术的火花。她收集材料并加以分析，在建立语言风格以后，使用以勤补拙的方法，源源不断地进行创作。

张爱玲深知如何把经历带来的创伤变为材料，一方面对其加以裁剪使用，一方面对其进行理性分析，把自我也分析在内。

她研究《红楼梦》时非常注意区分："通过对曹雪芹写的人物和后来加入的部分进行比较，研究角色原型的修改地方，了解哪些人物是逐渐在创作中自己鲜活起来的。"

在写作过程中，有时设置的人物会活过来，这个活不是说写得好让读者觉得真实，而是人物自己活了，不受作者控制了，他们之间的互动改变了设定。

张爱玲总是会有预设的结局，有基本框架，但是写长篇，当故事发展到那一步，人物会突破框架。她有处理自身经历的材料的经验，并且理解《红楼梦》的作者曹雪芹。在漫长的创作过程中，她改变了处理问题的思路，她的研究是为了证明小说中的人物。

张爱玲所写的五篇文章，分别偏重某一版本，而又不断引用其他版本加以印证。她的分析文章，甚至针对一个人物来来回回进行修改，极尽详细之能事。

《红楼梦》和《红楼梦魇》写作的时间都超过了十年。

在小说《红楼梦》中，前段部分是回顾烈火烹油的生活，以及温馨细腻的闺阁情趣，自传成分很重，人物也相对较少，与曹雪芹的经历相吻合。难怪张爱玲醉心于《红楼梦》世界中的一切，甚至是："偶偶指逆，事无大小，只要'详'一会儿《红楼梦》就好了。"

随着《红楼梦》逐渐展开，许多人物走上了符合逻辑的发展道路，而这个逻辑，就算再创作也脱离不了家族整体衰亡的事实，甚至于曹雪芹自身的思想也接近于“败落乃是自作自受”。之前那些轰轰烈烈，也就为之后家族落败埋下了伏笔。

随着书稿流散，读者增加，反馈成规模，每一个人物的命运都和最后的衰亡密切相关。这一个阶段的修改，逐渐从自身消遣性创作走向严肃创作，揭示命运带给人物的必然与偶然。完善每个人物自身的逻辑，直到为人物套上神话的框子。

面对同一个材料长达十数年，恰恰说明了材料本身对作者有太大的吸引力，有太丰富的意义，有太多可以去解读的角度，有太多可以去填补的创作空白。

张爱玲乐此不疲的原因，在于不能放弃的材料给予内心深处太多震动，是不能遗忘的噩梦。对于长期失眠，做同一个噩梦的人来说，治疗方法就只有找出做梦的原因，那个原因总是极其隐蔽的。写作就是自我剖白的刀，找的过程中歧路不断，但只有坚持写下去才能找到。

《红楼梦》已经融入她的生命和生活之中，要了解张爱玲，不可以不了解这一点。张爱玲的小说是货真价实的市民小说，张爱玲的文学是世俗文学、是市民文学，这点也是从“红楼”来的。

第 *31* 堂：

“笔调淡得甚忽略它的浓妆重彩”——

不同于主流语境的另一种文学风格

“花也怜侬只见花，不见水，喜得手舞足蹈起来，并不去理会这海的阔若干顷，深若干寻，还当在平地上似的，踯躅留连，不忍舍去。不料那花虽然枝叶扶疏，却都是没有根蒂的。花底下即是海水，被海水冲激起来，那花也只得随波逐流，听其所止。若不是遇着了蝶浪蜂狂，莺欺燕妒，就为那蚱蜢、蜣螂、虾蟆、蝼蚁之属，一味地披猖折辱，狼藉蹂躏。惟夭如桃，秾如李，富贵如牡丹，犹能砥柱中流，为群芳吐气；至于菊之秀逸，梅之孤高，兰之空山自芳，莲之出水不染，那里禁得起一些委屈，早已沉沦汩没于其间。花也怜侬见此光景，辄有所感，又不禁怆然悲之。这一喜一悲也不打紧，只反害了自己，更觉得心慌意乱，目眩神摇；又被罡风一吹，身子越发乱撞乱磕的，登时闯空了一脚，便从那花缝里陷溺下去，竟跌在花海中了。”

——《海上花列传》(1981 年)

01 >>>>

《海上花列传》是清末小说，写的是上海十里洋场中的妓院生活，涉及当时的官场、商界，引出千丝万缕的社会局面。

早在1955年2月20日，张爱玲就在写给胡适的信中说道：“我一直有一个志愿，希望将来能把《海上花》和《醒世姻缘》译成英文。里面对白的语气非常难译，但是也并不是绝对不能译的。”

当时胡适就提出张爱玲的写作应当“平淡而近自然”，这一观点在《中国小说史略》中也是对《海上花列传》的经典评语。张爱玲便把它同胡适引用此句的那篇序文紧密联系在一起。

《海上花列传》是一部用吴语方言写的小说，张爱玲将其翻译为通俗版本，改名为《海上花》，并分成《海上花开》和《海上花落》两部，呈现出不同于主流语境的风格。

原作者花也怜侬，即韩邦庆，为松江府人，也就是上海人。他曾到京城应试，落第后回到上海，写些小文换得生活费用，常混迹于“烟花巷”。

1892年，他创办了小说期刊《海上奇书》，由当时的《申报》馆代售，《海上花列传》就是在《海上奇书》上连载的。刊物先是半月一期，后改为月刊，每期刊登《海上花列传》两回，每回配精美插图两幅，该刊总共坚持了十五期，后来停刊。

《海上花列传》是在刊物停办后近一年才完成的。同时作者著有《太仙漫稿》十二篇，采用《聊斋志异》的艺术手法，说“鬼”而不信“鬼”，可见时代风气已转移。

早在19世纪50年代，上海开埠后，华界和租界为了牟利，不禁声色。韩邦庆虽为人淡于功名，潇洒脱俗，但有鸦片瘾又迷恋女色，年仅三十九岁就英年早逝。

《海上花列传》的《例言》评述此书道：“为劝戒而作，其形容尽致处，如见其人，如闻其声。阅者深味其言，更返观风月场中，自当厌弃嫉恶之不暇矣。所载人名、事实，俱系凭空捏造，并无所指。如有强作解人，妄言某人隐某人、某事隐某事，此则不善读书、不足与谈者矣。”

清末的人们说，小说中的人物均有原型，已将真实姓名隐去，如齐韵叟为沈仲该，史天然为李木斋，李实夫为盛朴人，李鹤汀为盛杏苏，黎鸿篆为胡雪岩，小柳儿为杨猴子等。作者以平静自然的笔调，平和冲淡的风格，客观地表现人生，不夸张，不粉饰，只是如实叙来，描绘了清末上海滩世态人生的一个侧面。

一批买了“花翎顶戴”的老爷、少爷和腰缠万贯的纨绔子弟，躺在妓女的怀抱里，一边抽鸦片，一边等官做。他们挥金如土，在千金买笑的同时又常常千金买罪受。而那些老鸨、妓女放出手腕，将他们玩弄于股掌之上，“斩客”毫不手软，动辄数千上万。

封建旧文化培养出来的风流雅士，置国事于不问，整天吃花酒作艳诗。尽管韩邦庆对他们的“风流”多有赞美，可读者感受到的仍是一股庸俗、腐朽、没落之气。

韩邦庆在艺术上有大胆的创新精神，《海上花列传》中人物的对话全部用的吴语。这一尝试，增加了小说的生活气息和真实感，使人物对话时鲜活的表情、神态跃然纸上。

在懂得吴语的读者读来，真是如闻其声，如历其境，如见其人。虽然在韩邦庆之前，也有人用吴语方言写过小说，即《何典》，但它只是使用吴语方言作典故，文学艺术价值并不算高。

《海上花列传》全本系石印本，题名“花也怜侬海上花列传”。作序的时间是“光绪甲午（1894）孟春”。全书出版后，各种缩印复制本以《绘图青楼宝鉴》《绘图海上青楼奇缘》《绘图海上花列传》等名目问世。《晚清戏曲小说目》记载道，清末有五六种缩印复制版本。

02 >>>>

从1967年开始，张爱玲就着手把晚清方言小说《海上花列传》翻译为通俗版本。

1970年，一位在美国读比较文学硕士的学生，到柏克莱加州大学进修，得知张爱玲在这所大学任职，就直接跑到张爱玲住的三楼按门铃，想见一见自己崇拜的作家。

过了许久，一个声音才从门口对讲器里传出："hello!"

这位学生紧张万分，简单介绍了自己的身份，并请求与张爱玲见面。

张爱玲是一副冷冰冰的样子，她以身患感冒为由推辞了。直到学期结束，这位学生寄上了论文《试论〈倾城之恋〉的神话终结结构》，才算打动了张爱玲。

在等待九个多月后，这位学生如愿以偿地靠近了张爱玲，两人约在张爱玲家的三楼见面。

张爱玲的家里干净洁白，给人以"冷淡"的印象，两人坐下来畅谈了许久。张爱玲告诉这位学生，她正在着手翻译《海上花》。

那一段时间里，张爱玲正沉迷于对《海上花列传》进行翻译。她将《海上花列传》视作《红楼梦》之后传统小说的又一座高峰。为了减少书中的吴语对白对读者造成的阅读障碍，她将之尽数译为普通话，希望更多人读到并重视这部小说。

张爱玲有自己的感慨："《水浒传》被腰斩，《金瓶梅》是禁书。《红楼梦》没写完，《海上花》没人知道。”确实，在这些书里，《海上花》最为寂寞。

这部具有浓郁的地域文化色彩的文学作品，充分显示了吴侬软语的方言魅力，换作其他地方的人来读，恐怕再有欣赏水平也读不懂。

张爱玲不厌其烦地尽心翻译着。对于翻译《海上花》，她是有“得天独厚”的优势的，那就是能完全领会文字中的精妙所在。她的普通话版《海上花开》及《海上花落》，读来顺畅许多，但不及吴语版如见时人，如闻时语。

不可否认，《海上花列传》的内容具有写实性。它把妓院作为故事发生的地点，描写的人物涵盖了达官贵人、拉夫走贩。该书就像神奇的万花筒，能够让人看透人性的善与恶。

《海上花列传》是体现当时南方半殖民地化下的畸形繁荣景象的都市风情长卷小说。小说以细分毫芒的笔触描摹各种场景，将上海十里洋场光怪陆离的世相凝于笔端。其中聚集了妓院这个罪恶之渊，从中可以看到烟花巷里如万花筒般的浮华世界。

小说主人公赵朴斋本是一个未见过世面的农村青年，一进上海滩便禁受不住花花世界的诱惑，一头栽进了甜梦之乡。为了一尝色界禁果，不惜将财物当尽卖光，沦为车夫，仍痴迷不悟。

他的妹子沦落为娼，他自己则当了妓院大班。对此，他非但不以为耻，反而趾高气扬，衣履光鲜，俨然阔少架势，并且很快就找准了自己的“位置”，干起谄富骄贫、偷鸡摸狗的苟贱营生。在赵朴斋身上，人的理性和尊严丧失殆尽，只剩下了“食色，性也”的本能冲动。

在小说中，赵二宝原本是一个清白而且干练的少女，未禁受住诱惑，只凭施瑞生的温存软款，以及一瓶香水、一件花边云滚的时装，就心甘情愿地将自己的灵与肉抵押给了纸醉金迷的上海。

小说笔致细腻，人物富有个性风采。比如陆秀宝的放荡，杨媛媛的诡谲，姚文君的飒爽，卫霞仙的锋利，周双玉的任性骄盈，张蕙贞的水性杨花等，人各一面。在刻画、塑造人物性格方面，这部小说以白描传神见功力。

主线是赵氏兄妹在上海这个大花场的沉沦过程，中间重点描写五组主要人物。一是富家子弟王莲生与沈小红、张蕙贞的感情纠葛；二是政府官员罗子富与黄翠凤、蒋月琴的关系；三是书香人家陶玉甫与李漱芳的生死离别；四是弱冠青年朱淑人与周双玉的最终无缘；五是风流子弟史天然对赵二宝的爽约，而又以洪善卿与赵朴斋甥舅两人为串线。

可见，小说的结构，不仅艺术地运用了“穿插之法”，即几组故事平行发展，穿插映带，首尾呼应，构成脉络贯通、立体交叉的整体布置，又使用了“藏闪之法”，就是藏头露尾的绵密笔法。

03 >>>>

胡适曾大力推崇《海上花列传》，并为之写序。

他的原话为：“《海上花》是吴语文学的第一部杰作……韩子云与他的《海上花列传》真可以说是给中国文学开了一个新局面了。希望他们（说吴语的文人）继续发展这个已经成熟的吴语文学的趋势。《海上花》的胜利不单是作者私人的胜利，乃是吴语文学运动的胜利。”

张爱玲也相信采用吴语并非《海上花列传》不能风行于市的唯一原因或重要原因。

1926 年，胡适、刘半农作序的《海上花列传》重刊，但同 1894 年的原版一样遭受了市场冷遇。张爱玲猜测，这大概是因为国内读者普遍对

“平淡而近自然”的叙事风格缺乏阅读兴趣，觉得太欠“传奇化”。所以，她在翻译《海上花列传》时，就注意跳过吴语的障碍。

张爱玲在发表于《香港明报》月刊上的散文《忆胡适之》中写道：“《醒世姻缘》和《海上花》一个写得浓，一个写得淡，但是同样是最好的写实作品。我常常替它们不平，总觉得它们应当是世界名著。《海上花》虽然不是没有缺陷的，像《红楼梦》没有写完也未始不是一个缺陷。缺陷的性质虽然不同，但无论如何，都不是完整的作品。我一直有一个志愿，希望将来能把《海上花》和《醒世姻缘》译成英文。”

从英译《海上花列传》以来，张爱玲就决定采取删节补缀和逐处注解这两个办法，一边翻译一边释疑，以达到通俗表达之意。

张爱玲在《忆胡适之》中又提到：“译《海上花》最明显的理由似是跳掉吴语的障碍，其实吴语对白也许并不是它不为读者接受的最大的原因。再版时附有几页字典，我最初看这部书的时候完全不懂上海话，并不费力。但是 1935 年的版本也像 1894 年的原版一样绝版了。”

《海上花》是旧小说发展到极端时最典型的一部。

张爱玲觉得作者韩邦庆最自负的结构倒是与西方小说有共同点：“特点是极度经济，读着像剧本，只有对白与少量动作。暗写、白描，又都轻描淡写不落痕迹，织成一般人的生活的质地，粗疏、灰扑扑的，许多事‘当时浑不觉’。”

在《海上花列传》长久且多样的翻译实践中，她发现：“让人进一步看见，除却字面上语言的障碍，更有生命中语言障碍外的障碍，后者的幽微与艰深，几乎足以使前者相较而泯然。”也许正是这种悲观却坦然的态度撑起了“译者张爱玲”的身份。

1981 年，张爱玲历时多年，终于完成了《海上花列传》的普通话本翻译。

在宋淇的帮助下，普通话本评注《海上花》由皇冠杂志社出版。张爱玲将原来吴语对白的《海上花列传》译成普通话本，加了评注，并对原书的六十四回进行了删并，使之成为六十回本，还有序言和译后记。

《海上花》英译本完成后，在香港中文大学翻译研究中心《译丛》"通俗小说特大号"上发表，但后来因为张爱玲搬家，英译稿遗失。

1983 年 10 月 1 日及 10 月 2 日，《国语本〈海上花〉译后记》在《联合报 · 副刊》上发表。次年 1 月 3 日，《〈海上花〉的几个问题》发表。

第 *32* 堂：
“生命就像一袭华美的袍，却爬满了虱子”——

用“写真”再现原生态表征

“下大雨，有人打着伞，有人没带伞。没伞的挨着有伞的，钻到伞底下去躲雨，多少有点儿掩蔽，可是伞的边缘滔滔流下水来，反而比外面的雨更来得凶。挤在伞沿下的人，头上淋得稀湿。当然这是说教式的寓言，意义很明显：穷人结交富人，往往要赔本，某一次在雨天的街头想到这一节，一直没有写出来，因为太像讷厂先生茶话的作风了。”

——《张看》(1976 年)

01 >>>>

《张看》和《流言》是张爱玲的两部散文集，前者在 1976 年 3 月由香港文化生活出版社初版，5 月在台北皇冠出版社再版，集子内收入《忆胡适之》《谈看书》《谈看书后记》等。

该散文集共分为“日常生活”“亲友素描”“未名小草”“艺文天地”和“著译自述”五辑。每辑作品均按最初发表或首次结集的时间先后编排，以便让读者对张爱玲散文创作的进程有一个比较完整的把握。

书名和书的封面都是张爱玲自己选定的，她对此有过一个解释：“‘张看’就是张的见解或管窥——往里面张望——最浅薄的双关语。”

散文集还包括上海沦陷时期的旧作《姑姑语录》《论写作》《天才梦》，两部未完成的小说《连环套》《创世纪》，以及一篇张爱玲的自序。

1987 年 3 月，张爱玲的散文集《流言》再一次重版，囊括了她在 1940 年至 1947 年间的散文，文字中并未沾到半点狂妄之气。

之所以取名《流言》，张爱玲进行了解释：“以前《流言》是引用了一句英文诗句——‘Written on water’，指水上写的字，是说它不持久，而又希望它像谣言传得一样快。我自己常疑心不知道人懂不懂，也从来没问过人。”

散文集《流言》初版是在 1944 年，由五洲书报社出版。

1945 年《流言》由街灯出版社重印，配有多幅张爱玲自己创作的幽默生动的插图，她的绘画天赋得到了充分显示。同时刊有三张各具神韵的张爱玲的个人照片，照片说明文字是她《再版序》中的两句名言。

第一句是：“有一天我们的文明，不论是升华还是浮华，都要成为过去。”

另一句是：“然而现在还是清如水明如镜的秋天，我应当是快乐的。”

在张爱玲的散文集中，很少看到抒情温柔的文字。就像一个常常身体不太好的小神仙，呼吸吐纳自说自话，却并不跟现代社会脱节。

比如《爱》，这是一篇极短的散文，一个很美的少女立在那里，一位少年走过，只有一句“噢，你也在这里”，结局逃不脱张爱玲的写作规律。

“于千万人之中遇见你所遇见的人，于千万年之中，时间的无涯的荒野里，没有早一步，也没有晚一步，刚巧赶上了，那也没有别的话可说，唯有轻轻地问一声：‘噢，你也在这里吗?’”这种如青烟般缥缈，难以捉摸，却真实存在的情愫，萦绕人一生。很多时候我们不知从何说起，张爱玲就这样轻轻地点开了，让人心头如春风吹皱的池水，慢慢荡漾起来。

散文中的她，还是那么理性，甚至锐利，将身边的人甚至自己毫无保留地剖析在读者眼前，血淋淋地，惨痛痛地告诉你，这就是人，自私贪婪甚至无知。

张爱玲的主观性就像骨架，外面包了精致客观的血肉。对于个人情感，她在散文中是不会造个浪花的，任由情感泛滥。

她看待世情是特别熟络的，让人察觉不到一丁点儿突兀、不雅，和任何被迫接受的说教。她在对他人进行了解与体察时，即使他们处于和她不一样的阶层环境中，她也能感受并准确呼应人们的苦乐悲哀。

她自我觉察到的那些不大不小的“苦乐悲凄”的感情，才会贯通人一生的情绪及宿命，会让人在适当时候发出一声叹息。

散文集还收录了姑姑和炎樱的语录，以及张爱玲自己对戏曲、宗教、洋画等的看法。好似一个女子一边干着家务，一边絮叨她的身边事，杂乱无章却有趣，有时还会厉声说些生活中丑陋的事，丑陋的人，让人听了不舒服，觉得像被跳蚤咬了，可又舍不得不听。这就是真实的生活。

张爱玲的散文是中性、半入世的，虽然她有点儿自恋并势力，但无可否认，她的文字技巧之高，以及视线之广，都不是小女子气的。不必非得一口气读完，零散一点的篇幅就足够充当当日食粮了，读者可以慢慢咀嚼。

02 >>>>

张爱玲写《张看》和《流言》两部文集内的文章时很年轻，但是她毫不掩饰地展示了过人的天分。她用纯熟而肆意挥洒的文笔，对世事进行老辣地点评。

尽管置身于当时的社会背景下，张爱玲却在这类都市书中没有直接描写战争，而是多描写战时的城市风物、日常生活以及普通市民，笔触细腻鲜活，生活的情趣与世事的苍凉相交织，可谓是“大”时代中的都市“小”记趣。

在1943年至1944年的上海租界，张爱玲多书写沦陷时期的上海生活，也有对战时香港生活的回忆。在《流言》中主要表现为描写上海的风光景物，主要涉及都市人文风物，以及与工业文明和城市文明有关的人造景观。

其中的短文《道路以目》精致细腻地描绘了上海的街景。除都市人文风物外，张爱玲在《流言》中亦描写了城市自然风物。《更衣记》主要谈了张爱玲对服饰穿着的不同看法，以中西文化交融为背景，表现了人们对衣着持有的不同观点。

《童言无忌》则相继论及了钱、服饰、食物等内容，用平常的语言记录着人们在都市中生活的日常场景。

《记趣》描写的是张爱玲居住在上海“常德公寓”时的日常生活情况。在常人看来，公寓生活往往枯燥无味、乏善可陈，但在张爱玲的眼中，却富于诗意与趣味。

短文《雨伞下》速写了雨天街头的生活场景。再如《谈音乐》，是在谈论音乐时记录了一次参加音乐会时的见闻。

在《流言》一书中，张爱玲对市民描写也有侧重。《有女同车》就描写了电车里的两位“洋装女子”的事；《烬余录》记录了众多香港大学师生的形象，如张爱玲的同学艾芙琳、炎樱，历史教授佛朗士等，无处不体现出张爱玲独特的创作风格。

张爱玲的散文有种人间烟火的趣味，她没有冷着眼，摆着一副洞悉人性的面孔，讲些绝望的故事，而是柔和起来，在自己的文字中和读者达成了谅解。

那时的文字是崭新的，富于广阔的生长空间。很多说法都有趣，现在已经见不到了。即使偶尔还要生造出一些词汇来，也颇有新鲜之感。而白话发展了一段时间，就催生出固定的模式，不管什么情况都有人写过，有现成的词句可套，人们也懒得再去想新颖的譬喻和说法了。

在自己的文章里，张爱玲也谈到了写作的动机，借此回应外界对她只谈风月的质疑："我发现弄文学的人向来是注重人生飞扬的一面，而忽视人生安稳的一面。其实，后者正是前者的底子。强调人生飞扬的一面，多少有点儿超人的气质。超人是生在一个时代里的。而人生安稳的一面则有着永恒的意味，虽然这种安稳常是不完全的，而且每隔多少时候就要破坏一次，但仍然是永恒的。它存在于一切时代。它是人的神性，也可以说是妇人性。"

《流言》中的都市书写，往往看似纷繁杂芜，信手而作，是一种对生活的随性发现。实际上，似无章法，却描写细腻，无微不至，对任何都市风物的观察，皆非浅尝辄止。

这些小文章之所以迷人，部分原因在于张爱玲的好文笔，在于她把原本平常的道理写成了回味悠远的篇章。

03 >>>>

1985 年，张爱玲为了躲避跳蚤开始频繁搬家，她委托建筑师林式同，安排搬迁事宜。

她不停地辗转于洛杉矶的各大汽车旅馆，不知跳蚤是在真实中，还是在她的臆想中。

好在丰厚而稳定的稿酬保证了迁徙辗转的可能。她不喜欢烦琐的家务事，汽车旅馆正好满足了她的这一要求，每天有人负责打扫房间，收拾床铺，定期换洗衣被。

遇到条件让她满意的汽车旅馆，就多住些日子，碰上不满意的次日就打包离开。购置的物品是一次性的，她长期使用一次性碗筷，脚上的拖鞋感觉脏了就马上丢弃。

张爱玲在晚年，由于搬迁生活，不得不丢弃身边之物，以尽量减少负累。所以，她租了一个小储物柜专门用来存放文稿，登记表上填的名字是林式同。

1988 年秋天，张爱玲寄信给林式同，告诉他要找一处固定的住所。

还未等林式同回复，她自己找了一家公寓，并住了大半年时间。

这时一位女记者，为了拿到张爱玲在美国生活近况的鲜活资料，竟在这家公寓附近花几百美元租了房间，每天潜伏在附近，翻找张爱玲丢出来的生活垃圾，研究她的生活状态，并据此写成了一篇文章。

张爱玲对这些文章实在觉得厌烦和生气，特别是先前的那位前来拜访她的学生，居然公开发表了“张爱玲病了”的言论，这令她更加离群索居。

她出门坐公交车时与底层的偷渡客、流浪汉、工人、酒鬼挤在一起。她容身在驳杂的人群之中，没有一个人真正地认识她。她装束怪异，手提纸袋，仿佛是四处浪迹的人。

她以近乎极端的幽闭方式，使自己成为世人眼中“特别”的一个。

无法让自己安定下来的张爱玲，于 1991 年，又写信给林式同提到了搬家。

她从邮箱里取回的报纸上发现了一只蚂蚁，由此，已消匿了几年的臭虫卷土重来。接着她每个月要花两百美元购买杀虫剂，用于消灭这些无形又无处不在的臭虫。

几乎每格橱柜，她都要喷上一罐，还是不能彻底解决虫患。这不禁让人怀疑臭虫不是疯狂繁殖在现实生活中，而是占据了她的意念，在她的臆想中肆虐繁衍。

在时隔七年之后，林式同重见张爱玲。他们的住地虽然相隔不远，但都是靠书信与电话联系。有时电话找她之前，须得先写信过去，这样才能保证她会接听电话。

虽然林式同“目睹”了张爱玲最后几年的生活，两人在精神与思想上却没有什么交集，这恐怕是因为林式同并非文人或作家，他所擅长的建筑专业与文学毕竟不同。

1995 年的 9 月 8 日，林式同刚回到家中时就接到了张爱玲租住的公寓打来的电话，告知他住户张爱玲可能已经离世。

林式同急忙赶到公寓，见张爱玲躺在一张靠墙放着的行军床上，穿着赭红色旗袍，映衬着身下的灰蓝色毛毯，脸朝向门口，手脚自然而安详地平放着。

按照张爱玲的遗愿，他将她的遗体在洛杉矶惠捷尔市的玫瑰岗墓园火化。

1995 年 9 月 30 日，是属于张爱玲的又一个生日，她的好友夏志清、林式同等人，一起在玫瑰岗墓场为她举行了追悼会。

追悼会后，他们乘船驶入太平洋，将她的骨灰撒向了湛蓝色的大海。

第 33 堂：

“悲壮是一种完成，苍凉是一种启示”——

对写作怀着一股热烈真切的喜爱

“她上床睡觉，惶恐得麻痹了。明天她会去张罗粮食，以免以后太虚弱动不了。下山去，到小店去找，看能不能从门上窥孔说动他们开门，看两元三十分能买到什么。下山路上，她看见有人家挖空了房屋的石砌地基，拿旧车库改装成店铺。对过没有商家，大石墙上只见一个大洞，背山面海，易守难攻，倒像预见了有这么一天，提早防备着会有人来抢店里那些走味的饼干。她会说的广东话不多，说服不了他们，他们也不信任外乡人，可是她还是得试试。万一她不在办公室里头，却发了口粮呢？晚点再去吧？天一黑要店家开门就更困难了。”

——《雷峰塔》(2010 年)

01 >>>>

原本想用《小团圆》作为本书的结尾之作，但思来想去还是以《雷峰塔》和《易经》作为收尾，这是因为面对张爱玲一生坎坷不幸的生活，这两部作品比“小团圆”来得更有代表性。同时，这两部作品亦是她的自传体小说。

《雷峰塔》和《易经》是张爱玲于20世纪60年代初写的英文自传小说，较《小团圆》成书更早。这两部作品在2010年才正式用中文出版，其中的原因不言而喻。

张爱玲的小说《雷峰塔》和《易经》，是她人生的“前传”，因篇幅太长而一分为二，总计三十余万字，近八百页篇幅，直到她去世十五年后，手稿才由遗产执行人宋以朗于2010年出版。

她的自传小说取名非常独特，就像《雷峰塔》，张爱玲在写给好友宋淇的信里讲：“‘塔’取自《白蛇传》里‘永镇白娘子’的雷峰塔，如此可获得英美文坛及读者的好感。同时，‘塔’象征着自己对那个凋零、日趋残破的家庭的反抗，自己幼年遭到父亲、后母囚禁到侥幸逃脱，投奔母亲的经历，就像塔中‘白娘子’喜获新生后短暂的轻松。”

在胡兰成的《今生今世》里，也不难找到雷峰塔：“我在杭州读书时，一个星期六下午在白堤上，忽听一声响亮，静慈寺那边黄埃冲天，我亲眼看见雷峰塔坍倒。”

而《雷峰塔》是具有象征意义的，如同父权和封建旧时代。在民间传说的白蛇传里，雷峰塔也代表囚禁女性的意思，而在张爱玲营造的这个塔里，女人戴着黄金枷锁。

《雷峰塔》的主人公是沈琵琶，也就是张爱玲自己。从幼年时的生活写到逃离父亲家，投奔母亲的经过。

她以孩童的视角，看成年人的世界。她用怀疑一切的眼光看母亲杨露和姑姑沈珊瑚整理行李出国。父亲沈榆溪抽大烟，和姨太太厮混，在大宅子的阴暗角落里的仆人打牌赌钱，老婆子们解开裹脚布洗小脚……

张爱玲的一生任性又充满传奇，她从入私塾时就开始写小说，喜欢绘画、英文和钢琴。小小年纪，才华便开始显现，因父母协议离婚，她跟随父亲生活。

父亲再婚后，后母对她并不好，在未成年时，她逃离了父亲和后母所在的张家，投奔母亲。母亲的经济状况并不好，加上张爱玲的到来，生活更加拮据，有时生活费都没有着落。张爱玲好不容易得了一笔钱，母亲第二天就打牌把这笔钱输掉了。

她需要学费向母亲求助的时候，母亲跟着一个男人去了欧洲，丢下她自生自灭。母亲不但没给她寄钱，反而要她嫁人。倔强的张爱玲当时已经心灰意冷，知道父母是靠不住了，但她也不想嫁人，她想要过自己的人生，而不是成为男人的附庸。

回到上海后受时政影响，她弃学开始写文章，在报纸上发些小短文，以赚取稿费谋生。稍安稳之后，她便写了小说《沉香屑·第一炉香》，震惊上海。1943 年因小说《封锁》结缘胡兰成，并沦陷在胡兰成的甜言蜜语里，结婚一年后离婚。

随后，她去了香港，辗转又去了美国，嫁给了比她年长三十岁的赖雅。在与赖雅生活的十几年里，张爱玲迎来了人生第二个写作高峰。

1995 年 9 月 8 日，张爱玲在洛杉矶公寓内去世，七天后才被人发现，享年七十五岁。

张爱玲的一生都在为自己而活，她的每一个选择都很任性，但每一个选择都忠于她自己的灵魂，她的人生是一种追求自由和尊严的极致。

《雷峰塔》和《易经》弥漫着父亲的鸦片、姨太太的嘲讽，以及为了金钱而失去尊严的乞求之声。与小说中的沈家一样，现实中的张家财力丰厚，但都在亲戚占夺和父亲坐吃山空下成了空壳子。

小说《雷峰塔》，讲述了沈琵琶的母亲出国离弃了家庭，沈琵琶逃出父亲的家后，弟弟患了肺结核，在继母荣珠疏于照料下去世的故事。

由此可见，张爱玲在内心深处认为，弟弟和自己是不同的。

02 >>>>

同为张姓，姐弟两人也是格格不入的。由于张爱玲是女孩儿，遭到社会排挤，家人想让她就像普通女人那般嫁出张家。可是弟弟不同，他是张家的希望，是独生儿子，几乎占有了张家人所有的爱。

对于在"爱"这一点上，张爱玲是十分计较的，虽然有些不人道，但她有着弟弟不在世的渴望。

张爱玲对自己的弟弟张子静，是冷漠的。

张子静的一生也十分悲凉，他是个被彻底遗忘的人。三岁时，母亲黄素琼抛下他出国，关于母亲的记忆，张子静是通过仆人描述而来的。

他母亲几次回国，张子静还来不及欢喜，便被母亲的冷漠弄得遍体鳞伤。

母亲黄素琼把关注都放在了张爱玲身上，以至于忽略了张子静。母亲得知张爱玲十岁还没上学，不顾张志沂的反对，毅然把张爱玲送进了学校。

张爱玲喜欢画画，就为她请老师教她画画；张爱玲喜欢听她姑姑弹钢琴，就为她请来钢琴老师教她弹钢琴；张爱玲想去英国读书，黄素琼也请来老师教她英文。

可是母亲却从未过问张子静要不要上学，拿她一句话来说，就是："我只担心你姐姐，觉得你两样，儿子当然会供到上大学的。"

他本已是爹不疼娘不爱了，只好把目光转向疼爱姐姐的姑姑，却没想到，连姑姑也不待见他。有一次他去姑姑的公寓，姑姑嫌他坐久了，连饭也不留他。还是一个孩童的张子静，周围却充斥着无人问津的冷漠，天方地圆，好像就只有他一个人。

也许是把张子静当成潜在的威胁，姨太太刻意抬举他姐姐，对他姐姐好。当他生病时，那姨太太也不曾去看他一次。后来父母离婚，继母也同样因他是儿子，在张志沂面前时常挑唆，他天天挨打，而父亲张志沂下手可一点儿都不轻。

在《雷峰塔》一书中，张爱玲把他形容成一个胆小懦弱、不敢奋起反抗的人。可是，母亲的漠然，父亲的虐待，继母的狠毒，早已将他的锐气磨平。与其说他是懦弱，倒不如说他是习惯了，麻木了。

从张爱玲的早期作品来看，张爱玲对弟弟张子静是有感情的。

但因为弟弟一无所长且没有志气，成年以后的张爱玲对弟弟很是冷淡，甚至对他还不如对陌生人好。张子静的一生满是坎坷，父亲曾为了抽鸦片而耽误了他的婚事。这一耽误张子静便终生未娶。

张子静在农村当教师前，也曾挣扎过，想要像姐姐一样干一番事业。

1943 年秋，张子静和几位同学决定合办一个刊物——《飙》："希望在那个苦闷的年代，《飙》能带来一阵暴风雨，洗刷人们的苦闷心灵。记得当时约到稿件的名家有唐弢、董乐山等。但编辑张信锦对我说：'你姐姐是现在上海最红的作家，随便她写一篇哪怕只是几百字的短文，也可为刊物增色不少。'我想也有道理，就去找姐姐约稿。但这一要求也被张爱玲断然拒绝了。”张爱玲觉得：“给你们这种小杂志写东西，是折损我的名气。”

也许，是因为张爱玲觉得这话太过冷漠了，最后，张子静从张爱玲处得了张插画，这是张子静印象中唯一一次从姐姐张爱玲那里要到东西。

张爱玲在海外生活将近四十年，其间一直经济拮据的张子静曾多次向其祈求经济援助。

但张爱玲均以“其实我也勉强够用”“没有能力帮你，是真觉得惭愧”等理由予以了回绝。相比张爱玲对姑姑的“多次寄钱”和张爱玲给胡兰成三十万分手费，张爱玲对待张子静似乎有些不近人情。根据公开的资料，张爱玲死后留给宋淇夫妇的遗产，光现金就有二百七十万元港币，这钱在当时绝不算少。

虽然姐姐张爱玲如此“凉薄”于他，张子静却不曾恨过张爱玲。

他在《我的姊姊张爱玲》一书中说：“我了解她的个性和晚年生活的难处，对她只有想念，没有抱怨。不管世事如何幻变，我和她总是同血缘，亲手足，这种根只是永世不能改变的。”

可见他言语诚恳，坦坦荡荡，只有对姐姐的崇拜，还有那经历过沧桑后的朴实。

张子静虽平庸，却仁厚实诚，他一生庸碌而温厚。

1997 年，张爱玲去世后的第三年，张子静也在他的居所孤独离世。这个一生以配角的形象出现在人们面前的男人，至此画上了句号，他像他姐姐一样，走得冷清孤独。

世界待他残酷，他却用善良回报，他从未想过报复，也从未想过怨恨。

03 >>>>

这两部文学作品，是一个整体，有些像张爱玲的《私语》和《对照记》的放大版。

张爱玲的小说《雷峰塔》，用了极大的篇幅写了母女之间的事，这在张爱玲的作品中也很少有。《易经》则是接着写了沈琵琶从港大求学，到香港在战争中失守，返回上海的故事。若下接《小团圆》，这三部小说可称为张爱玲的人生三部曲。

在《易经》中有个情节，是母亲杨露到香港来探视女儿，当时在香港大学生活拮据的沈琵琶受到老师资助，得到一笔学费。沈琵琶将这笔好不容易得来的钱全数交给了母亲，后来发现母亲竟然把钱输在了牌桌上。

杨露以为女儿是以身体交换的，她催促沈琵琶亲自前往老师住处道谢，之后又窥看女儿入浴的身体，想发现异状，这事让沈琵琶感到羞辱极了。

在小说《易经》中，张爱玲把父亲叫作“二叔”，把母亲叫作“二婶”，这又是何等扭曲的关系。她时时记得要还钱和还情。她寄人篱下时受到的羞辱，母亲收拾行李，不断更换男友和数次打胎的经历，都让张爱玲对父母产生失望的情绪。

在《雷峰塔》和《易经》中，我们可以看出，张爱玲与母亲有着复杂的情感纠葛。其中也包含着她对母亲的认同心理从建构到崩塌的过程，这带给她的是精神上的伤害，不亚于父亲给她的肉体上的虐待。

在这一心理的作用下，张爱玲对人与人之间的关系产生了不信任感。这种不信任感，在其小说中随处可见，亲情是凉薄的，爱情是虚假的，一切的人际关系都被金钱控制，并被扭曲。

沈琵琶在《易经》中说：“我们大多等到父母的形象濒于瓦解才真正

了解他们。”

张爱玲塑造了沈琵琶，也是在虚虚实实中以第三人称的视角写自己。在她的作品中，可以看出她反复写着那没人想看的童年往事，直到生命终结：“许久之前她就立誓要报仇，而且说到做到，即使是为了证明她会还清欠母亲的债。”

1957年张爱玲起笔写《雷峰塔》和《易经》，此时正是她父亲去世后，母亲也快去世的时间。

张爱玲喜欢不断重复书写，用中文写，再译成英文，用英文写，再译回中文，这也不是唯一的例子了。《雷峰塔》的序文就表明《金锁记》《怨女》有中英诸多版本，总共是六个版本，都是她自己执笔的。每个版本都并非逐字逐句地翻译，她太知道两种文字截然不同的文化，也知道直译、硬译不可行。

近年来，陆续有多本张爱玲的遗作出版。张爱玲生前曾表示要销毁《小团圆》，出版后却引发销售热潮，之后又连续有《重返边城》《异乡记》以及自传体英文小说《雷峰塔》《易经》出版。

人人都有自己不愿提及的往事，人们宁愿把这些往事埋藏在最深的角落，也不愿它接受阳光雨露，更不愿它被轻易触碰。待岁月流逝，当年的歇斯底里变得不痛不痒，张爱玲方才以自己的口吻落笔成文。

也许将自己的一生讲尽了，人生也就能完美地结束了。

张爱玲的文学作品与她的生活经历紧紧相连，研究她的作品也并不是可以一蹴而就的，这本以一己之力完成的书，也就只能写到这里了。

附录：主要参考书目

1．张爱玲；《传奇》杂志社；1944

2．张爱玲；《流言》五洲书报社；1944

3．张爱玲；《传奇（增订本）》；山河图书公司；1946

4．水晶；《张爱玲的小说艺术》；台湾：大地出版社；1973

5．曾朴；《孽海花》；花山文艺出版社；1994

6．于青，金宏达编；《张爱玲研究资料》；海峡文艺出版社；1994

7．张爱玲；《张爱玲全集》1～16；香港皇冠出版社；1995

8．夏志清；《中国现代小说史》；台北传记文学出版社；1995

9．司马新原著，徐斯、司马新译；《张爱玲在美国——婚姻与晚年》；上海文艺出版社；1996

10．张子静；《我的姊姊张爱玲》；学林出版社；1997

11．周芬伶；《艳异：张爱玲与中国文学》；中国华侨出版社；2003

12．林幸谦；《女性主体的祭奠Ⅱ——张爱玲女性主义批评》；广西师范大学出版社；2003

13．陈子善编；《张爱玲的风气——1949年前张爱玲评说》；山东画报出版社；2004

14．张爱玲；《张看红楼》；京华出版社；2005

15．张爱玲；《烬余录》《张爱玲集·流言》；北京十月文艺出版社；2006

16．刘绍铭编，李欧梵等著；《张爱玲的文字世界》；台北：九歌出版

社有限公司；2007

17. 陈子善；《重读张爱玲》；上海书店出版社；2008

18. 张爱玲；《小团圆》；北京十月文艺出版社；2009

19. 赖骞宇；《18世纪英国小说的叙事艺术》；中国社会科学出版社；2009

20. 止庵主编；《张爱玲全集（12卷）》；北京十月文艺出版社；2009—2012

21. 张爱玲；《易经》；北京十月出版社；2011

22. 张爱玲；《雷峰塔》；北京十月出版社；2011

23. 万燕；《女性的精神：有关或无关乎张爱玲》；同济大学出版社；2008

24. 胡兰成；《今生今世》；中国长安出版社；2013

25. 戴文采；《我的邻居张爱玲》；九州出版社；2013

26. 刘志荣；《张爱玲·鲁讯·沈从文：中国现代三作家论集》；复旦大学出版社；2013

27. 温暖；《张爱玲情传》；金城出版社；2014

28. 夏志清编著；《张爱玲给我的信件》；长江文艺出版社；2014

29. 陈子善；《张爱玲丛考》；海豚出版社；2015

30. 冯祖贻；《煊赫旧家声：张爱玲家族》；新星出版社；2017

31. 祝宇红；《无双的自我：张爱玲的个人主义文学建构》；上海书店出版社；2018

32. 《创意写作书系》（42册）；中国人民大学出版社；2011—2015